DUMONT

Wie, fragt sich die ermittelnde Polizeibeamtin Clara, soll man einen Verdächtigen ausmachen bei einem vermissten Kind, das Tausende Menschen kennen und mehrfach täglich sehen? Schnell begreift sie, dass ihre Ermittlungsmethoden in der virtuellen Welt vollkommen nutzlos sind. Einer Welt, von der sie bis zu diesem Fall so gut wie nichts wusste. Ihre Arbeit findet unter Ausschluss der Öffentlichkeit statt, und auch privat ist sie eine zurückgezogene Frau. Schon immer konnte sie mit ihrem Alleinsein umgehen. Mélanie dagegen kann ohne die Aufmerksamkeit ihrer Follower nicht leben. Alles, was sie ist und was sie erreicht hat, verdankt sie dem Netz. Nicht einen Moment kommt ihr der Gedanke, ihre Tochter könnte dieses Leben nicht lieben, könnte sich vielmehr danach sehnen, ein unbekanntes Mädchen zu sein. Den Vorwurf der Ausbeutung ihrer Kinder weist Mélanie verletzt von sich. Und doch wird sie Jahre nach Kimmys Verschwinden genau dessen angeklagt.

Delphine de Vigan, geboren 1966, erreichte ihren endgültigen Durchbruch als Schriftstellerin mit dem Roman ›No & ich‹ (2007), für den sie mit dem Prix des Libraires und dem Prix Rotary International 2008 ausgezeichnet wurde. Ihr Roman ›Nach einer wahren Geschichte‹ (DuMont 2016) stand wochenlang auf der Bestsellerliste in Frankreich und erhielt 2015 den Prix Renaudot. Zuletzt erschien bei DuMont ihre Romane ›Dankbarkeiten‹ (2019) und ›Das Lächeln meiner Mutter‹ (2020). Die Autorin lebt mit ihren Kindern in Paris.

Doris Heinemann, geboren 1957, studierte Romanistik und Germanistik in Köln und Montpellier, arbeitete als Sprachlehrerin, als Übersetzerin im Generalsekretariat des EG-Ministerrats und übersetzt seit 1997 Literatur, u. a. von Christian Gailly, Gabriel Chevallier, Theresa Révay, Yann Queffélec, Jean-Claude Derey und Olivier Rolin.

Delphine de Vigan

DIE KINDER SIND KÖNIGE

Roman

Aus dem Französischen
von Doris Heinemann

DUMONT

Zitatnachweise

Stephen King, ›Das Leben und das Schreiben‹, © 2000 Wilhelm Heyne Verlag, München, in der Verlagsgruppe Random House GmbH. Übersetzung: Andrea Fischer

Der Abdruck der Textstelle aus Annie Ernaux, ›Die Jahre‹, auf Seite 233 erfolgt mit freundlicher Genehmigung des Suhrkamp Verlags. Annie Ernaux, ›Die Jahre‹. Aus dem Französischen von Sonja Finck. © 2017 Suhrkamp Verlag, Berlin

MIX
Papier | Fördert gute Waldnutzung
FSC® C083411
www.fsc.org

Dieses Buch wurde klimaneutral produziert.

Klimaneutral
Druckprodukt
ClimatePartner.com/17531-2110-1001

März 2023
DuMont Buchverlag, Köln

Die französische Originalausgabe erschien 2021 unter dem Titel ›Les enfants sont rois‹ bei Gallimard, Paris.

Übersetzung: Doris Heinemann
Umschlaggestaltung: Lübbeke Naumann Thoben, Köln
Umschlagabbildung: © plainpicture/Pupa Neumann
Satz: Angelika Kudella, Köln
Gesetzt aus der Minion
Druck und Verarbeitung: CPI books GmbH, Leck
Gedruckt auf säurefreiem und chlorfrei gebleichtem Papier
Printed in Germany
ISBN 978-3-8321-6675-5

www.dumont-buchverlag.de

EINE ANDERE WELT

… wir hatten die Chance, die Welt zu verändern, und haben stattdessen auf das Home Shopping Network gesetzt … .

Stephen King
Das Leben und das Schreiben

KRIMINALPOLIZEI – 2019
VERMISSTES KIND KIMMY DIORE

Betr.:
Transkription und Auswertung der letzten von Mélanie Claux (verehelichte Diore) geposteten Instagram-Stories

STORY 1
ins Netz gestellt am 10. November um 16:35 Uhr
Länge: 65 Sekunden

Das Video wird in einem Schuhgeschäft aufgenommen.

Mélanies Stimme: »Meine Lieben, wir sind jetzt im Run-Shop angekommen und wollen Kimmy neue Sneakers kaufen! Nicht wahr, meine Süße, du brauchst neue Sneakers, weil dir deine alten ein bisschen zu klein geworden sind! *(Die Smartphone-Kamera wird auf das kleine Mädchen gerichtet, das erst nach einigen Sekunden wenig überzeugt nickt.)* Also, dies sind die drei Paare, die Kimmy sich in Größe 32 ausgesucht hat. *(Im Bild erscheinen die drei aufgereihten Paare.)* Ich beschreibe sie euch genauer: ein paar Nike Air in Gold aus der neuen Kollektion, ein paar Adidas drei Streifen und ein No-Name-Paar mit roten Zehenkappen … Wir werden uns entscheiden müssen, und wie ihr wisst, hasst Kimmy solche Entscheidungen. Also, meine Lieben, wir verlassen uns ganz auf euch!«

Auf dem Bildschirm legt sich eine Mini-Instagram-Umfrage über das Bild:

Welche soll Kimmy nehmen?

A: die Nike Air

B: die Adidas

C: die Preisgünstigen

Mélanie dreht das Smartphone wieder in ihre Richtung und sagt abschließend: »Zum Glück haben wir euch, meine Lieben, und ihr entscheidet!«

ACHTZEHN JAHRE ZUVOR

Am 5. Juli 2001, dem Tag des Finales von *Loft Story*, saßen Mélanie Claux, ihre Eltern und ihre Schwester Sandra auf ihren angestammten Plätzen vor dem Fernseher. Seit dem Beginn der mit *Big Brother* verwandten Show am 26. April hatte sich Familie Claux keine Folge der donnerstags zur Primetime ausgestrahlten Sendung entgehen lassen.

Nachdem sie siebzig Tage an einem von der Außenwelt abgeschlossenen Ort – in einem Fertigbauhaus mit künstlichem Garten und echtem Hühnerstall – verbracht hatten, waren die letzten vier Kandidaten nun, wenige Minuten vor ihrer Befreiung, im großen Wohnzimmer versammelt worden; die beiden Jungs saßen dicht nebeneinander auf dem weißen Sofa, die beiden Mädchen auf den passenden Sesseln rechts und links davon. Der Moderator, dessen Karriere eine ebenso fantastische wie unerwartete Wendung genommen hatte, verkündete aufgeregt, der so sehr herbeigesehnte entscheidende Augenblick sei – endlich – da: »Ich zähle jetzt von zehn aus abwärts, und bei null seid ihr draußen!« Er fragte ein letztes Mal, ob das Publikum bereit sei zum Mitzählen, dann begann er, unterstützt von einem mächtigen und folgsamen Chor, mit dem Countdown »zehn, neun, acht, sieben, sechs, fünf«, die Kandidaten schoben sich mit ihren Koffern zum Ausgang, »vier, drei, zwei eins, null!« Unter Beifallsgeschrei flog die Tür auf.

Jetzt musste der Moderator brüllen, um den Lärm der draußen versammelten Menge und den Tumult des ungeduldigen Publikums zu übertönen, das schon länger als eine Stunde im Studio ausgeharrt hatte. »Sie sind draußen! Sie kommen! Nach siebzig Tagen kehren Laure, Loana, Christophe und Jean-Édouard auf die Erde zurück!« Während die letzten vier Kandidaten über den eigens für sie ausgelegten roten Teppich gingen, wurde mehrmals in der Totalen gezeigt, wie auf dem Dach des Gebäudes, das viele Wochen lang ihr Zuhause gewesen war, ein Feuerwerk abgebrannt wurde.

Ja, sie waren draußen, aber in einem Draußen, das seltsame Ähnlichkeit mit einem Drinnen hatte. Hinter Absperrungen drängte sich eine überreizte Menge, Fotografen versuchten sich zu nähern, ihnen völlig fremde Menschen bettelten um Autogramme, Journalisten hielten ihnen Mikros hin. Manche Leute schwenkten Spruchbänder oder Schilder mit ihren Vornamen, andere filmten sie mit kleinen Kameras. (Handys waren damals noch sehr simple Geräte, die ausschließlich zum Telefonieren taugten.)

Was man ihnen versprochen hatte, war eingetreten. Sie waren binnen weniger Wochen berühmt geworden.

Von Leibwächtern eskortiert, schritten sie durch die Menge ihrer Fans, während der Moderator weiterhin alles genauestens beschrieb, »jetzt sind sie nur noch wenige Meter vom Studio entfernt, Achtung, sie gehen die Treppe hoch«. Dass Bild und Kommentar weitgehend dieselben Informationen lieferten, tat der dramatischen Spannung keinerlei Abbruch, sondern verlieh ihr im Gegenteil plötzlich eine Dimension des Noch-nie-Dagewesenen, Verblüffenden – ein Vorgehen, das einige Jahrzehnte lang in allen Formen durchdekliniert werden sollte. Die Schreie wurden noch lauter, ein schwarzer Vorhang öffnete sich, um sie einzulassen. Als sie das Studio betraten, wo sie von ihren Familien und den neun anderen Kandidaten, die das Spiel entweder freiwillig verlassen hatten oder in den vergangenen Wochen ausgeschlossen worden waren, erwartet wurden, stieg die Spannung weiter an.

In der angeheizten Atmosphäre und dem zunehmenden Chaos begann die Menge einen Namen zu skandieren: »Loana! Loana!«

Genau wie das Publikum wünschten ihr auch alle Mitglieder der Familie Claux den Sieg. Mélanie fand sie wunderschön (die korrigierten Brüste, der flache Bauch, die gebräunte Haut), Sandra, die zwei Jahre älter war als Mélanie, war ergriffen von ihrer Einsamkeit und ihrem melancholischen Aussehen. (Loana war anfangs wegen ihrer Kleidung von den anderen Kandidaten ausgegrenzt worden und später, obwohl scheinbar integriert, die Hauptzielscheibe von Gerüchten und Tuscheleien geblieben.) Madame Claux bedauerte zwar, dass Julie, eine sympathische, fröhliche junge Kandidatin, die sie allen anderen bei Weitem vorzog, aus dem Spiel hatte ausscheiden müssen, hatte sich aber dennoch von Loanas in der Boulevardpresse enthüllten Geschichte – die schwierige Kindheit, die in eine Pflegefamilie gegebene kleine Tochter – rühren lassen. Was Mélanies Vater anging, Richard, der hatte sowieso nur Augen für die schöne Blondine. Die Bilder von Loana in Shorts, Minirock, Neckholder oder Badeanzug und ihr resigniertes Lächeln verfolgten ihn bis tief in die Nacht und manchmal sogar bis in den Vormittag des folgenden Tages. Die ganze Familie war einhellig gegen Laure, die sie zu großbürgerlich fanden, und auch gegen Jean-Édouard, dieses dumme, leichtfertige und verwöhnte Kind.

Ein wenig später, als die Fernsehzuschauer die Sieger bestimmt hatten und sich alle an den geheimen Ort begaben, an dem die Feier fortgesetzt werden sollte, verließ ein Korso schwarzer Limousinen, gefolgt von filmenden Motorradfahrern, La Plaine Saint-Denis. Der technische Aufwand wäre einer Tour de France würdig gewesen. Wenn sie bei Rot anhalten mussten, streckte man den Siegern durch die offenen Fenster Mikros hin, um ihre Eindrücke aufzuzeichnen.

»Es erinnert mich an die Wahl von Chirac!« Die Schminke konnte die Erschöpfung des Moderators nicht mehr verbergen.

In der Nähe der Place de l'Étoile bildete sich ein Stau. Aus sämtlichen Seitenstraßen strömte die Menge auf die Avenue de la Grande-Armée, und manche Leute ließen ihr Auto einfach stehen, um näher heranzukommen. Vor dem Eingang der Disco wurden die *lofteurs* von Hunderten Neugierigen erwartet.

»Alle lieben uns, es ist toll!«, erklärte Christophe, einer der beiden Gewinner, der dort postierten Moderatorin.

Loana, bekleidet mit einem knappen blassrosa Oberteil im Häkel-Look und einer ausgewaschenen Jeans, entstieg dem Wagen. Sie brachte ihren spektakulären Körper auf den hohen Keilabsätzen in die Senkrechte und sah sich um. In ihren Augen entdeckten manche Leute eine Art Abwesenheit. Oder Verblüffung. Oder die Vorboten eines tragischen Geschicks.

Mélanie Claux war damals siebzehn und hatte gerade die letzte Klasse im literarischen Zweig des Lycée Saint-François-d'Assise in La Roche-sur-Yon abgeschlossen. Sie war eher introvertiert und hatte wenig Freunde. Obwohl sie nie wirklich angenommen hatte, ihre Zukunft könne, wie auch immer, mit der ungewissen Fortsetzung ihrer Ausbildung zusammenhängen, war sie fleißig und erzielte ordentliche Noten. Mehr als alles andere liebte sie das Fernsehen. Denn das Gefühl einer Leere, das sie empfand, ohne es beschreiben zu können, vielleicht eine Art Unruhe oder die Angst, ihr Leben entgleite ihr, ein Gefühl, das sich manchmal in ihrem Bauch bildete wie ein enger, aber bodenloser Brunnenschacht, ließ nur nach, wenn sie sich vor den Fernseher setzte.

In einigen Hundert Kilometern Entfernung, in Bagneux in der Pariser Banlieue, schaute sich Clara Roussel, allein und im Geheimen, das Finale von *Loft* an. Sie war damals in der zehnten Klasse. Ihre

Begabung und das sehr mittelmäßige Niveau ihres Gymnasiums ermöglichten es ihr, relativ gute Noten zu bekommen, obwohl sie zu Hause absolut nichts für die Schule tat. Sie interessierte sich vor allem für Jungs, besonders für solche mit kurzem, blondem Haar – eine Nische, in der sie mit weniger Konkurrenz rechnete, denn düstere Dunkelhaarige lagen eindeutig im Trend. Ihre für ihr Alter ungewöhnliche Ausdrucksweise – sie wurde oft wegen ihres ausgesuchten Vokabulars und ihrer Neigung zum Bau komplizierter Sätze geneckt – erwies sich als Trumpf in Sachen Verführung. Ihre Eltern, ein Lehrerehepaar, das sich politisch und lokalpolitisch stark engagierte, gehörte seit dessen Gründung zum Kollektiv »Souriez, vous êtes filmés«, Bitte lächeln, Sie werden gefilmt, einer Organisation von Menschen, die nicht in einer von repressiver Technologie geprägten Gesellschaft untergehen wollten und jede Form von Videoüberwachung aktiv bekämpften. Dieses Kollektiv hatte die Fernsehzuschauer dazu aufgerufen, die Sendung zu boykottieren und – bei einer Demonstration einige Wochen vor dem *Loft*-Finale – ihre Mülleimer vor dem Firmensitz des Senders M6 auszuleeren. An jenem Tag war mit Eiern, Joghurts, Tomaten und sehr viel Abfall geworfen worden. Natürlich hatten sich Claras Eltern an dieser Aktion beteiligt, und danach noch an einer anderen großen Veranstaltung, die von Zaléa TV geleitet wurde, einem alternativen Sender, der Anfang des 21. Jahrhunderts auf völlig neue Art mit freiem Fernsehen experimentierte. Nicht weniger als zweihundertfünfzig Demonstranten war es gelungen, sich dem Loft zu nähern, um die Kandidaten zu befreien. Sie hatten sogar schon eine erste Schutzwand überwunden. Philippe, Claras Vater, war in einem kurzen Bericht in den Nachrichten in France 2 aufgetaucht.

»Das Rote Kreuz hat Zutritt zu Gefangenenlagern, wir verlangen das gleiche Recht! Sie sind unterernährt, erschöpft, dem Scheinwerferlicht ausgesetzt und ständig in Tränen aufgelöst, lasst die Geiseln frei!«, hatte er in das Mikro eines Journalisten gesagt.

»Lasst die Hühner frei«, hatten alle im Chor gerufen, während eine Kette von Polizisten sie am weiteren Vordringen hinderte.

Claras Eltern, die am Abend des Finales an einer Versammlung des Kollektivs zu dem Thema »In welcher Gesellschaft wollen wir leben?« teilnahmen, wären also wenig erbaut davon gewesen, dass ihre gerade einmal fünfzehnjährige Tochter ihre Abwesenheit nutzte, um sich aufs Sofa zu fläzen und diese teuflische Sendung zu sehen, dieses eindeutige Krankheitssymptom einer Welt, in der alles zur Ware geworden war und die vom Kult ums Ego regiert wurde.

Elf Millionen Zuschauer verfolgten an jenem Abend das Finale von *Loft Story*. Noch nie hatte eine Fernsehsendung derart leidenschaftliches Interesse erregt. Die Printmedien hatten das Auftauchen dieses Formats in Frankreich zunächst ausführlich kommentiert und sich dann im Laufe der Enthüllungen und dramatischen Wendungen mit in dieses Spiel ziehen lassen und ihm Platz auf den Titelseiten, in Kommentaren und Debatten eingeräumt. Über Wochen hinweg hatten Soziologen, Anthropologen, Psychologen, Psychiater, Psychoanalytiker, Journalisten, Leitartikler, Schriftsteller und Essayisten die Sendung und ihren Erfolg minutiös analysiert.

»Es wird ein Vorher und ein Nachher geben«, hieß es hier und da.

Sie wollten ins Fernsehen kommen, um bekannt zu werden. Jetzt waren sie bekannt, weil sie im Fernsehen gewesen waren. Sie würden für immer die Ersten sein. Die Pioniere.

Noch zwanzig Jahre später würden Kult-Momente – beispielsweise die berühmte sogenannte »Schwimmbadszene« mit Loana und Jean-Édouard oder der Einzug der Kandidaten in das Haus sowie das gesamte Finale – auf YouTube aufrufbar sein. Der allererste

Kommentar eines Internetnutzers zu einem dieser Videos klang wie ein Orakel: »Die Epoche, in der die Tore zur Hölle aufgetan wurden.«

Vielleicht war es tatsächlich so, dass alles während dieser wenigen Wochen begonnen hatte. Diese Durchlässigkeit des Bildschirms. Dieser nun mögliche Übergang vom Sehen zum Gesehenwerden. Dieses Gesehen-, Erkannt- und Bewundertwerden-Wollen. Dieser Gedanke, es sei für alle und für jeden erreichbar. Man musste nichts herstellen, schaffen oder erfinden, um ein Recht auf seine »fünfzehn Minuten Ruhm« zu haben. Es reichte, wenn man sich zeigte und im Mittelpunkt oder vor dem Objektiv blieb.

Das Aufkommen neuer Medien würde dieses Phänomen bald vorantreiben. Von nun an existierte jeder durch die exponentiell wachsende Anzahl seiner eigenen Spuren in Form von Bildern oder Kommentaren, Spuren, die, wie sich bald erweisen sollte, nicht mehr zu löschen waren. Internet und soziale Netzwerke waren allen zugänglich, sie würden bald an die Stelle des Fernsehens treten und sehr viel mehr Möglichkeiten bieten. Sich zeigen, draußen und drinnen und bis ins kleinste Detail. Leben, um gesehen zu werden, oder vertretungsweise leben. Reality-TV und seine unterschiedlichsten Arten des Protokollierens würden sich nach und nach auf zahlreiche Gebiete ausweiten und für lange Zeit deren Codes, Vokabular und Narrative bestimmen.

Ja, damals hat alles angefangen.

Wenn Mélanies Mutter mit ihrer Tochter sprach, fing sie ihre Sätze gewöhnlich mit einem »Du« an, das es ihr ersparte, ihre eigenen Gefühle klar auszudrücken, und das sofort von einer Verneinung gefolgt wurde. *Du tust nie etwas, du änderst dich auch nie, du hast mir nichts davon gesagt, du hast die Spülmaschine nicht ausgeräumt, du wirst doch so nicht aus dem Haus gehen wollen.* »Du« und ein »nicht« oder »nie« waren unzertrennlich. Als Mélanie sich nach einem nicht sonderlich gut, aber doch auf Anhieb bestandenen Abitur zu einem Englischstudium entschloss, sagte ihre Mutter: »Du glaubst doch nicht, dass wir dir zehn Jahre Studium bezahlen?« Studieren, Karriere machen, das war etwas für Jungs (Madame Claux hatte zu ihrem großen Leidwesen keinen Sohn), Mädchen sollten sich vor allem darum kümmern, einen guten Mann zu finden. Sie selbst hatte sich ganz der Erziehung ihrer Töchter gewidmet und verstand überhaupt nicht, dass Mélanie weggehen wollte, eine Entscheidung, hinter der sie so etwas wie Snobismus witterte. »Pass auf, man sollte sich hüten, zu große Töne zu spucken«, fügte sie hinzu und ließ dabei ausnahmsweise die »Du«-Regel außer Acht. Trotz dieser Warnung packte Mélanie nach ihrem Abitur die Koffer und zog nach Paris. Anfangs wohnte sie im VII. Arrondissement in einer Mansarde mit Toilette und Waschbecken auf dem Flur, wofür sie an vier Abenden pro Woche auf die Kinder der Vermieter aufpasste, dann mietete sie ein winziges Apartment im XV. Arrondissement. (Sie hatte einen Job in einem Reisebüro gefunden, und ihr Vater schickte ihr jeden Monat 200 Euro.)

Wie es dazu gekommen war, dass sie das Studium aufgab und Vollzeit im Reisebüro zu arbeiten begann, hätte sie nicht zu sagen gewusst, höchstens, dass ihr manchmal alles, ob Erfolg oder Scheitern, vorherbestimmt zu sein schien und dass sie kein Zeichen erhalten hatte, das für eine Fortsetzung des Studiums gesprochen hätte: Ihre Noten waren in Ordnung, aber andere Studenten sprachen bereits akzentfrei und schrieben makellose englische Texte. Vor allem aber sah sie, wenn sie sich vom *present continuous* in die Zukunft zu projizieren versuchte, nichts. Gar nichts. Als im Reisebüro eine Stelle frei wurde, bot ihr die Zweigstellenleiterin diesen Posten als Assistentin an, bei dem es sowohl um menschliche als auch um administrative Aspekte ging, und Mélanie sagte Ja. Die Tage vergingen schnell, und sie hatte das Gefühl, am rechten Platz zu sein. Abends kehrte sie in ihr kleines Apartment in der Rue Violet zurück, das sie inzwischen allein finanzierte, machte sich ein Essenstablett zurecht und sah sich sämtliche Reality-TV-Sendungen an. Mit Abstand am liebsten waren ihr *L'Île de la tentation*, obwohl ihr diese Insel der Versuchung ein bisschen zu unmoralisch war, und die romantischere Show *Bachelor*. An den Wochenenden ging sie mit ihrer Freundin Jess aus, die sie auf dem Collège kennengelernt hatte und die ebenfalls nach Paris gezogen war, und trank mit ihr Bier in einer Bar oder Wodka-Orange in einer Disco.

Einige Jahre später machte das Reisebüro, das Mélanie den Einstieg ins Berufsleben ermöglicht hatte, wegen der zunehmenden Online-Buchungen eine schwierige Phase durch und stand kurz vor dem Konkurs.

Als Mélanie sich eines Abends durch eine auf die Rekrutierung von Reality-TV-Kandidaten spezialisierte Website klickte (sie hatte sich nämlich im Laufe der Zeit auf mehrere Anzeigen hin beworben, war aber nie angefragt worden), stieß sie auf ein neues Angebot. Man musste bloß zwischen zwanzig und dreißig Jahre alt und

Single sein und die üblicherweise verlangten beiden Fotos schicken: ein Porträt und eine Ganzkörperaufnahme, möglichst im Body oder Bikini. Nun ja, dachte sie, ein paar Tage Hoffnung, ein paar Tage seliges Träumen, allein dafür lohnte es schon. In der Woche darauf wurde sie kontaktiert. Eine junge Stimme, der sie erst nach mehreren Minuten ein Geschlecht zuordnen konnte, stellte ihr etwa zwanzig Fragen nach ihren Vorlieben, ihrem Aussehen und ihren Beweggründen. Über einige wenige Details log sie und gab sich insgesamt kesser, als sie war. Sie musste originell wirken, wenn sie eine Chance haben wollte. Sie bekam einen Vorstellungstermin in der darauffolgenden Woche.

Als es so weit war, brauchte sie länger als eine Stunde, um die passende Kleidung auszusuchen. Ihr war bewusst, dass sie einen Stil zeigen musste, einen zugleich erkennbaren und beeindruckenden Stil, der auf den ersten Blick einen wichtigen Aspekt ihrer Persönlichkeit betonte. Das Problem war nur, dass sie sich jeden Tag ziemlich gleich anzog – Jeans, Bluse, Pulli – und dass sie bei genauerem Nachdenken nicht sicher war, irgendeine Persönlichkeit zu haben, die sie hätte zeigen können.

Mélanie Claux träumte davon, ein strahlender, eindrucksvoller Mensch zu sein; doch sie blieb diese verschlossene, zurückhaltend wirkende Frau, die sie verabscheute.

Schließlich entschied sie sich für ihre engste Hose (trotz des elastischen Stoffs musste sie sich auf den Boden legen, um den Reißverschluss hochzuziehen) und ein Werbe-T-Shirt von Nestlé (in diesem Unternehmen war ihr Vater gerade zum leitenden Angestellten ernannt worden), das sie unterhalb der Brust abschnitt, sodass das Logo verschwand. Dann zog sie Turnschuhe an und betrachtete sich im Spiegel. Mit der Schere war sie ein wenig zu forsch ans Werk gegangen: Es war ziemlich viel von ihrem BH zu sehen, aber das ergab unleugbar einen Stil. Sie war für achtzehn

Uhr bestellt worden. Um sicher zu sein, dass sie nicht zu spät kam, hatte sie sich den Nachmittag freigenommen.

Sie kam fünf Minuten vor der Zeit in der Verwaltung der Produktionsgesellschaft an. Ihre Fingernägel waren hellrosa lackiert, und ihr Make-up – nur ganz wenig Rouge und ganz leicht getuschte Wimpern – ließ sie jugendlich wirken. Sie wurde in einen rechteckigen großen Raum gebracht, in dem eine Kamera auf einem Stativ und ein Hocker standen. Der junge Mann, der sie wortlos durch ein Labyrinth von Gängen geführt hatte, ließ sie allein. Mélanie wartete. Es vergingen einige Minuten, dann eine Viertelstunde, dann eine halbe Stunde. Da sie sicher war, dass sie heimlich von der Kamera gefilmt wurde, erlaubte sie sich nicht das kleinste Zeichen von Ungeduld oder Verärgerung. Geduld war ganz sicher eine der Eigenschaften, die von einem guten Kandidaten für eine Reality-TV-Show verlangt wurden, also wartete sie weiter, völlig sicher, dass es sich um eine Art Test handle.

Nach einer Stunde platzte eine wütende Frau in den Raum.

»Konnten Sie denn nicht sagen, dass Sie da sind? Ich kann das doch nicht erraten, wenn mir niemand Bescheid sagt!«

»Ich … Tut mir leid. Ich dachte, Sie … wüssten es …«

Wenn sich Mélanie aufregte, bekam sie plötzlich nur noch sehr wenig Luft, sodass ihre Stimme ganz leise wurde.

Die Frau wurde freundlicher.

»Sie müssen mehr Lärm machen, wenn Sie gehört werden wollen. Wie alt sind Sie?«

»Sechsundzwanzig«, antwortete Mélanie kaum lauter.

Die Frau bat sie, sich vor die Kamera zu stellen. Von vorn, dann im Profil, danach mit dem Rücken zur Kamera, dann wieder im Profil. Sie forderte sie auf, zu gehen. Zu lachen und sich ins Haar zu greifen. Sie stellte ihr eine ganze Reihe von Fragen – wie viel sie wiege, welche guten Eigenschaften sie habe, was ihr an ihrem Aussehen besonders gefalle, was sie im Gegenteil an sich hasse, was ihr am häufigsten vorgeworfen werde, ob sie Komplexe habe, wie ihr Idealmann beschaffen sei, ob sie imstande sei, aus Liebe ihren Look, ihre Haltung oder ihren Körper zu verändern –, die Mélanie so gut wie irgend möglich zu beantworten versuchte. Sie finde sich ein bisschen zu mollig, aber ansonsten okay, sie sei direkt und eher fröhlich, sie erträume sich die große Liebe mit einem zärtlichen und zugewandten Mann, sie wolle Kinder, mindestens zwei, ja, aus Liebe sei sie zu vielem fähig, aber nicht zu allem.

Die Frau zeigte zwar ihre Gereiztheit, beendete das Gespräch jedoch nicht. Sie war von Alexia Laroche-Joubert geschult worden, einer der führenden Reality-TV-Produzentinnen in Frankreich, die immer gesagt hatte: »Ein guter Kandidat verführt Sie oder geht Ihnen auf die Nerven, aber wenn er Sie ankotzt, lassen Sie's sein.« Und Mélanie tötete ihr wirklich den Nerv. Vielleicht lag es an der piepsigen Stimme, die in der Aufregung schrill wurde, oder auch an den großen Augen, die durchaus Ähnlichkeit mit denen von Kühen in Zeichentrickfilmen hatten. Schon lange begnügten sich die sogenannten Container-Shows nicht mehr damit, rund um die Uhr die abgrundtiefe Langeweile einer Gruppe junger Versuchskaninchen zu filmen. Dem Grundprinzip des Zurschaustellens mussten weitere Zutaten hinzugefügt werden: vorgeschriebene Skripte, Enthemmungen, übersteigerte Sexualität. Die Körper hatten sich mit den – echten oder angenommenen – Vornamen verändert. Dylan, Carmelo, Kellya, Kris, Beverly und Shana hatten Christophe, Philippe, Laure und Julie ersetzt.

Mehrmals dachte die Casterin daran, das Gespräch einfach abzubrechen. Sie war nicht auf der Suche nach einem wohlerzogenen jungen Mädchen. Sie brauchte trashige, karikaturistische Leute, Lügen und Manipulation. Sie brauchte Gegensätze und Rivalitäten, die Fähigkeit zu treffenden Bemerkungen, die später beim Zappen immer wiederholt werden würden. Aber sie setzte das Gespräch fort. Ihr schoss der Gedanke durch den Kopf, dass sie eine weit gefährlichere Kandidatin vor sich habe, als man meinen könnte. Sollte sich etwa hinter dieser trügerischen Banalität der brutalste, wildeste und blindeste Ehrgeiz verbergen, den sie je erlebt hatte? Umso gefährlicher, als er völlig verborgen war? Dann löste sich dieser Gedanke auf, und sie sah wieder Mélanie Claux vor sich, eine etwas unscheinbare junge Frau, die von einem Fuß auf den anderen trat und nicht wusste, wohin mit ihren Händen.

Ein gutes Casting für eine Reality-TV-Show verlangte immer die gleichen Zutaten, die von den Profis so zusammengefasst wurden: eine Giftnudel + eine typische Blondine + ein Witzbold + ein hübscher Junge + ein kleiner Gockel. Dennoch zeigte die Erfahrung, dass auch eine weniger ausgeprägte Persönlichkeit nützlich sein konnte. Ein Sündenbock, ein Vermittler, eine dumme Gans oder ein Einfaltspinsel waren immer zu gebrauchen. Doch selbst für solche Rollen schien Mélanie allenfalls zweite Wahl zu sein.

Mit rotem Stift schrieb sie auf den vor ihr liegenden Block:

Miss Lambda. Antw.: Nein, danke.

»Wir rufen Sie an«, sagte sie fest und ging schon auf die Tür zu.

Mélanie holte ihre Handtasche, die sie auf dem Stuhl abgestellt hatte, und folgte ihr. Als sie die Arme hob, um ihre Jacke überzuziehen, schienen ihre Brüste, deren Üppigkeit der Casterin auf den ersten Blick aufgefallen war, aus dem T-Shirt zu wogen. Mélanie hatte wirklich sehr große Brüste, echte, geschmeidige und scheinbar weiche, die der rosa Spitzen-BH kaum halten zu können schien. Von einem Zweifel oder auch einer Intuition erfasst, hob sie die Hand, als das junge Mädchen gerade brav den Raum verlassen wollte.

»Sag mal, Mélanie, mit wie vielen Jungs bist du gegangen?«

»Was verstehen Sie unter *gegangen?*«, fragte Mélanie, der klar war, dass sie ihre letzte Karte ausspielte.

»Gut, ich werde deutlicher.« Die Casterin seufzte. »Mit wie vielen Jungs hast du geschlafen?«

Es folgte sekundenlange Stille, dann sah ihr Mélanie in die Augen.

»Mit keinem.«

Nachdem Mélanie gegangen war, schrieb die Casterin in Rot unter ihr Foto:

26 Jahre. JUNGFRAU.

Sie unterstrich es drei Mal.

KRIMINALPOLIZEI – 2019
VERMISSTES KIND KIMMY DIORE

Betr.:
Transkription und Auswertung der letzten von Mélanie Claux (verehelichte Diore) geposteten Instagram-Stories

STORY 2
ins Netz gestellt am 10. November um 16:55 Uhr
Länge: 38 Sekunden

Mélanie Claux sitzt in ihrem Wagen. Sie hält das Handy weit von sich weg und spricht in die Kamera. Oben links im Bild ist der Name des Filters zu sehen (»Rehaugen«).

Dann richtet sie das Handy auf ihre Kinder, die beide hinten im Fahrzeug sitzen. Sammy lächelt der Kamera zu, Kimmy lutscht am Daumen und streichelt sich die Nase mit einem Stoffkamel. Das Mädchen ignoriert das auf sie gehaltene Handy und lächelt nicht.

Mélanie: »Hallo, meine Lieben, tausend Dank! Ihr wart sehr, sehr viele, die abgestimmt haben, um uns zu helfen, und ihr habt für Kimmy die goldenen Nike Air ausgesucht! Natürlich sind wir wie immer eurem Rat gefolgt und haben genau die gekauft! Sie sind ein-fach-toll! Vielen Dank für eure Hilfe und eure Beteiligung. Gleich werde ich Bilder teilen, damit ihr sie an ihren Füßen sehen könnt. Sie stehen ihr ganz wunderbar!!!

Jetzt fahren wir nach Hause! Aber wir vergessen euch nicht! Bis ganz bald, meine Lieben!«

Clara Roussel war gerade dabei, an der Sorbonne ihre Licence in Jura abzuschließen, als sie beschloss, am nationalen Ausschreibungsverfahren für die Polizei teilzunehmen. Sie war vierundzwanzig Jahre alt. Sie vermochte nicht zu erklären, wie sie eines Morgens auf diesen Gedanken gekommen war, da es an den vorangegangenen Tagen keinerlei Vorzeichen für eine solche Wende in ihrem Leben gegeben hatte. Allenfalls konnte sie ein Bedürfnis nach Gerechtigkeit anführen, den Wunsch, sich nützlich zu fühlen, das Ideal, die Bürger zu schützen und zu verteidigen, alles banale Argumente, die in Wahrheit nur Vorwände waren. Denn sie konnte nicht, wie sie es später ohne jeden Skrupel und ohne jede Verlegenheit tun würde, sagen: Ich will das Blut, den Schrecken und das Böse von möglichst Nahem sehen. Dabei hatte sie nur wenige Kriminalromane gelesen (einmal abgesehen von ein paar Agatha Christies in einem verregneten Sommer in der Bretagne) und sah sich keine einzige einschlägige Serie an. Sie war bereits im Jugendlichenalter, als ihre Eltern einwilligten, einen Fernseher anzuschaffen, der jedoch nur für Dokumentationen und politische Sendungen angeschaltet werden durfte. Dennoch waren es zwei Filme – sie hatte sie im Kino gesehen –, die ihre Vorstellungskraft besonders bewegt hatten: *Serpico* von Sidney Lumet (für ihren Vater einer seiner Kultfilme) und *Der Bulle von Paris* von Maurice Pialat. (Ihr damaliger Freund war gerade an der Filmhochschule angenommen worden und wollte ihr das französische Kino nahebringen.)

Nach dem zweiten Studienjahr hatte Clara die elterliche Wohnung verlassen und war in eine Wohngemeinschaft im XIII. Arrondissement, ganz in der Nähe der Porte de Gentilly, gezogen. Die Miete war nicht hoch, und die Wohnung bereits möbliert. Sie waren zu dritt. Die beiden anderen waren offiziell ein Paar, was ihr jedoch wenig glaubwürdig schien: Nicht nur waren sie völlig gegensätzlich, es bestand auch nicht die geringste erotische Spannung zwischen ihnen. Mit Grund. Clara entdeckte bald, was man in ihrer Familie mit erklärter Freude an der Ironie »das große Geheimnis« nannte, dass nämlich beide eine echte Liebesbeziehung zu einem Menschen ihres eigenen Geschlechts unterhielten und ihr Zweckbündnis nur dazu diente, die etwas engstirnigen Eltern zu täuschen. Claras Eltern hingegen hätten kein Problem damit gehabt, wenn ihre Tochter lesbisch gewesen wäre, was jedoch nicht der Fall war. Aber sie hielten es zunächst für einen schlechten Witz, als Clara ihnen mitteilte, sie wolle am nationalen Auswahlverfahren für die Polizei teilnehmen.

»Bei der ersten Prüfung müssen wir einen Aufsatz schreiben, es geht um Allgemeinbildung«, fuhr Clara fort, nachdem sie ihnen erklärt hatte, dass das externe Auswahlverfahren für Polizeioffiziere Bewerbern vorbehalten war, die mindestens die Licence oder einen gleichwertigen Hochschulabschluss hatten. Wenn sie die Prüfung bestehe, würde sie unmittelbar nach dem Auswahlverfahren ihr Studium an der Polizeihochschule aufnehmen.

Angesichts dieser Details und des Tons seiner Tochter, der den zunächst vermuteten nachpubertären Scherz ausschloss, musste sich Claras Vater erst einmal setzen. Einige Minuten lang bekam er kaum Luft, und Clara dachte an den Ausdruck »Da bleibt einem die Luft weg«, den er häufig gebrauchte. Ihre Mutter, der die Hände zitterten, wich ihrem Blick aus.

»Darf man im Internet alles sagen?« war das Thema im Bereich Allgemeinbildung, das den Bewerbern in jenem Jahr gestellt wurde. Danach musste Clara in einer Prüfung anhand vorliegender behördlicher Akten einen praktischen Fall lösen, dann auf einem Fragebogen über allgemeines Verwaltungsrecht und über Bürgerrechte gegenüber dem Staat sowie auf einem weiteren Fragebogen zum Allgemeinwissen kurze Antworten geben und schließlich eine letzte Zugangsprüfung in Strafprozessrecht absolvieren. Danach wurde sie zu den Tests der körperlichen Eignung einbestellt: einem kardiorespiratorischen Ausdauertest und einem Sporttest zur Feststellung der motorischen Fähigkeiten. Ersteren bestand sie, Letzterer hinterließ bei ihr gemischte Gefühle. Clara war von kleiner Statur. »Ein süßer kleiner Temperamentsbolzen«, pflegte ihr Onkel Dédé zu sagen und brachte sie mit diesem Ausdruck jedes Mal in Wut. Als Kind hatte sie alle möglichen medizinischen Untersuchungen über sich ergehen lassen müssen, weil man herausfinden wollte, warum sie so klein war. Einige Monate lang war sogar von einer Behandlung mit Wachstumshormonen die Rede gewesen, doch dann hatten Réjane und Philippe in Absprache mit ihrer Tochter beschlossen, der Natur ihren Lauf zu lassen. Als sie erwachsen war, hatte Clara einen Meter vierundfünfzig erreicht. Sie war klein, aber bestens proportioniert. Sie war gelenkig und sportlich, verfügte über einige Ausdauer und hatte keine Angst vor der Prüfung. Doch an jenem Tag verlor sie nach einem vielversprechenden Anfang unter dem Blick von Commandant M. – einem blonden Mann in den Vierzigern, dessen gutes Aussehen und Anziehungskraft ihr nicht entgangen waren – auf dem Schwebebalken das Gleichgewicht, stürzte, stieg wieder auf und lief dann sehr rasch in die falsche Richtung.

In der Turnhalle wurde gelacht, und jemand sagte laut und ironisch: »Hier geht's zum Ausgang.« Clara blieb stehen und nahm sich einige Sekunden Zeit, um ihre Atmung zu beruhigen. Sie sah dem Hauptkommissar in die Augen und versuchte aus seinem Gesicht herauszulesen, ob sie weitermachen durfte. Doch sein Gesichtsausdruck war nicht zu deuten. Stolz und schweigend setzte sie die Übung fort.

Als Clara nach Hause ging, überlegte sie, dass sie zwar keine allen Widrigkeiten trotzende motorische Geschicklichkeit an den Tag gelegt hatte, aber eine nicht zu leugnende Widerstandsfähigkeit gegenüber dem Gefühl der Lächerlichkeit, was bei der Polizei vermutlich nützlich sein konnte.

Eines Morgens um neun Uhr hatte Mélanie den Anruf bekommen. Man hatte sie für die allererste Staffel von *Rendez-vous dans le noir* angenommen! Sie war für dieses Rendezvous im Dunkeln für gut befunden, auserwählt, erkoren worden. Sie hüpfte vor Freude und sagte immer wieder »Ich fass es nicht! Ich fass es nicht!«, dann wurde ihr mit einem Mal furchtbar übel, und sie musste sich auf den Bauch legen. Danach rief sie ihre Mutter an, die zunächst glaubte, Mélanie habe sich das nur ausgedacht, und dann sagte: »Aber du setzt dir jetzt nicht irgendwelche Flausen in den Kopf!« Etwas später musste sie einen Antrag auf unbezahlten Urlaub ausfüllen, weil die Dreharbeiten mitten in der Woche stattfanden. Es war kein idealer Zeitpunkt, aber ihre Chefin hatte eingewilligt.

Als es so weit war, brachte sie ein für die Betreuung der Kandidaten zuständiger Assistent im Wagen nach Chambourcy, wo sich das für die Produktion gemietete Haus befand.

Es gibt auf Wikipedia noch einen Eintrag über die Show:

»*Rendez-vous dans le noir* ist eine auf TF1 vom 16. April 2010 bis zum 11. April 2014 (drei Staffeln) ausgestrahlte Sendung.«

Das Grundschema der Sendung wird dort knapp beschrieben:

»Werden sie die Liebe finden? Drei Frauen und drei Männer, alle ungebunden, werden in einem großen Haus versammelt, die Männer auf der einen Seite, die Frauen auf der anderen. Der einzige gemeinsame Raum ist ein mit Infrarotkameras ausgestattetes unbeleuchtetes Zimmer, in das sie gerufen werden, damit sie sich in völliger Dunkelheit kennenlernen. Dabei suchen sie sich einen Partner aus, mit dem sie sich danach zu zweit in dem dunklen Zimmer treffen. Am Ende der Sendung sehen sie die/den Auserwählte(n) zum ersten Mal bei Licht und müssen dann entscheiden, ob sie die Beziehung fortsetzen wollen oder nicht.

Wegen enttäuschender Zuschauerzahlen wurde die Sendung durch *Qui veut épouser mon fils?*, Wer will meinen Sohn heiraten?, ersetzt.«

Von den drei jungen Frauen kam Mélanie als Erste an. Im Kleiderschrank zeigte ein Etikett mit ihrem Vornamen, wo ihr Teil des Schrankes war, und sie räumte ihre Sachen an den zugewiesenen Platz. Sie hatte ihre auffälligsten Kleidungsstücke mitgenommen, obwohl man sie informiert hatte, dass die Produktionsgesellschaft ihr zu ihrem Stil und ihrer Persönlichkeit passende Kleidung zur Verfügung stellen werde, wenn man es für nötig halte. Ein anderer Kandidatenbetreuer steckte den Kopf durch die Tür und fragte, ob sie irgendetwas brauche, was sie verneinte, obwohl sie ausgehungert, verängstigt und völlig durchgefroren war (der Regisseur hatte vergessen, den Stecker des elektrischen Heizkörpers einzustecken). Er bat sie, ins Wohnzimmer zu gehen, weil die beiden anderen Kandidatinnen bald ankommen würden. Sie würde jetzt auf ihre Rivalinnen treffen. Natürlich würde man ihre jeweiligen Reaktionen filmen, während sie sich kennenlernten. Als sie auf dem rosa bezogenen großen Sofa saß, dachte Mélanie an Loana. Aber diesmal war sie es, Mélanie Claux, die vor der Kamera und auf der richtigen Seite des Bildschirms sein würde. Sie war es, die im Mittelpunkt stehen, bald von Millionen von Fernsehzuschauern gesehen, auf der Straße erkannt, verfolgt und angehimmelt werden würde. Sie wurde von ihren Gefühlen fast überwältigt, einige Momente lang sah sie sich aus einer Luxuslimousine aussteigen, während die Flut der mit Fotos und Heften ausgerüsteten und auf ein Autogramm hoffenden Fans anbrandete; sie konnte diese Woge der Liebe und Bewunderung und ihre Freude darüber körperlich spüren – ein Zustand der Gnade, eine endlich gefüllte seit Langem klaffende Leere –, doch Mélanie, die merkte, dass ihre Träumerei zu weit ging und in ihrem Hirn ein mächtiges Suchtmolekül freizusetzen begann, wischte diese Vision sehr schnell beiseite.

Durch die bodentiefen Fenster sah sie eine blonde junge Frau, die einen großen Koffer hinter sich herzog, auf die Haustür zugehen. Sekundenlang konnte sie den Blick nicht von ihren Beinen lösen, endlose, schlanke und leicht gebräunte Beine, die von mindestens zehn Zentimeter hohen Absätzen noch verlängert wurden. Mélanie spürte, wie ihr das Blut aus dem Gesicht wich und zu den Füßen floss. Es versprach ein harter Konkurrenzkampf zu werden. Savane trat ins Wohnzimmer und warf ihr einen Gruß zu, dessen arroganter Ton verriet, wie sehr ihr bewusst war, dass sie das männliche Fantasma verkörperte: eine sinnliche, erotische Überlegenheit, mit der nur wenige Frauen mithalten konnten. Sie trug eine Corsage mit Leopardenmuster und einen Minirock – man könnte auch sagen, einen Gürtel, dachte Mélanie – aus schwarzem Leder. Mélanie konnte ihre Angst kaum verbergen und ballte die Fäuste. Sie kaute schon seit Jahren nicht mehr an den Nägeln, aber manchmal überfiel sie, geradezu zwanghaft, die Lust dazu. Sie küssten sich auf die Wangen und tauschten unter den gierigen Kameraaugen Banalitäten aus. Die Reality-Shows verzichteten schon seit Langem auf Liveübertragungen, denen es einfach stark an dramatischer Spannung fehlte, dennoch wussten beide, dass jede Geste, jedes Wort beim Schnitt berücksichtigt werden konnte. Dann kam die dritte Kandidatin, ebenso brünett wie Savane blond war – und genauso vulgär, dachte Mélanie, die nichtsdestotrotz fasziniert war von ihrer Frisur (langes, glattes, glänzendes ebenholzschwarzes

Haar) und ihren Jeansshorts, deren ausgefranster Stoff den unteren Teil der Pobacken erahnen ließ. Auch sie war schön, besaß diese überaus attraktive, sexuelle Schönheit, die Mélanie nie erlangen würde; mehr als um alles andere beneidete sie sie um diese Macht, andere in ihren Bann zu schlagen.

Nachdem sie sich miteinander bekannt gemacht hatten, wurden sie gebeten, ihre sexysten Kleidungsstücke anzuziehen und sich in die Maske zu begeben. Danach sollten sie ins Wohnzimmer zurückkehren. Mélanie fand auf ihrem Bett ein rückenloses Oberteil und einen kurzen Rock vor und zog beides an, ohne lange darüber nachzudenken. Dann übernahm es die Maskenbildnerin, sie frischer und gesünder aussehen zu lassen. Mélanie fand zwar, dass sehr viel Fond de teint aufgetragen wurde, doch der Betreuer beruhigte sie freundlich: Die Maskenbildnerinnen verstünden ihr Handwerk. Ein Friseur ging mit dem Glätteisen über ihr Haar und war entzückt von ihrer Haarfarbe: Einen so intensiven Kastanienton habe er selten gesehen. Es war draußen schon dunkel, als sie sich im Spiegel anschaute. Mélanie hatte das Gefühl, eine andere Version ihrer selbst zu sehen. Eine vergrößerte, raffiniertere Version, die jedoch nicht von Dauer sein konnte. Denn die Kutschen werden immer wieder zu Kürbissen, dachte sie, und die Ballkleider verwandeln sich in Lumpen.

Im Wohnzimmer servierte man ihnen einen ersten Cocktail. Der mit Sprudelwasser vermischte und mit einer Zitronenscheibe dekorierte blaue Likör, den Mélanie nicht kannte, entspannte nach und nach ihre Gliedmaßen, ihren Hals und ihre Schultern. Auf der anderen Seite des Hauses, in einem den Frauen nicht zugänglichen Gebäudeteil, waren auch die jungen Männer angekommen. Nach einigen Cocktails fingen die jungen Frauen an zu lachen, es herrschte eine angenehme Atmosphäre weiblicher Komplizenschaft. Die Stimme der Regie, die aus einem Lautsprecher über dem Sofa drang, gab den Gesprächen mehr oder weniger die Richtung vor. Sie bat die Kandidatinnen, den Typ Mann zu beschreiben, der ihnen gefiel, oder zu erklären, warum sie noch ungebunden waren. Vanessa und Savane liebten kräftige, muskulöse Männer, Mélanie hatte eine Schwäche für vollschlanke, etwas rundliche Männer. »Ein bisschen wie ein Teddybär«, erklärte sie, und sie brachen alle drei in Lachen aus. Savane hatte einen Sohn, den sie allein aufzog, Vanessa hatte sich gerade von einem eifersüchtigen Mann getrennt (ein flüchtiger Ausdruck von Schmerz huschte über ihr Gesicht), Mélanie verkündete, sie sei Romantikerin und warte noch auf ihre *andere Hälfte*, den Mann, mit dem sie eine Familie gründen könne.

Drei oder vier Cocktails später schraken sie zusammen, als die STIMME sie wieder unterbrach:

»Savane, Vanessa und Mélanie, ihr werdet in der Dunkelkammer erwartet …«

Mélanie hatte nicht damit gerechnet, dass es dort derart finster sein würde. Mit ausgestreckten Händen tastete sie sich vorwärts. Sie traf auf ein Hindernis, erkannte es als einen Sessel und setzte sich. Außer den Kontrollleuchten der Infrarotkameras in allen vier Ecken des Raums war nichts zu sehen. Savane und Vanessa traten nach ihr ein, und sie half ihnen, die beiden Sessel rechts und links von ihrem zu finden. Als alle Frauen saßen, ließ man die Männer herein. Sofort verbreitete sich im Zimmer ein starker moschusartiger Geruch.

Noch nie war ihr eine Dunkelheit so dunkel vorgekommen. Jeder sagte seinen Vornamen, erst die Frauen, dann die jungen Männer. Nachdem die üblichen Vorstellungsfloskeln absolviert waren, forderte die STIMME sie auf, die Sessel zu verlassen und sich auf handgreiflichere Art kennenzulernen.

»Ihr könnt euch berühren, betasten, entdecken! Ihr könnt euch nicht sehen, also müsst ihr all eure anderen Sinne einsetzen, um euch kennenzulernen.«

Einer der Jungs näherte sich Mélanie und fasste sie um die Taille. Ihr Körper wurde steif. Yoann bemerkte trotz allem, wie groß ihre Brüste waren, und drückte sie fester an sich, um sich noch einmal zu vergewissern. Als er seine Nase an ihren Hals drückte, um ihren Geruch aufzunehmen, konnte sie ein Zurückschrecken nicht unterdrücken.

»Oh, da ist aber jemand schüchtern!«, rief er ein bisschen zu laut.

Die STIMME schaltete sich ein.

»Mélanie, haben Sie keine Hemmungen, Bekanntschaft mit Ihren Verehrern zu schließen.«

Dicht neben sich hörte sie bedeutungsvolles Seufzen und Glucksen. Savane und Carmelo hatten sich entschieden angenähert.

Yoann, deutlich abgekühlt, ging an ihr vorbei zu Vanessa.

In der verbleibenden Zeit in der Dunkelkammer berührten, streichelten und beschnupperten sich die Mädchen und die Jungen. Die drei jungen Männer hatten sich um die beiden anderen Frauen geschart, neugierig und voller Sinnlichkeit wanderten die Hände über die Körper. Es ging darum, sich gegenseitig zu verführen und zu erobern, davon hing ihr Schicksal ab. Mélanie konnte die Wolken von Schweißgeruch ringsum wahrnehmen, in die sich unterschiedliche Duftnoten mischten; der starke, scharfe Geruch des Begehrens füllte allmählich den Raum. Nur wenige Minuten hatten genügt, um sie aus dem Spiel auszuschließen. Mehrmals forderte die STIMME die Männer auf, sich ihr zu nähern, was sie auch taten, aber ohne sie nochmals zu berühren.

Nach einer unendlich langen Zeit, deren Dauer sie nicht einschätzen konnte (im endgültigen Schnitt würde die Sequenz nur zehn Minuten dauern), befahl ihnen die STIMME, die Dunkelkammer zu verlassen und in ihre jeweiligen Wohnbereiche zurückzukehren.

Als später im Beichtstuhl jeder Mann vor der Kamera sagen sollte, mit welcher Frau er zu einem Tête-à-Tête zusammenkommen wolle, entschied sich keiner von ihnen für Mélanie.

Am nächsten Tag verließ sie das Spiel, ein Betreuer fuhr sie zurück. Man hatte ihr erlaubt, den Rock und das rückenfreie Oberteil zu behalten, und ihr feierlich ein Schminkset überreicht, ein Geschenk der Kosmetikfirma, die die Sendung sponserte.

Im Wagen weinte sie ein bisschen. Der Kandidatenbetreuer, der meinte, so sei es für sie beide am wenigsten peinlich, drehte das Autoradio lauter.

Mélanie sah die Bäume, Felder und Dörfer vorbeiziehen, dann, als sie sich Paris näherten, die Lagerhallen und Hochhauszeilen. Als sich der Wagen in den Verkehr auf dem Boulevard périphérique einfädelte, fiel ihr Blick auf ein riesiges Werbeplakat für den Color-Riche-Lippenstift von L'Oréal, das ganz oben an einem nagelneuen Gebäude hing. Einen Moment lang starrte sie auf die dunkle Farbe und die scheinbare Tiefe der Abbildung. Der Lippenstift ragte auf wie ein Monument, ein Penis oder eine Standarte. Und dahinter spiegelte sich auf Laetitia Castas Gesicht ein Licht aus dem Nirgendwo, als wäre es allein ihr vorbehalten. Da wurde mit einem Mal alles klar. Sie würde eine dieser Frauen sein. Sie wollte dieses warme Licht, die Schatten, die das Gesicht modellierten, die vollen Lippen. Noch einige Monate, dann würde das Reisebüro schließen und sie wäre arbeitslos, aber sie würde nicht nach La-Roche-sur-Yon zurückkehren. Nein. Sie würde hier bleiben, in Paris, denn hier spielte sich *alles* ab.

Sie würde hier bleiben und eines Tages berühmt werden.

KRIMINALPOLIZEI – 2019
VERMISSTES KIND KIMMY DIORE

Betr.:
Transkription und Auswertung der letzten von Mélanie Claux (verehelichte Diore) geposteten Instagram-Stories

STORY 3
ins Netz gestellt am 10. November um 17:18 Uhr
Länge: 42 Sekunden

Mélanie Claux steht vor der Kamera. Man sieht nur ihr Gesicht und ihren Oberkörper. Während des gesamten Videos werden GIFs oder animierte Emoticons eingeblendet: Herzen in allen Farben, Arielle, die Meerjungfrau, und die Eiskönigin sowie eine weitere Disney-Figur (Bär?), die ein Schild mit einem klopfenden Herz schwenkt.

Mélanie: »Hallo, meine Lieben, wir sind gerade erst aus dem Einkaufszentrum zurück, und stellt euch vor: Kim und Sam sind schon wieder los! Der Durchhänger im Wagen hat nicht lange gedauert. Freunde von ihnen haben vor dem Haus gespielt, und sie sind gleich wieder zu ihnen runtergelaufen. Ich glaube, sie spielen Verstecken, und ich werde die Gelegenheit nutzen und meine Einkäufe wegräumen und den Crêpe-Teig für heute Abend vorbereiten. O ja! Ich sagte es euch ja schon heute Morgen, heute ist Mittwoch, und wie ihr wisst, haben wir einmal im Monat an einem Mittwochabend eine … Crêpe-Party! Natürlich gibt es dazu auch Nutella! *(Ein animiertes Glas Nutella erscheint über dem Bild.)*

Ihr kennt ja Sammy! Keine Crêpes ohne Nutella! Ich teile gleich das Rezept, für all diejenigen, die es noch nicht notiert haben.

Das wär's erst mal, meine Lieben, aber wir vergessen euch nicht. Bis nachher!«

Das Bild wird von einem Regen bunter Herzen überlagert.

Jede Familie pflegt ihren Mythos. Oder doch wenigstens eine im Laufe der Zeit angereicherte epische Fassung ihrer Geschichte, der nach und nach Heldentaten, verrückte Zufälle, außergewöhnliche Details und sogar das ein oder andere Erdichtete hinzugefügt werden. Claras Familie – ihre Eltern, ihre Großeltern, ihre Onkel und Tanten und später ihre Vettern und Kusinen – erzählten gern von den Streiks, den Demos, den Versammlungen, kurzum, von den vielen mehr oder weniger friedlichen, mal gewonnenen, mal verlorenen Schlachten, die ihre Geschichte in einer weit zurückreichenden Tradition sozialer Kämpfe verankerten. Die Daten hatten ihre Bedeutung: Réjane und Philippe hatten sich im Juni 1985 auf dem großen Fest kennengelernt, das SOS Racisme auf der Place de la Concorde veranstaltet hatte. Clara war am Abend nach den Demonstrationen gegen Devaquets Gesetzesvorhaben zur Reformierung der Universitäten gezeugt worden, und ihre Eltern hatten – da war sie neun – einen Tag, nachdem der Juppé-Plan zur Reform der Finanzierung der Sozialversicherung und der Rentenversicherungssysteme zurückgezogen worden war, geheiratet.

Im Laufe der Jahre waren die Versionen romanhaft ausgestaltet worden, was manchmal zulasten der chronologischen Kohärenz ging. Bei näherer Betrachtung nämlich passten die Daten nicht immer zueinander. Wie zum Beispiel konnte Clara, die 1986 zur Welt gekommen war, im November desselben Jahres gezeugt worden sein?

Die glorreiche Streik- und Protestbewegung von 1995 hatte Clara allerdings noch sehr genau in Erinnerung. Ihr Vater, der damit befasst war, etwaige Entgleisungen am Ende des Protestzugs zu kanalisieren, hatte unglücklicherweise ihre Hand losgelassen. Statt, von der Menge weitergetragen, dem Zug zu folgen, hatte sie sich an die Seite spülen lassen (oder hatte sie sich der Menschenmenge aus eigenem Antrieb entzogen?) und dann auf dem Bürgersteig gestanden und auf ihren Vater gewartet. Erst nach einigen Minuten wurde ihr klar, dass er nicht mehr in ihrem Blickfeld auftauchen würde und dass sie verloren gegangen war. Die aus den Lautsprechern dröhnenden Slogans machten jeden Versuch, um Hilfe zu rufen, sinnlos. Sie setzte sich auf die Erde und sagte immer wieder einen der Sätze der Demonstranten, der ihr besonders gefiel, vor sich hin: »Wer Elend sät, wird Zorn ernten, wer Elend sät, wird Zorn ernten!« Nach und nach zogen die letzten Gruppen, Spruchbänder schwenkend und auf Töpfe schlagend, an ihr vorüber. Sie hatte keine Angst. Zwei oder drei Mal war ein netter Mensch stehen geblieben, um zu fragen, was sie denn da so ganz allein mache, und sie hatte jedes Mal brav dieselbe ruhige Antwort gegeben: Sie warte auf ihre Mutter, die zur Toilette gegangen sei. Tatsächlich aber hatte Réjane mit ihren Kollegen vom Collège Romain-Rolland in der Mitte des Zugs demonstrieren wollen und Philippe die Verantwortung für die Kleine überlassen. Clara wusste, dass sie auf keinen Fall und unter keinem Vorwand mit Fremden mitgehen durfte.

Sie kannte sich in Paris nicht gut aus, also blieb sie eine Zeit lang sitzen und betrachtete die Fassaden der Haussmann'schen Gebäude ringsum. Ihr wurde allmählich kalt, als sie zwei uniformierte Polizisten auf sich zukommen sah. Sie hatte immer gehört, dass man sich vor den Flics in Acht nehmen müsse. Sie sprang also auf und versuchte zu flüchten, wurde aber rasch von dem jüngeren Beamten eingeholt. Sie hätte nicht zu sagen gewusst, wie viel Zeit seit dem Verschwinden ihres Vaters vergangen war. In den ersten Versionen der Anekdote war von zwanzig Minuten die Rede, dann von dreißig, und in der halbwegs endgültigen Fassung der Geschichte betrug die Wartezeit zwei Stunden, was weniger wahrscheinlich, dafür aber sensationeller war.

Sicher ist jedenfalls, dass Clara kurz darauf im Kommissariat des XII. Arrondissements saß, während mehrere Polizeibeamte versuchten, ihre Mutter oder ihren Vater ans Telefon zu bekommen. Sie spielte mit einem jungen Praktikanten Schach, und ein Herr mit einem großen Schnäuzer, anscheinend der Chef, schenkte ihr einen Lutscher.

Diese Bilder kamen ihr an dem Junitag in den Sinn, an dem sie ihren Eltern mitteilen musste, dass sie das Auswahlverfahren für die Aufnahme an der Polizeihochschule tatsächlich bestanden hatte. Seit einigen Wochen hatten sich Réjane und Philippe jedes Mal, wenn Clara ihnen von den zahlreichen Prüfungen berichtete, bei der Hoffnung ertappt, sie möge durchfallen. Nach bestandener Vorauswahl hatte sie schriftliche psychologische Tests, dann die Simulation einer beruflichen Stresssituation, danach ein Gespräch mit der Jury und zum Schluss noch eine mündliche Englischprüfung absolviert. Bei der Aufzählung dieser Etappen musste ihr Vater an sich halten, um sie nicht zu fragen, wie bei so sorgfältigem Sieben derart dämliche Flics herauskommen konnten.

Als Clara den Brief mit der Zusage bekam, beschloss sie, ihren Eltern die gute Nachricht noch am selben Tag persönlich zu überbringen. Ein Teil von ihr fürchtete sich vor diesem Moment, ein anderer riet zur Zuversicht. Ihre Eltern waren immer sehr darauf bedacht gewesen, dass sie sich frei entfalten konnte, und hatten ihre Persönlichkeit respektiert. Hatten sie ihr nicht nach dem Abitur erlaubt, nach London zu gehen, statt gleich mit dem Studium zu beginnen? Und hatten sie nicht mit viel Humor und Nachsicht reagiert, als sie zwei Jahre darauf erfahren mussten, dass Clara keineswegs mehr Au-pair-Mädchen bei einer Familie in einem bürgerlichen Vorort, sondern Kellnerin in einem Nachtclub war?

Clara durchquerte den Torbogen des vorderen Gebäudes und dann den Garten der Wohnanlage. Sie dachte kurz daran, wie sie hier als Kind gespielt und sich oft damit vergnügt hatte, Knallfrösche in den Büschen und sogar, wann immer sich die Gelegenheit bot, in Hundehaufen hochgehen zu lassen. Sie betrat das hintere Gebäude und rannte die Treppe hoch. Sie spürte, wie ihr die Kehle eng wurde und sich eine Art Furcht in ihrem ganzen Körper ausbreitete. Im zweiten Stock angekommen, hörte sie Musik. Was zu dieser Uhrzeit absolut nicht zu den Gewohnheiten ihrer Eltern passte. Sie klingelte, aber niemand machte ihr auf. Wahrscheinlich war ihre Mutter weiter hinten in der Wohnung. Sie klingelte ein zweites Mal, dann holte sie ihren Schlüssel aus der Tasche. Als sie eintrat, stand sie vor ihren Eltern, ihrem Onkel Pascal und dessen Frau Patricia, alle als Flics verkleidet. Die vier hatten sich zu einem etwas undisziplinierten, aber sehr heiteren Ehrenspalier aufgereiht. Wo sie die anscheinend echten Käppis und Pfeifen aufgetrieben hatten, würde Clara nie erfahren.

»Ausweiskontrolle!«, verkündete Pascal.

Alle prusteten los und ließen sie dann weitergehen. Ihre Mitbewohnerin hatte das Geheimnis verraten und Claras Kommen angekündigt. Auf dem Tisch standen Wein- und Champagnerflaschen und alle möglichen Quiches und Tartes und Brotaufstriche, die ihre an Feste, Versammlungen und sonstige gemeinschaftliche Picknicks gewöhnten Eltern meisterhaft zuzubereiten wussten. Auch wenn sie vielleicht ihr Unverständnis oder sogar das Gefühl, verraten worden zu sein, verbergen mussten, zeigten sie Clara, dass sie bereit waren, ihren Erfolg mit ihr zu feiern. Sie stießen an. Ihr Vetter Mario und ihre Kusine Elvira, beide in Handschellen, improvisierten ein kleines Ballett.

Als der Abend langsam ausklang, griff ihr Onkel Dédé, der zum Abendessen dazugestoßen war, nach Réjanes Gitarre und stimmte Renauds Lied *Hexagone* an:

La France est un pays de flics
À tous les coins d'rue y'en a cent
Pour faire régner l'ordre public,
Ils assassinent impunément.[1]

Als Clara gerade Luft holte, um ihm zu widersprechen, zog Philippe sie in die Küche. Er bat sie, sich zu setzen, machte umständlich das Fenster auf, setzte sich ihr gegenüber, räusperte sich und zündete sich eine Zigarette an. Er öffnete den Mund, um etwas zu sagen, etwas Ernsthaftes, das er vermutlich vorbereitet hatte, einen Satz, einen Rat, eine Ermutigung, etwas Starkes und Endgültiges. Aber er brachte nichts heraus. Tränen stiegen ihm in die Augen. Er seufzte und lächelte nur, während er zum Zeichen der Kapitulation die Hände ausbreitete.

Dieses Lächeln sollte Clara noch lange im Gedächtnis bleiben, klar und deutlich, und alle anderen überdecken. Ihr Vater war ein Meister der Sentenzen und Aphorismen, der Glaubensbekenntnisse und nebulösen Theorien, die er von mathematischen Formeln ausgehend entwickelte und zum Spaß auf die Zufälle des Alltags übertrug. Doch an diesem Abend hatte er so einfache Worte sagen wollen, dass sie ihm entglitten waren. Er wollte sagen: *Pass auf dich auf.*

Wenige Monate später war er tot.

Als sie sich zum ersten Mal begegneten, waren zehn Jahre vergangen, seit Mélanie Claux sich in der Region Paris niedergelassen und Clara Roussel ihr Studium an der nationalen Polizeihochschule aufgenommen hatte. Zehn Jahre, mit einem Schlag vergangen – wie vom Blitz oder einem Knüppel getroffen, blickt man zurück, betäubt und erschöpft, und versteht nicht, was passiert ist. Rasche, entscheidende Jugendjahre, die sie beide nicht so genau hätten beschreiben können, wenn man sie danach gefragt hätte. Oder sie hätten vielleicht geantwortet: fröhlich und traurig zugleich. Jahre, die bald in eine Art immer dichter werdenden Dunst sinken würden, aus dem jedoch einige amtliche, gefühlsbesetzte oder symbolische Daten herausragen würden.

Mélanie Claux hatte 2011 Bruno Diore geheiratet, dessen Profil einige Monate zuvor auf dem Internetportal Attractive World ein *Match* mit ihrem war. Sie hatte anfangs vorgehabt, den Namen ihres Mannes anzunehmen, und sogar überlegt, einen Antrag auf Streichung des ohnehin bei der Aussprache wegfallenden *e* am Ende zu stellen (Dior war ihrer Ansicht nach schicker und hätte sie unleugbar in eine ganz andere Sphäre gerückt), den Plan jedoch aufgegeben, weil die Formalitäten sehr komplex waren und sie einen legitimen Grund hätte angeben müssen. Schließlich behielt sie ihren Mädchennamen. Im selben Jahr brachte sie einen kleinen Jungen zur Welt, Sammy. Ihr Mann, der etwas älter war als sie, arbeitete damals in einer IT-Dienstleistungsfirma und hatte gerade eine beträchtliche Gehaltserhöhung bekommen. Sie hatte seit einiger Zeit in demselben Unternehmen, in dem auch Bruno angestellt war, eine Sekretärinnenstelle, die sie aber nun aufgab, um sich ganz ihrem Sohn zu widmen. Nach der Heirat bezogen sie in Châtenay-Malabry – wo Brunos Eltern wohnten und er einen Teil seiner Jugend verbracht hatte – ganz in der Nähe des Parc de Sceaux eine große Wohnung in einer neugebauten Wohnanlage. Zwei Jahre später, als das Paar gerade eine schwierige Phase durchmachte, wurde ein kleines Mädchen namens Kimmy geboren. Mélanie beschloss, Hausfrau und Mutter zu bleiben, bis ihr das Schicksal einen anderen Weg wies, denn sie war mit diesem Zustand vollauf zufrieden.

Nach einigen Jahren im Polizeirevier des XIV. Arrondissements, wo sie ihre Vorgesetzten mit ihrem vorausschauenden und logischen Denken sowie ihren außergewöhnlichen Fähigkeiten beim Aufsetzen von Texten beeindruckt hatte, war Clara Roussel in den Dienst der Kriminalpolizei, der Brigade criminelle, von Paris getreten. Sie hatte dort im Rahmen des Auswahlverfahrens ein Praktikum absolviert, und das hatte sie in ihrem Wunsch bestärkt, in der Verbrechensbekämpfung zu arbeiten. Anfangs hatte sie an die Brigade für den Schutz Minderjähriger gedacht, sich jedoch angesichts des Wenigen, was sie an Pädokriminalität zu sehen bekommen hatte, umentschieden – dafür war sie nicht robust genug. In ihren ersten beiden Jahren bei der Kripo genoss Clara das Privileg, in dem berühmten Gebäude Quai des Orfèvres 36 zu arbeiten. Doch dann wurde die Regionaldirektion in die Rue du Bastion im XVII. Arrondissement verlegt. Der Umzug, über den viele nicht glücklich waren, bewog einige Beamte dazu, den Dienst zu quittieren oder sich versetzen zu lassen. Mehrere legendäre Mitglieder der Brigade nahmen den Umzug zum Anlass, aus ihr auszuscheiden. Aufgrund dieser Umstellungen wurde Clara früher als erwartet zur *procédurière* befördert. Bei dieser Gelegenheit wurde sie der Gruppe Berger, einer der sechs mit Ermittlungen in Strafsachen betrauten Gruppen, zugeteilt.

Procédurière, das Wort brachte einen nicht gerade zum Träumen, und doch war es ihr Traum. Es klang nach Pedanterie, Langweile, sogar ein wenig nach Stumpfsinn; das amüsierte sie. Man war weit entfernt von der durch die Fernsehserien transportierten Vorstellungswelt, von hochriskanten Beschattungen, dramatischen Verhaftungen, von Spitzelnetzen und nächtelangen Undercover-Ermittlungen im Milieu. Und doch war Clara an der Jagd beteiligt. Von den ersten Minuten bis zum Ende der Ermittlung hielt Clara jede Etappe in Bild und Wort fest. Sie liebte es, ihren Beruf zu erklären, den es so nur bei der französischen Kriminalpolizei gibt. Der *procédurier* war der Garant für das Dossier, das auf dem Schreibtisch des Staatsanwalts oder des Richters landete: dafür, dass es solide, kohärent und ohne Schwachpunkte war. Zunächst kümmerte sie sich um die gesamte Tatbestandsaufnahme am Tatort, sammelte alle Spuren und Indizien und nahm die beschlagnahmten Beweisstücke in amtliche Verwahrung. Dann musste sie oft bei der Autopsie anwesend sein, um dem Gerichtsmediziner die Informationen zu geben, die er brauchte. Anschließend war sie für alle an Dritte übertragenen Nachforschungen und für alle ans Gericht weitergeleiteten Informationen verantwortlich. Dafür, dass sie sachdienlich und regelgerecht waren. Abgesehen von ihren eigenen Schriftstücken las Clara auch die Protokolle ihrer Kollegen Korrektur. Sie wies auf Schwächen und Ungenauigkeiten hin, verlangte Präzisierungen, stellte Formulierungen in Frage. Und äußerte manchmal Erstaunen über eine voreilig aufgegebene Spur.

Dass der Ermittlungsbericht standhielt und möglichst in einen Ordner passte, dafür hatte sie zu sorgen. Dass er lesbar und verständlich war. Untadelig. Aus Stahlbeton. Dass sich kein Anwalt auf einen Formfehler stürzen konnte, nichts dem Zufall überlassen blieb und alle Schlupflöcher geschlossen waren. Ein Beruf für

Besessene, Pedanten, Schreiberlinge, fügte sie manchmal lächelnd hinzu.

Sie hatte sich längst einen Ruf erworben. Nichts entging ihr, weder inhaltlich noch formal. Sie war imstande, ein Protokoll zurückgehen zu lassen, weil die Syntax zu wünschen übrig ließ, oder aber in einer grammatikalischen Wendung die Schwachstelle eines Alibis zu entdecken.

Was das Privatere anging – ein Thema, über das sie nie sprach –, so war Clara zweimal verliebt gewesen. Und hatte zweimal verzichtet. Eine Empfindung, eine Disposition, eine Schwäche, die dem Zustand der Verliebtheit zu eigen waren, eine physische, physiologische Verfassung, die etwas mit Erwartung, Abhängigkeit oder ganz einfach mit einer Strömungsveränderung zu tun hatte, diese Verfassung, die, so schien ihr, ihre Fähigkeiten einschränkte, statt sie zu steigern, war letzten Endes immer stärker gewesen als ihre Gefühle. Und dann kam die Angst, eine brutale, unsinnige Angst, die sie zwang, auf Distanz zu gehen. Von ihrer letzten Liebesbeziehung, der stärkeren, obsessiveren, war nur noch ein Mailwechsel übrig. Clara schrieb dem Mann, den sie geliebt hatte, und dieser war nach einigen Monaten des Schweigens bereit, ihr zu antworten.

Seit sie ihre Arbeit bei der Kriminalpolizei aufgenommen hatte, wohnte Clara in Saint-Mandé, in einem Gebäude, das der Polizeipräfektur gehörte und in dem die meisten Mieter Flics waren. Rings um sie bildeten sich Familien, rundeten sich Bäuche. Doch ein Kind gehörte nicht zu ihren Zukunftsplänen. Einerseits war sie sich nicht sicher, dass sie selbst völlig erwachsen war, andererseits empfand sie ihre Epoche als ausgesprochen feindlich. Sie hatte das Gefühl, dass eine stille, tiefe, tückische Veränderung von noch nie dagewesener Gewalt vor sich ging – eine Etappe zu viel, eine im großen Zeitenlauf überschrittene unheilvolle Schwelle – und dass niemand diese Veränderung aufhalten konnte. Es wäre ihr verrückt erschienen, mitten in dieses riesige Gemälde ohne Träume und Utopien ein Kind zu setzen.

Als sie drei oder vier Jahre alt gewesen war, hatten ihre Eltern sie zu Philippes Mutter mitgenommen, die in der Nähe der belgischen Grenze lebte. Clara liebte ihre Oma sehr, doch deren düstere Wohnung war vollgestopft mit Gegenständen, mit Nippes und Ölgemälden, die Clara Angst einjagten. Ihre Oma freute sich sehr, die Enkelin für einige Tage bei sich zu haben (Réjane und Philippe wollten ein paar Urlaubstage zu zweit verleben), und hatte zu ihrem Empfang einen Nachmittagsimbiss vorbereitet. Obwohl Clara sich vor der bevorstehenden Abreise ihrer Eltern fürchtete, war sie brav auf einem Hocker vor ihrem heißen Kakao sitzen geblieben. Dann hatte sie, nachdem sie ihren Teller leer gegessen hatte, in äußerst taktvollem Ton gesagt: »Oma, es ist sehr hübsch bei dir, aber weißt du … Ich werde nicht bleiben können.«

An manchen Abenden, wenn Clara ein bisschen getrunken hatte, erwähnte sie neben den üblichen Argumenten, die sie für ihr Einzelgängertum und ihre Partnerlosigkeit anführte, auch die Epoche und den Lauf der Welt. Dieses Gefühl einer Kluft und das nutzlose und zugleich notwendige Bewusstsein, trotz allem auf der richtigen Seite zu stehen. Zuweilen geschah es, dass sie, um das Gespräch zu beenden, wie einen für sich selbst bestimmten *private joke*, dessen Bedeutung nur sie verstand, leise sagte: »und außerdem bin ich nicht sicher, dass ich bleiben kann.«

Am 10. November 2019 gegen achtzehn Uhr verschwand Mélanie Claux' damals sechsjährige Tochter während eines Versteckspiels mit anderen Kindern der Wohnanlage.

Von ihrem Sohn alarmiert, suchte Mélanie zunächst mehrmals den Garten ab, wobei ihr schon bald verschiedene Nachbarn halfen. Überall riefen sie nach der Kleinen, und dann gingen sie methodisch von Haus zu Haus und klopften an alle Türen. Sie durchsuchten Keller und Flure, teilten sich in zwei Gruppen auf und baten den Hauswart, den Gemeinschaftsraum aufzuschließen. Nachdem sie länger als eine Stunde ergebnislos gesucht hatten, schlug der Hauswart vor, die Polizei zu rufen. Mélanie brach in Tränen aus. Ein Mieter aus dem Erdgeschoss erklärte sich bereit, bei der Polizei anzurufen und die Lage zu schildern.

Eine halbe Stunde später verteilten sich ein Dutzend Polizisten auf dem Gelände, um nach dem Mädchen zu suchen. Kimmys »Schmuseschmutz« (ein verschlissenes kleines Stoffkamel) wurde in der Nähe des Spielplatzes auf dem Boden gefunden.

Nach einer Stunde Suche, der sich weitere Nachbarn angeschlossen hatten und bei der jedes Treppenhaus, jeder Gang, jede Ecke im Garten aufs Gründlichste durchkämmt worden war, blieb nur die Schlussfolgerung, dass sie verschwunden war.

Gegen einundzwanzig Uhr wurden Mélanie und Sammy zum Polizeirevier von Châtenay-Malabry gebracht. Mélanies Mann Bruno war in der Provinz unterwegs. Beim ersten Anruf war er zu seinem Wagen gestürzt, doch nach Angaben seines GPS würde er nicht vor Mitternacht eintreffen können.

Eine Polizeibeamtin versuchte Sammy möglichst genaue Informationen über die Umstände des Verschwindens zu entlocken. Für eine regelrechte Vernehmung schien der achtjährige Junge zu sehr unter Schock zu stehen. Mit einiger Mühe bewegte ihn die Brigadière dazu, den Verlauf des Versteckspiels zu schildern. Nach dem, was sie aus ihm herausbekam, war Kimmy auf den Raum mit den Mülltonnen zugerannt, als er sie zum letzten Mal gesehen hatte. Er machte sich große Sorgen um seine Schwester und wirkte erschöpft. Nach einer Weile rieb er sich die Augen und schlief plötzlich im Sitzen ein. Die junge Beamtin holte seine Mutter. Mélanie Claux ließ ihn sanft auf den Sitz daneben kippen, streckte seine Beine aus und deckte ihn mit ihrer Daunenjacke zu.

Kurz darauf wurde Mélanie Claux, nachdem sie um ein heißes Getränk gebeten hatte, zum ersten Mal von Kommissar S. vernommen. Der Kommissar tippte geschickt alles in den Computer ein, während sie sich detailliert an die Abfolge der Ereignisse zu erinnern versuchte: Sie waren alle drei aus dem Einkaufszentrum Vélizy 2 zurückgekommen, und Sammy und Kimmy hatten gesehen, dass die anderen Kinder gerade eifrig Verstecken spielten. Eins der Kinder, der kleine Léo, hatte sie sofort zum Mitspielen eingeladen. Sammy und Kimmy hatten ihre Mutter erwartungsvoll angeschaut. Sie hatte gezögert und es dann erlaubt.

Da sie immer noch völlig durchgefroren wirkte, bat Kommissar um eine Decke für sie. Einen Moment später hüllte sie sich in eine Wollstola, die jemand an der Garderobe vergessen hatte, und legte dann die Hände um die Tasse. Er ließ zu, dass sich Schweigen im Raum ausbreitete, kein misstrauisches Schweigen – obwohl die Eltern immer die ersten Verdächtigen sind, wenn ein Kind verschwindet –, eher etwas Neutrales, Leeres, das gefüllt werden wollte. Der Ehemann war unterwegs, er würde ihn gleich nach dessen Eintreffen selbst vernehmen.

Mélanie hob den Blick von der Tasse und sah ihn an.

»Wir sind berühmt, müssen Sie wissen. Die Kinder und ich. Sehr berühmt ... Ich bin sicher, dass es da einen Zusammenhang gibt.«

Ein rascher Blick auf seinen Assistenten bestätigte ihm, dass auch Brigadier F. noch nie etwas von dieser Frau und ihren Kindern gehört hatte. Was psychisch Gestörte anging, so hatte der Kommissar schon ganz andere erlebt und weit aufgeregtere, die sich für Gott, Céline Dion oder Zinedine Zidane hielten. Aus Erfahrung wusste er, dass die beste Strategie darin bestand, die Leute weiterreden zu lassen. Mélanies Stimme erschien ihm jetzt schriller, unharmonisch und ziemlich unangenehm, jedenfalls hätte er das unter anderen Umständen gedacht.

»Die meisten Leute mögen uns. Das sagen sie uns oder sie schreiben es, sie fahren Hunderte von Kilometern, um uns zu sehen ... Einfach verrückt, diese ganze Liebe, die wir empfangen. Sie können sich das nicht vorstellen. Aber neuerdings gibt es Gerüchte, Verleumdungen, und jetzt sind uns manche Leute böse. Sie wünschen uns Schlechtes. Weil sie neidisch sind ...«

»Neidisch worauf, Madame Claux?«, fragte er so sanft wie möglich.

»Auf unser Glück.«

Mélanie, der die Skepsis, auf die ihre Äußerungen stießen, durchaus bewusst war, holte ihr Handy aus der Tasche und zeigte dem Kommissar und seinem Assistenten ihren YouTube-Kanal, der von fünf Millionen Abonnenten regelmäßig verfolgt wurde. Jedes einzelne Video auf Happy Récré war von mehreren Millionen Usern angesehen worden. Dann ging sie auf ihr Instagram-Konto. Sie erklärte die Zahlen: Neben der Anzahl der Follower und der bestätigten Aufrufe sei auch die Zahl der Likes und der Kommentare wichtig. Das alles bedeute sehr viel, betonte sie, es mache sie zu ...

Sie suchte kurz nach dem richtigen Wort, fand aber nur eines: Ja, das alles mache aus ihnen Stars.

Auf die Frage, wie hoch die dadurch entstehenden Einkünfte seien, verweigerte sie die Antwort. Durch ihren Vertrag mit der Plattform sei sie verpflichtet, solche Informationen nicht preiszugeben. Kommissar S. erinnerte sie etwas schroff daran, dass es um das Verschwinden ihrer Tochter gehe. »Man könnte eine Entführung mit krimineller Absicht befürchten«, setzte er hinzu, und diese Hypothese erschien ihm noch wahrscheinlicher, als sie schließlich ein Jahreseinkommen von »über« einer Million zugab. Der Kommissar stieß unwillkürlich einen Pfiff aus. Und rief, wie er es in solchen Fällen zu tun hatte, den diensthabenden Richter an.

Um 21:30 Uhr erhielt Mélanie Claux auf ihrem Instagram-Konto eine lakonische private Nachricht. Der Absender, dessen Name ihr unbekannt war, hatte selbst keinen einzigen Follower. Alles ließ darauf schließen, dass das Konto nur zu dem Zweck eingerichtet worden war, ihr die folgende Botschaft zu senden: »Kind verschwunden … Deal folgt«. Das bestätigte die Hypothese einer Lösegelderpressung.

Um 21:35 Uhr beschloss die Staatsanwaltschaft von Nanterre in Anbetracht der ersten Informationen und der Bekanntheit der Familie (die Behauptungen der Mutter waren überprüft worden), die Kriminalpolizei einzuschalten.

Um 21:55 Uhr betraten die Mitglieder der Gruppe Berger, die seit dem Morgen im Bereitschaftsdienst war, die Wohnanlage Le Poisson Bleu. Clara und ihr Chef waren unter den Ersten, wurden jedoch bald gefolgt vom Abteilungsleiter und vom Chef der Brigade. In solchen Fällen waren die Vorgesetzten immer zur Stelle.

Eine halbe Stunde später schwärmten etwa zwanzig Ermittler aus. Während sie begannen, sich unter den Nachbarn umzuhören, bestimmte Clara Roussel die Bereiche, aus denen Beweisstücke geborgen werden sollten, und gab den Beamten der Spurensicherung entsprechende Anweisungen.

Rings um die Stelle, wo das Schmusetier des Mädchens gefunden worden war, zog sie einen großen Kreis, der mit Plastikbändern abgesteckt wurde. Auch der Zugang zur Tiefgarage und zum Müllraum wurden abgesperrt.

Das Schmusetier, ein paar gebrauchte Papiertaschentücher, etwa zwanzig Zigarettenkippen, ein fettiger Papierfetzen mit dem Namen einer Bäckerei, ein strubbeliger Barbiekopf und ein zerbrochener Kompass wurden als Beweismittel sichergestellt. Die auf den Erdflächen sichtbar gemachten Fußspuren wurden, obwohl sie sehr zahlreich und unscharf waren, fotografiert.

Nachdem diese Beweismittel gesichert waren, beschloss der Abteilungsleiter, Suchhunde hinzuziehen. Die beiden herangeführten Hunde folgten ausgehend von einem Kleidungsstück, das Kimmy getragen hatte, genau dem beschriebenen Weg: Die Spur führte durch den Raum mit den Mülltonnen und endete in der Tiefgarage.

Während ihre Kollegen weiterhin von Tür zu Tür gingen und in der Hoffnung auf eine entscheidende Zeugenaussage die Nachbarn befragten, blieb Clara in den gemeinschaftlich genutzten Bereichen.

Später, in der Nacht, würde sie den Tatort auf Papier bannen müssen. Die Örtlichkeiten so genau wie möglich beschreiben. Alles notieren, alles festhalten. Nach Blut, Sperma, Haaren, nach jeder hinterlassenen Spur suchen. Oder aber das Fehlen von Spuren feststellen. Dass sich das Mädchen in Luft aufgelöst zu haben schien.

Sie zeichnete einen Plan der Wohnanlage mit den Eingängen, der Lage der drei Gebäude zueinander, mit dem Spielplatz, dem Müllraum und der Tiefgarage. Dann erstellte sie eine Liste der draußen gefundenen Beweisstücke und der innerhalb der Wohnung genommenen Proben, mit deren Hilfe die DNA der vier Familienmitglieder bestimmt werden sollte. Die Zimmer der beiden Kinder waren von den Ermittlern nach einem etwaigen Indiz dafür, dass sich jemand mit dem Mädchen verabredet hatte, durchsucht worden, aber sie hatten nichts gefunden.

In diesem Stadium hatte zwar die Hypothese einer Entführung mit Lösegeldforderung größtes Gewicht, doch auch Rache, ein Pädophilennetzwerk oder eine Zufallsbegegnung mit schrecklichen Folgen waren im Bereich des Möglichen. In Anbetracht des Alters des Kindes war eine Flucht ausgeschlossen.

Wie auch immer, der Countdown hatte begonnen. Die Statistiken waren unerbittlich: Wenn zur Kindesentführung ein Tötungsdelikt hinzukam, dann geschah dieses in neun von zehn Fällen in den ersten vierundzwanzig Stunden.

Kurz vor zwei Uhr morgens, als die Eltern von der Polizei nach Hause gebracht wurden – wo ihnen von nun an für den Fall, dass die Entführer Kontakt zur Familie aufnahmen, ein Verhandlungsspezialist zur Seite stehen würde –, ging Clara zu ihnen und stellte sich vor.

Als sich Mélanie Claux und Clara Roussel zum ersten Mal begegneten, wunderte sich Mélanie trotz des Zustands äußerster Anspannung, in dem sie sich beide befanden, über die Autorität, die von einer derart kleinen Frau ausging, und Clara bemerkte Mélanies Fingernägel, den rosa Lack mit Glitzerpartikeln, die im Dunkeln leuchteten. Man könnte sie für ein Kind halten, dachte Mélanie, sie gleicht einer Puppe, war Claras Gedanke.

Selbst bei den schrecklichsten Tragödien spielt das Äußere eine Rolle.

Seit dem Tod ihrer Eltern war sich Clara Roussel der Zerbrechlichkeit des Lebens sehr bewusst. Mit fünfundzwanzig Jahren hatte sie ein für allemal begriffen, dass man eines Morgens heiter und zuversichtlich das Haus verlassen konnte, um nie wieder zurückzukehren. So war es ihrem Vater ergangen, er war an einem Samstagmorgen um halb neun, als er nach unten gegangen war, um Croissants zu holen, von einem Lieferwagen überfahren worden. Genauer gesagt hatte ihn das Fahrzeug nur gestreift, aber der Rückspiegel hatte ihn mit solcher Wucht am Kopf getroffen, dass dieser zum Teil abgerissen worden war. Einige Monate darauf starb ihre Mutter mitten auf der Straße an einer Aneurysmaruptur. Seit jenem Tag erwachte in Clara jedes Mal, wenn sie an einen Tatort gerufen wurde, jedes Mal, wenn sie zufällig an einer Menschenansammlung, wie sie sich bei einem Unfall oder einem Zusammenbruch sekundenschnell bildet, vorbeikam, und jedes Mal, wenn sie einen Kranken- oder Feuerwehrwagen auf der Straße halten sah, die Gewissheit, dass an jedem Tag, in jeder Minute und jeder Sekunde ein Menschenleben kippen konnte. Das war für sie, anders als für die meisten Menschen, nicht nur eine mit dem Intellekt erfasste Gegebenheit oder Tatsache. Es war ein körperlich empfundener Schrecken, der sie über Stunden bedrückte. Manchmal länger. Deshalb war für sie, wenn sie zu einem Fall zugezogen wurde, das erste Gespräch mit den Angehörigen des Opfers so schwer. Sie konnte nicht anders, sie empfand physisch, wie einen Widerhall im eigenen Körper, das Adrenalin, das den Blutkreislauf der anderen überschwemmte. Für einige Sekunden war sie die Frau, der man gerade den Tod ihres Kindes mitgeteilt hatte, der Ehemann, dessen Frau erstochen, die alte Dame, deren Sohn soeben verhaftet worden war.

Für alle Flics aus der Nummer 36, die ihre Kollegen aus dem Bataclan hatten zurückkehren sehen, blieb der Monat November ein düsterer Monat. Ein besudelter Monat. Am Abend des 10. Novembers 2019 war Clara gerade in einer Bar im XIII. Arrondissement zu ihrer Freundin Chloé gestoßen, als die Nachricht ihres Gruppenleiters Cédric in ihre WhatsApp-Gruppe platzte. An diesem Tag hatte sie endlich ein Dossier über einen dreifachen vorsätzlichen Mord fertiggestellt, in dem sie wochenlang ermittelt hatten. Sie hätte gern erst noch darauf angestoßen, dass dieser Fall, einer der komplexesten, den sie je in Händen gehabt hatte, glücklich abgeschlossen war, doch der Bereitschaftsdienst ihres Teams fing gerade erst an und die Einsätze kamen selten im richtigen Moment. Es geht wieder los, dachte sie und ließ die Fingerknöchel knacken, eine Gewohnheit aus ihrer Jugend, die sie nie hatte ablegen können.

Die Anrufe mitten in der Nacht oder in den frühen Morgenstunden, die abgebrochenen Mahlzeiten, die draußen in der Kälte oder unter den Neonleuchten im Büro verbrachten Feiertage, die verschobenen Urlaube, diese ganze mehr oder minder heroische Mythologie ihres Berufes – sie hatte sich darauf vorbereitet und daran angepasst. Was sie sich jedoch nicht hatte vorstellen können und was Tag für Tag eine sehr konkrete Realität war, war die Anspannung, der ihr Körper während all dieser Jahre ausgesetzt sein würde. Selbst im Schlaf blieben ihre Muskeln und Gelenke noch mobilisiert. Tatsächlich war sie imstande, zu jeder Tages- und Nachtzeit blitzschnell aufzuspringen, sich anzuziehen und loszufahren.

Nachdem der Moment des ersten Eindrucks vorbei war, nahm Clara während der wenigen Minuten, die sie sich im gelblichen Licht der Außenleuchten der Wohnanlage gegenüberstanden, Mélanies Verzweiflung wahr. Nackte, absolute Verzweiflung. Während sich die junge Mutter ein letztes Mal umsah, als würde ihre Tochter gleich hinter einem Busch hervorkommen, als könnte all das – die Polizisten, die sich überall im Garten zu schaffen machten, die zwischen die Bäume gespannten Plastikbänder – nicht wahr sein, hatte Clara das Gefühl, ihr Leid in sich aufzunehmen. In der Zeit, in der sie ein paar Worte wechselten, meinte sie mit bloßem Auge sehen zu können, wie der Schrecken jede Zelle von Mélanies Körper besetzte. An den Arm ihres Mannes geklammert, durchlebte Mélanie zum zehnten Mal diesen nicht mehr zugänglichen Moment, den sie der Realität am liebsten unter Aufbietung all ihrer Kräfte entrissen hätte und gegen den der größte Kummer, die tiefste Reue nichts vermochten: diesen Moment, in dem ihr Sohn aus dem Garten heraufgekommen war und gesagt hatte, dass er seine Schwester nicht mehr finden könne.

Gegen halb drei Uhr morgens kam Clara, nachdem sie die ersten Protokolle und alle Beweisstücke ins Dienstgebäude gebracht hatte, endlich nach Hause. Ihr war klar, dass sie versuchen musste, wenigstens noch zwei Stunden zu schlafen, bis sie in die Rue de Bastion zurückkehrte.

Doch statt sich hinzulegen, fuhr sie den Computer hoch, surfte im Internet und fand Happy Récré. Auf der Startseite des YouTube-Kanals waren etwa dreißig Miniatur-Vorschaubilder zu sehen, die für die letzten von der Familie geposteten Videos standen. Unter jedem der Miniaturbilder stand die Anzahl der Aufrufe: zwischen fünf und fünfundzwanzig Millionen. Clara ging mit dem Cursor über die Reihe der Vorschaubilder, es schien kein Ende zu nehmen.

Sie war zu müde, um sie zu zählen. Vermutlich waren es mehrere Hundert Videos mit Kimmy Diore und ihrem großen Bruder. Einen Moment lang betrachtete sie das Gesicht des Mädchens, die blonden Locken und die großen dunklen Augen, ein hinreißendes kleines Mädchen, dachte sie und verscheuchte all die anderen Bilder, die sie anzuspringen begannen, dann sah sie sich zwei, drei beliebig herausgepickte Videos an.

In der kurzen Nacht, die auf Kimmys Verschwinden folgte, wurde Clara von einem deutlich vernehmbaren Satz geweckt. Das passierte ihr hin und wieder: Worte, so klar und wohlgeordnet, als kämen sie aus ihrem eigenen Mund, rissen sie plötzlich aus dem Schlaf. Und jedes Mal erlangten diese aus dem Traum, dem Unbewussten oder einem anderen Ort der Nacht, zu dem sie keinen Zugang hatte, aufgetauchten Sätze im Nachhinein eine Bedeutung, manchmal sogar die eines Vorzeichens.

Um 5:20 Uhr setzte sie sich in ihrem Bett auf und hörte in ihrem dunklen Schlafzimmer diesen Satz, den sie selbst gerade aussprach: »Es ist eine Welt, deren Existenz unsere Vorstellungskraft übersteigt.«

Dieses sechs Jahre alte Mädchen war in der Welt verschwunden, in der echten Welt, deren Gefahren Clara ungefähr einzuschätzen vermochte. Doch Kimmy Diore war in einer Parallelwelt aufgewachsen, einer ganz und gar künstlichen Welt, einer virtuellen Welt, die sie, Clara, nicht kannte. Diese Welt gehorchte Regeln, über die sie nicht das Geringste wusste.

Das Entsetzen war in einem Sekundenbruchteil in Mélanies Körper eingedrungen, beißend und brennend, und hatte sich dann in sämtliche Körperteile ausgebreitet. Das Entsetzen war in ihrem Blut, mächtig, viel mächtiger als alles, was sie sich hätte vorstellen können. Dabei hatte sie im Fernsehen und auf Netflix eine ganze Menge Geschichten über vermisste Kinder und deren Mütter, die vor Sorge außer sich waren, gesehen. Die Papiertaschentücher in Reichweite, hatte sie sich mit den Helden identifiziert. Mit ihnen gelitten und einen Moment, nur einen Moment, lang gedacht, das so etwas auch ihr zustoßen könne. Gerade lange genug, um sich zu sagen: Das könnte ich nicht ertragen.

Doch jetzt sah sie sich nicht diesen Protagonisten gegenüber, deren Kaltblütigkeit oder Mut sie bewunderte, an diesem Abend war sie es, die steif und angespannt in ihrem Wohnzimmer stand, unfähig, sich zu setzen, unfähig, den leisesten körperlichen Kontakt zu ertragen, nicht einmal die Handfläche ihres Mannes auf ihrer Schulter.

Das war für immer in ihr Gedächtnis eingebrannt: Sammys erstickte Stimme, seine Blässe, sein Ringen nach Atem.

Dann hatte es diese ganze Unruhe rings um sie gegeben, diese zwanzigmal wiederholten Fragen, die heißen Getränke in Plastikbechern, die kleine Hand ihres Sohnes in ihrer, die Kälte und diesen Schal, den sie ihr um die Schultern gelegt hatten und der durchtränkt war von einem Damenduft, einem Parfüm, das so ähnlich roch wie das ihrer Mutter und von dem ihr übel geworden war. Kurz vor Mitternacht war endlich Bruno angekommen. Auch er hatte einen Haufen Fragen beantworten müssen, fast hätte man denken können, sie hätten ihn im Verdacht, Kimmy irgendwohin gebracht zu haben. Man brauchte Bruno nur anzusehen, um zu begreifen, dass er keiner Fliege etwas zuleide tun konnte, sie jedenfalls hatte das auf den ersten Blick begriffen, am ersten Tag, in der ersten Minute, als sie ihn gesehen hatte. Ihr Mann hatte ruhig und geduldig geantwortet, ohne das geringste Zeichen von Gereiztheit. Er hatte mit dem Weinen gewartet, bis sie wieder zu Hause waren und er den schlafenden Sammy zu Bett gebracht hatte. Er hatte sich aufs Sofa gesetzt, und es hatte nur wenige Sekunden gedauert bis zu dem erstickten, würgenden Schluchzer, bei dem ihr eiskalt geworden war.

Nach all dem Kommen und Gehen in der Wohnanlage, den Hunden, dem Suchen und dem Sicherstellen von Beweismitteln waren alle wieder gegangen, alle bis auf diesen Typen, der, wie man ihnen erklärt hatte, bei ihnen bleiben würde, bis Kimmy wieder zurück sei. Ein Typ aus einer Eingreif-Brigade oder so, der die Aufgabe hatte, sie zu unterstützen und zu beraten, sollten die Entführer Kontakt zu ihnen aufnehmen. Er hatte sich in dem Zimmer am Ende des Flurs niedergelassen, das sie in ein Arbeitszimmer umwandeln wollten, das ihnen aber noch als Abstellraum diente und in dem glücklicherweise auch ein Bettsofa stand, das er sich ausklappen konnte. Wenn auf dem Display eines ihrer Handys eine unbekannte Nummer erschien, sollten sie ihm sofort Bescheid sagen, noch bevor sie den Anruf annahmen. Nachdem ihnen der Typ diese Anweisungen gegeben hatte, zog er sich zurück, und Bruno und Mélanie konnten einen Augenblick in der Küche allein sein, beide unfähig, ins Bett zu gehen. In der Stille hatte der Kühlschrank wieder zu brummen begonnen, als wäre das alles nur ein schlechter Witz, ein dummer Streich, und für einen Augenblick glaubte sie, sie würde ohnmächtig. Sie hielt sich am Tisch fest und stellte sich mit geschlossenen Augen vor, ihr Atem fließe an einer

Schiene entlang, daraufhin verging das Schwindelgefühl. Bruno saß auf einem Stuhl, den Kopf in den Händen, und sie hörte wieder seinen Atem, unregelmäßig, stockend, ein unterdrücktes Stöhnen.

An diesem Morgen waren sie aufgestanden wie an jedem Morgen, ohne zu wissen, dass ihnen nur noch wenige Stunden Glück und Heiterkeit blieben, dass sie schon am Abend in einer namenlosen Katastrophe untergehen würden. Wer konnte sich so etwas vorstellen? Sie hätte alles darum gegeben, noch einmal zurückgehen zu können. Ein paar Stunden. Nur ein paar Stunden. Nein sagen zu können. Ganz einfach. *Nein, ihr könnt jetzt nicht draußen spielen.* Eine Kleinigkeit, eine klitzekleine Kleinigkeit hätte gereicht. Irgendwer irgendwo konnte ihr doch diesen Gefallen tun: die Zeit zurückdrehen und sie andere Worte sagen lassen. Worte, die sie fast gesagt hätte, die ihr auf der Zunge gelegen hatten, die jedoch in einem Moment der Schwäche ungesagt geblieben waren. Sie hatte Nein sagen wollen. Nein, wir haben keine Zeit, wir müssen noch Hausaufgaben machen und ein Video für Instagram drehen. Doch Kimmy und Sammy hatten so glücklich gewirkt bei der Aussicht, wieder mit den anderen spielen zu dürfen. Ausnahmsweise, dieses eine Mal, hatte sie gedacht, und Ja gesagt.

Ein Mal, ein einziges Mal, und ihr Leben war zerstört?

Mélanie musste das Ausmaß des Geschehenen erst noch erfassen. Im Augenblick glich sie den anpassungsbemühten Ausländern, die nur zur Hälfte verstehen, was ihr Gesprächspartner sagt, und sich deshalb unter großen Anstrengungen den Sinn erschließen müssen. Obwohl sie es nicht hätte formulieren können, nahm sie deutlich wahr, dass ein Teil der Aussage ihr verschlossen blieb. Die Wahrheit ging über ihre Kräfte. Dank der Widerstandsfähigkeit, die sie in den vergangenen Stunden bewiesen hatte, hatte sie Haltung bewahren und die Fragen beantworten können. Das war schon viel.

Jetzt stand sie hier in ihrer Küche und würde im Geiste diesen Augenblick wieder und wieder durchspielen und eine höhere Instanz laut anflehen, ihn ungeschehen zu machen.

Doch am Ende würde sie sich setzen müssen. Vielleicht sogar schlafen. Und den Gedanken akzeptieren, dass ihre Tochter verschwunden war.

KRIMINALPOLIZEI – 2019
VERMISSTES KIND KIMMY DIORE

Betr.:
Protokoll der Vernehmung von Mélanie Claux
(verehelichte Diore),
durchgeführt am 10. November 2019 um 20:30 Uhr
vom diensthabenden Kommissar S. des Zentralkommissariats
von Châtenay-Malabry

(Auszüge)
Frage: Sie sagten, Sie haben das Fenster offen gelassen, um Ihre Kinder zu hören. Machten Sie sich Sorgen, weil sie draußen waren?

Antwort: Nein, nein, eigentlich nicht … Ich wollte nur nicht, dass sie vielleicht ausgeschimpft würden. Manche Nachbarn sind dagegen, dass die Kinder im Garten spielen, wegen des Lärms. Bei jeder Miteigentümerversammlung wird darüber gestritten, weil schon mal Mülltonnen umgeworfen und Blumen zertrampelt werden. Mir ist es übrigens im Allgemeinen lieber, sie bleiben in der Wohnung. Gewöhnlich ist da so ein Kerl mit seinem hellen Hund unterwegs, Monsieur Zour, er macht den Kleinen Angst. Aber im Augenblick ist er nicht da, er ist anscheinend im Krankenhaus, deshalb war ich auch einverstanden …

Frage: Konnte außer Ihren Nachbarn jemand wissen, dass die Kinder gerade draußen spielten?

Antwort: Nun, nein … Das heißt, doch. Weil ich eine Story ins Netz gestellt hatte.

Frage: Eine was?

Antwort: Eine Story. Das ist ein kleines Video, das man auf Instagram veröffentlicht. Nur vorübergehend. Sie bleibt nur vierundzwanzig Stunden im Netz. Während die *posts*, ob nun Fotos oder Videos, für immer bleiben.

Frage: Eine Story, ist das eine Geschichte?

Antwort: Nein, nicht wirklich ... Stories sind kleine Momente des Alltags, die man mit seiner Community teilt, verstehen Sie? Das heißt, mit den Leuten, die unser Leben verfolgen, als Abonnenten. Ich habe eine gepostet, als die Kinder nach unten gelaufen sind, ich habe nur gesagt, dass sie draußen spielen würden und ich dadurch Zeit hätte, durchzuatmen und das Abendessen vorzubereiten. Ich hatte auch in Vélizy 2 eine Story gepostet, als wir die Turnschuhe für Kimmy gekauft haben, wir haben nämlich eine Partnerschaft mit Nike, also muss ich die Produkte zeigen, verstehen Sie, es ist ein bisschen schwer zu erklären ...

Frage: Können wir uns diese Videos anschauen?

Antwort: Ja, sie sind noch auf meinem Instagram-Account. Danach bleiben sie im Archivordner, zu dem nur ich Zugang habe.

Frage: Wann genau haben Sie diese Story gepostet, in der Sie sagten, dass Ihre Kinder draußen spielten?

Antwort: Das weiß ich nicht mehr ... So gegen 17:15 oder 17:30 Uhr, würde ich sagen.

Frage: Kennen die Leute, die Ihr Leben verfolgen, Ihre Adresse?

Antwort: Nein, nein. Überhaupt nicht. Das heißt, einige vielleicht doch, weil es sich rumspricht, in der Schule, in der Wohnanlage, die Leute wissen, wer wir sind. Wir sind bekannt, also reden manche vielleicht mit den Leuten in ihrem Umfeld darüber und geben damit an, dass sie in derselben Wohnanlage wohnen wie Kim und Sam. Ich lasse sie nur selten draußen spielen, weil sich bestimmte Kinder über sie lustig machen. Kinder untereinander können grausam sein, wissen Sie. Oder die Eltern reden irgendeinen Unsinn, und die Kinder plappern es dann nach. Einmal sind die Jungs der Wohnanlage über Sammy hergefallen und haben ihm Gemeinheiten gesagt, sogar ganz schreckliche Sachen. Ich habe ihm verboten, sich mit ihnen zu treffen oder mit ihnen zu sprechen. Aber heute war es nicht wie damals die Bande von Kevin Tremplin, die draußen spielte, es waren jüngere Kinder, die Kim und Sam gern mögen: der kleine Léo, die kleine Maëva, der Sohn von den Filloux, seinen Vornamen habe ich vergessen, wirklich ein netter Kleiner ... Deshalb habe ich Ja gesagt ... *(mehrere Minuten Unterbrechung durch Schluchzen)* Ich hole meine Kinder jeden Tag mit dem Wagen von der Schule ab, ich bin eine echte Glucke, müssen Sie wissen. Ich hätte nicht gedacht, dass hier etwas passieren könnte, es ist eine exklusive Wohnanlage. Vielleicht ist Kimmy verletzt, vielleicht ist sie irgendwo hingefallen, vielleicht sollten wir noch weiter nach ihr suchen.

Frage: Sie haben die Story zwischen 17:15 und 17:30 Uhr gepostet, und um 18:15 Uhr ist ihr Sohn gekommen und hat gesagt, dass er seine Schwester nicht finden konnte, war es so?

Antwort: Ja, ich glaube, ja. Als er hereinkam, hatte ich gerade auf die Uhr gesehen und wollte sie schon vom Fenster aus hochrufen. Wir wohnen im zweiten Stock, und ich hatte sie ein paar Minuten vorher genau unter dem Fenster gehört. Sammy musste noch etwas für die Schule tun, ich achte auch in den Ferien darauf, dass er nicht in Verzug gerät, und der Freitag ist normalerweise der Tag, an dem wir unser Video auf YouTube posten, also müssen wir eine Instagram-Story machen, um darauf hinzuweisen, dass wir das Video ins Netz gestellt haben.

Frage: Wie haben Sie reagiert, als ihr Sohn es Ihnen gesagt hat?

Antwort: Ich bin sofort nach unten gelaufen. Ich habe im Garten und in allen Ecken der Wohnanlage, in denen sie sich hätte verstecken können, nach ihr gerufen. Ich habe bei den Nachbarn nachgefragt, die Kinder haben und bei denen sie hätte sein können. Ich … Ich war völlig in Panik.

Frage: Sie sagten, Sie »müssen« diese Stories und diese anderen Sachen machen – verlangt das jemand von Ihnen?

Antwort: Nein, nein, niemand verlangt das, ich will das, weil ich diejenige bin, die alles organisiert, was auf YouTube und Instagram zu tun ist, das erfordert Präsenz, es ist viel Arbeit, und ich kümmere mich um das alles.

Frage: Sie mussten also eine Story drehen, um ein Video anzukündigen, ist das so?

Antwort: Ja. Im Allgemeinen veröffentlichen wir auf unserem Kanal Happy Récré zwei oder drei Videos in der Woche. Diese Videos sind sehr ausgefeilt, vor allem in letzter Zeit, wir schneiden die Filme richtig, darum kümmert sich mein Mann. Das sind die Familienvideos, aus denen unser YouTube-Kanal besteht, der Kanal, den ich Ihnen gezeigt habe und der fünf Millionen Abonnenten hat. Die Stories sind etwas anderes. Die senden wir auf Instagram, und ich poste sie zu allen möglichen Tageszeiten, um das, was wir erleben, zu teilen. Ich erzähle, was wir machen, wo wir sind, wohin wir wollen … Die Fans finden das toll. Und es ermöglicht uns auch, die neuen Videos anzukündigen. Ich weiß nicht, ob das gut verständlich ist, ich bin müde, es tut mir leid … Wenn mein Mann da ist, kann er es Ihnen besser erklären.

Frage: Dreht Kimmy diese Videos gern?

Antwort: O ja, sie liebt es. Manchmal, wenn sie müde ist, ist sie ein bisschen widerspenstig, aber in Wirklichkeit ist sie sehr glücklich, so viele Fans zu haben, denken Sie nur, das in ihrem Alter …

Frage: Können Sie sich einen Grund vorstellen, einen Konflikt oder Streit, der es erklären würde, dass Kimmy sich vielleicht lieber versteckt, als nach Hause zu kommen?

Antwort: Nein, nein, gar nicht. Überhaupt keinen Grund. Alles lief bestens.

Aussehen des Kindes zum Zeitpunkt seines Verschwindens:

6 Jahre alt.
Halb langes, gelocktes blondes Haar.
Größe: 1,18 m, 20 Kilo (schlank).
Rosa Daunenjacke mit Webpelzkragen.
Blassrosa Pullover.
Leicht ausgewaschene Jeans.
Marineblaue Socken.
Weiße Turnschuhe.

Am Tag nach dem Verschwinden von Kimmy Diore war Clara schon vor sechs Uhr im Bastion, bereitete die abends zuvor versiegelten Proben für den Versand in die einzelnen Labors vor und befasste sich dann mit der ersten Vernehmung von Mélanie Claux, die im Kommissariat von Châtenay-Malabry protokolliert worden war.

Als sie dieses Dokument ein zweites Mal las, hatte sie ein seltsames Gefühl. Irgendetwas fehlte. Irgendetwas, über das geschwiegen worden war, hätte gesagt werden müssen. Sie dachte einen Augenblick nach und rief sich Mélanie Claux in Erinnerung. Diese Frau hatte schreckliche Angst, daran bestand kein Zweifel. Doch in ihrer Angst gab es eine Hoffnung. Vielleicht nur winzig, unsinnig und unaussprechlich, aber eine Hoffnung. Clara ging dieser Überlegung eine kleine Weile nach, dann rief sie sich zur Ordnung.

Flic zu werden – und es dann zu bleiben –, hatte eine allmähliche Veränderung ihrer Denkweise mit sich gebracht. Verdacht und Misstrauen hatten sich in ihr mentales Räderwerk eingenistet, hatten ihr Gefühlsleben besiedelt und sich in ihr ausgebreitet wie eine langsam voranschreitende, unheilbare Krankheit. Unablässig in Zweifel ziehen und infrage stellen, das war ihr Beruf. Den Riss finden, den logischen Bruch, die Lüge. Dem Offensichtlichen, den Intuitionen und Eindrücken zuwiderdenken. Die Schattenbereiche und dunklen Winkel aufspüren. Das verändert meine Sichtweise tiefgreifend, hatte sie oft gedacht. Eine Berufskrankheit, der kein Flic entgehen kann, sagte sie sich manchmal zu ihrer Beruhigung.

Wenn ein Kind verschwand, war die Spur zur Familie immer die erste, die ins Auge gefasst wurde. Konflikte, Eifersucht, Ehebruch, geplante Trennungen oder die Überlegung, die Familie zu verlassen – lauter Motive für eine Entführung, die noch ausgeschlossen werden mussten. In den vergangenen Jahren hatte Familie Diore Geld verdient. Viel Geld. Wahrscheinlich weit mehr, als Mélanie und ihr Mann zuzugeben bereit gewesen waren. Das konnte manchen auf dumme Gedanken bringen. In Absprache mit den Ermittlungsbehörden der Staatsanwaltschaft war der für Entführungen vorgesehene Aktionsplan noch nicht ausgelöst worden. Nicht nur, weil man fürchtete, die Medien würden sich darauf stürzen, sondern auch weil eine massive Verbreitung von Kimmys Foto die Entführer vielleicht erschrecken und dazu bringen würde, das Kind loszuwerden. Nach eingehender Diskussion war man sich einig, es sei zwingend notwendig, Diskretion zu wahren.

Noch in der Nacht war ein Krisenstab eingerichtet worden, gefechtsbereit wie ein Bataillon, eine Kompanie oder ein Schlachtschiff. Unter dem Befehl des stellvertretenden Direktors der Brigade waren mehrere Arbeitsgruppen gebildet worden: Ein Ermittlerteam sollte in der Nachbarschaft nachforschen, eins kümmerte sich um die Zeugen, eins um die Telefonverbindungen, ein weiteres um die Videoüberwachung. An sämtlichen Fronten musste parallel und in kürzester Zeit vorgegangen werden: nach Zeugen suchen, bei allen Angehörigen der Familie herausfinden, was sie zur fraglichen Zeit getan und wo sie sich aufgehalten hatten, verdächtige Nummern von in der Umgebung benutzten Handys identifizieren und die Bilder aller Überwachungskameras im Umfeld, sowohl der städtischen als auch der in den Geschäften ringsum, überprüfen. Alle Informationen wurden in Echtzeit auf dem Server gesammelt und waren allen zugänglich. Eine letzte Arbeitsgruppe wurde noch gebildet, sie sollte nach etwaigen in den sozialen Netzen durchsickernden

Informationen suchen und sämtliche Kommentare unter die Lupe nehmen, die in den letzten Monaten an Mélanie Claux gepostet worden waren.

Die Crime war auch wegen ihrer Schlagkraft eingeschaltet worden. Sie konnte nicht nur binnen einer Nacht Dutzende von Ermittlern mobilisieren, sie verfügte auch über Experten auf allen Gebieten. Um acht Uhr morgens wurden die Abteilungsleiter, der Gruppenleiter, sein Stellvertreter und seine *procédurière* in das Lagezentrum gerufen, das neben dem Büro des Chefs lag. Alle setzten sich an den langen Tisch. Hinten im Raum standen etwa zehn Bildschirme, die in Echtzeit Bilder von bestimmten Punkten in der Stadt übertrugen.

Lionel Théry, der Leiter der Brigade, begrüßte die Versammelten kurz. Niemandem stand der Sinn nach Geplauder. Sein fester Ton, seine Gesten, die tiefe Falte auf seiner Stirn, alles machte deutlich, unter welchem Stress er stand. Jede Minute war kostbar, und sie konnten sich keinen Fehler leisten. Bei der kleinsten Fehleinschätzung konnte alles schiefgehen. Das Verschwinden eines Kindes fand, ganz abgesehen von dem damit verbundenen Gefühlsaufruhr, immer ein großes Medienecho, und es hatte sich schon oft gezeigt, wie sehr es dem Ansehen der Polizei schaden konnte. Das Leben eines sechsjährigen Mädchens stand auf dem Spiel. Mit großer Mühe hatten sie den Redaktionen das Versprechen abgerungen, vorläufig Schweigen zu bewahren. Er wisse nicht, wie lange dieser Burgfrieden halten werde, aber noch könnten sie glücklicherweise arbeiten, ohne dass sich eine Journalistenhorde vor dem Gebäude dränge. Ein Kollege aus der Such- und Eingreifbrigade habe die Nacht bei den Eltern verbracht und werde dort bleiben, um sie bei etwaigen Kontakten mit den Entführern zu unterstützen. Im Laufe des Vormittags werde, ebenfalls zur Unterstützung von Mélanie Claux und ihrem Mann, noch eine Psychologin dazustoßen.

Abschließend erinnerte der Leiter der Brigade noch einmal an die Prinzipien im Krisenfall: ein Höchstmaß an Informationen sammeln, sie analysieren und den anderen mitteilen. Das letzte Wort betonte er, indem er es Silbe für Silbe aussprach. Die Kleinkriege zwischen Gruppen und einzelnen Flics seien zum Verrücktwerden. Alle zwei Stunden werde man entsprechend dem Erkenntnisstand die Prioritäten nachjustieren.

Die großen Linien für die Ermittlungen waren festgelegt. Cédric Berger sah Clara an und vergewisserte sich so unauffällig ihrer Zustimmung, bevor er das Wort ergriff, um die am Vorabend gewonnenen ersten Erkenntnisse zusammenzufassen.

»Die Wohnanlage hat zwei Zugänge: einen für Fußgänger und einen für Fahrzeuge. Ersterer befindet sich im Sichtfeld einer städtischen Überwachungskamera. Wir haben die Beschlagnahme der Bänder mitgeteilt und werden sie noch heute dort ansehen können. Die Einfahrt für Kraftfahrzeuge, die an einer anderen Straße liegt, wird jedoch nicht von einer Videoüberwachung erfasst. Die nächste Kamera ist dreihundert Meter entfernt und filmt in eine andere Richtung. Man braucht eine Fernbedienung, um in die Tiefgarage zu gelangen; diese liegt unter Gebäude A und ist mit den Kellerräumen und dem Müllraum verbunden. Sie hat nur vierzig Stellplätze für die fünfundachtzig Wohnungen der Anlage. Leider zeichnet das System die jeweiligen Ein- und Ausfahrten nicht auf. Wie schon gesagt, wurden gestern Abend mehrere Gegenstände und Proben sichergestellt, vor allem das Schmusetier der Kleinen, das draußen in der Nähe des Spielplatzes gefunden wurde. Clara hat Pläne der Wohnanlage, des Gartens, der Kellerräume, der Tiefgarage und der Straßen ringsum angefertigt, sie stehen auf dem Server zur Verfügung. Was die ersten Zeugenaussagen angeht, so behauptet eine Nachbarin, sie habe am frühen Abend ein Kind um Hilfe rufen hören. Das haben wir gestern Abend aufgenommen, sie wurde für heute Vormittag zu einer weiteren Vernehmung vorgeladen. Mélanie Claux war bei geöffnetem Fenster in ihrer Wohnung, sie hat nichts gehört, sagt sie. Der Vater war zu einer Fortbildung in Lyon, er ist um 23:55 Uhr zurückgekommen, wir sind dabei, sein Alibi zu überprüfen.«

Cédric machte eine kurze Pause, er spürte die ungewöhnlich angespannte Aufmerksamkeit seiner Zuhörer. Dann fuhr er fort:

»Ein Team fährt heute Morgen wieder hin, um weiter die Nachbarn zu befragen. Wir haben gestern schon mehrere Nachbarn vorgeladen, die im Laufe des Tages hier vernommen werden sollen. Im Augenblick konzentrieren wir uns auf die Hypothese, dass das Mädchen in der Tiefgarage ergriffen und im Auto entführt wurde. Denn ihre Spur verliert sich in der Tiefgarage, nachdem man sie vorher auf den Müllraum hat zulaufen sehen. Aber da niemand sie danach gesehen hat, ist es auch möglich, dass sie irgendwo in der Wohnanlage gefangen gehalten wird. Der Hauswart und seine Frau sind für heute Vormittag einbestellt. Wir wollen alles wissen. Wer mit wem befreundet ist, wer auf wen sauer ist, was es an Reibereien innerhalb der Wohnanlage gibt, an nicht geregelten alten Streitigkeiten, an Neid und Missgunst, an Sticheleien. Der kleine Sammy und alle Kinder, die bei dem Versteckspiel dabei waren, werden im Laufe des Tages hier im vierten Stock vernommen, das machen unsere Kollegen von der Brigade zum Schutz Minderjähriger. Wir hatten übrigens keine Schwierigkeiten, die IP-Adresse des Absenders zu finden, der Mélanie Claux um 21:30 Uhr eine Nachricht mit der Ankündigung eines Deals geschickt hat, und zwar über ein Instagram-Konto, das offensichtlich erst kürzlich und unter einem Pseudonym angelegt wurde. Es handelt sich um einen fünfzehnjährigen Jungen, der ebenfalls in der Wohnanlage lebt. Vor einer Viertelstunde ist ein Team losgefahren, um ihn zu überprüfen und die Wohnung zu durchsuchen. Aber mir persönlich erscheint das einfach ein bisschen zu simpel in diesem Kontext.«

»Vielleicht sind die Komplizen woanders«, mischte sich einer der Teamleiter ein.

»Glaube ich nicht unbedingt. Wenn das der Fall wäre, hätten wir es nicht mit echten Profis zu tun. Im Übrigen hat Clara bei der Staatsanwaltschaft beantragt, dass die Handys von Kimmys Eltern abgehört werden.«

Cédric wandte sich Clara zu, um zu sehen, ob sie noch etwas hinzuzufügen hatte, doch noch bevor sie etwas sagen konnte, brachte Lionel Théry das Treffen zum Abschluss.

»Gut. Dann treffen wir uns hier in zwei Stunden für die nächste Zwischenbilanz.«

Man hörte zustimmendes Gemurmel, und die kühlere Luft des Gangs drang schon durch die offene Tür, als Clara das Wort ergriff.

»Wer schaut sich die Videos an?«

Cédric Berger sah seine *procédurière* verblüfft an.

»Meinst du die Kommentare? Aber wir haben doch gerade gesagt, dass ein Team …«

»Nein«, unterbrach sie ihn. »Ich meine die Videos selbst. Was sie auf YouTube machen, um so reich und berühmt zu werden. Und warum das funktioniert …«

Cédric Berger war keiner, der sich kalt erwischen ließ.

»Na, du. Du schickst die Beweisstücke und Proben los, und dann fängst du an. Und sag uns auch, ob sie ein korrektes Französisch sprechen!«

Unter anderen Umständen hätten alle gelacht, auch Clara.

In diesem seltsamen Zwischenzustand, in dem Mélanie die übrige Nacht verbracht hatte, nicht einmal ein Dösen, nein, höchstens Benommenheit, waren immer wieder Bilder ihrer Tochter vor ihr aufgetaucht. Und jedes Mal, wenn sie in etwas Schlafähnliches abzugleiten glaubte, hatte sie ein angstvolles Hochschrecken – eine Reihe vieler kurzer Adrenalinentladungen – in die Realität zurückgeholt. Kimmy war verschwunden. Dennoch konnte Mélanie gegen fünf, sechs Uhr mithilfe eines abgelaufenen Schlafmittels, das sie im Medizinschränkchen gefunden hatte, doch noch für eine Stunde, vielleicht auch ein bisschen länger, schlafen.

In diesem Zwischenzustand war unter den Augenblicken, die ihr mit furchtbarer Genauigkeit in den Kopf gekommen waren – als würde ihr die Angst einen nie da gewesenen Zugang zu ihrem Gedächtnis ermöglichen –, auch der Tag, an dem Kimmy gelernt hatte, in die Kamera zu schauen. Damals drehte Mélanie noch im Wohnzimmer. Sie hatte Kimmy erklärt, sie müsse, wenn sie es machen wolle wie die Damen im Wetterbericht, in das Objektiv sehen. Es war für ein so kleines Mädchen nicht leicht zu verstehen, dass sie statt ihrer Mutter, deren Fragen sie doch beantwortete, die Kamera anblicken musste und dass sie damit dem Zuschauer das Gefühl gab, sie spreche mit ihm. Denn die vielen Kinder und Jugendlichen, die sich über ihre Tablets oder Computerbildschirme beugten, sollten das Gefühl haben, dass Kimmy und Sammy eine ganz besondere, einzigartige Beziehung nur zu ihr oder ihm allein hatten. In ihrem Bestreben, alles richtig zu machen, hatte Kimmy mehrmals ansetzen müssen, bis ihre Augen auf die richtige Stelle schauten. Wenn ihr Blick abirrte, winkte Mélanie, um ihre Aufmerksamkeit auf sich zu ziehen und zeigte dann aufs Objektiv. Nach anfänglichem Zögern hatte Kimmy diese Anforderung sehr schnell verinnerlicht. Nach wenigen Tagen war es für sie ein Automatismus, an den sie nicht mehr zu denken brauchte. Sie lernte so schnell. Anfangs war Mélanie nicht in den Videos zu sehen. Sie leitete ihre Kinder an, stellte ihnen Fragen, interagierte mit ihnen, zeigte aber nicht ihr eigenes Gesicht. Kimmy war so ernsthaft, so konzentriert. Sie gab sich Mühe, die Texte auswendig zu lernen, und wiederholte die Szenen notfalls mehrmals. Sie wollte ihr Freude machen. Sie wollte von ihrer Mutter gelobt werden.

Einige Wochen darauf hatte Kimmy sie eines Abends gefragt:

»Und du? Warum kommst du nicht mit uns vor die Kamera?«

Mélanie hatte gelächelt und war dann zu ihr gegangen.

»Weil du die Hübschere von uns beiden bist, *chérie*.«

Doch Kimmy hatte sorgenvoll nachgehakt.

»Hast du Angst?«

»Nein, gar nicht. Angst wovor?«

»Eingeschlossen zu sein.«

»Worin eingeschlossen?«

Kimmy zeigte auf das Display. Was sie genau sagen wollte, wusste Mélanie nicht. Ihre Tochter hatte immer viel Fantasie gehabt und litt oft unter Albträumen.

»Aber nicht doch, *chérie*, da drin ist niemand eingeschlossen.«

Ein anderes Mal, als sie ein Video drehen wollte, in dem Kimmy vor der Kamera die neuen Dolly-Queens-Puppen auspacken sollte, fing Sammy an zu weinen, weil er nicht mitgefilmt werden sollte. Er war untröstlich. Kimmy, erschrocken über den Kummer ihres Bruders, bot ihm an, er könne an ihrer Stelle die Kartons öffnen und sogar vor der Kamera entscheiden, welche Puppe die schönste sei. Sammy war sofort besänftigt und freute sich, eine Rolle zu spielen, doch Mélanie musste es ihm verweigern: Die Firma hatte klar zur Bedingung gemacht, dass die Puppen von einem kleinen Mädchen ausgepackt und gezeigt würden. Da war Kimmy zu ihrem großen Bruder gegangen und hatte ihn in die Arme genommen, wie eine Mutter es getan hätte.

Warum kamen ihr nur diese melancholischen Momente ins Gedächtnis, wo es doch so viele andere gegeben hatte, in denen sie gelacht hatten? Denn in Wahrheit hatten sie in den letzten vier Jahren wahnsinnigen Spaß gehabt. Happy Récré war ein Geschenk, das sie ihrer Familie gemacht hatte. Ein Geschenk, das Glanz in ihr gemeinsames Leben gebracht hatte.

Gegen sieben, als es hell zu werden begann, stand Mélanie auf und ging leise zum Zimmer ihres Sohnes. Sammy lag auf dem Rücken, mit weit geöffneten Augen und bis zum Kinn hochgezogener Decke. Sie trat ans Bett, kniete sich auf den Teppichboden und streichelte ihm die Stirn. Das Gesicht des Jungen schien sich unter ihrer Handfläche zu entspannen.

Mélanie wagte nicht zu sprechen, sie fürchtete, ihre Stimme könne ihre Angst verraten.

»Glaubst du, dass Kimmy zurückkommt?«, fragte er nach einigen Sekunden.

»Ja, natürlich, *chéri*.«

Wieder ließ er ein paar Sekunden verstreichen, bevor er fragte: »Bin ich daran schuld?«

»Nein, mein Hase, ganz bestimmt nicht. Du bist überhaupt nicht daran schuld. Du bist ein sehr lieber großer Bruder.«

Mehr konnte sie nicht sagen. Ihre Stimme begann zu brechen.

Sie streichelte ihm ein letztes Mal die Wange und stand dann wortlos auf.

In der Küche saßen Bruno und der Verhandler der Eingreifbrigade am Tisch, vor sich einen Kaffee. Bruno war nicht ins Bett gegangen, er hatte die Nacht im Wohnzimmer in einem Sessel verbracht, in dem er vermutlich irgendwann eingedöst war. Als sie die Küche betrat, hörten sie auf zu sprechen, und der Mann, dessen Namen sie vergessen hatte, stand auf, um ihr seinen Platz zu überlassen.

Wir werden diesen Typen also den ganzen Tag ertragen müssen, dachte sie, während sie sich auf den Stuhl sinken ließ.

Sie war sich nicht sicher, dass sie die Kraft dazu haben würde.

Zu essen und Wasser zu trinken.

Wieder und wieder Fragen zu beantworten.

Mit der Psychologin zu sprechen.

Sammy zur Kriminalpolizei zu fahren, damit sie ihn vernehmen konnten.

Diesen Tag zu überleben.

KRIMINALPOLIZEI – 2019
VERMISSTES KIND KIMMY DIORE

Betr.:
Protokoll der Vernehmung von Sammy Diore,
durchgeführt am 11. November von Aude G., Polizeioffizierin in der Brigade zum Schutz Minderjähriger, mit der Unterstützung der Psychologin Nicole B.

(Auszüge)
Frage: Kannst du mir das Versteckspiel beschreiben, bei dem deine kleine Schwester verschwunden ist?

Antwort: Na ja ... Es war die dritte Runde, und ich war dran mit Suchen. Ich habe angefangen zu zählen, und dann, etwa bei dreißig, habe ich mich ein bisschen umgedreht. Ich wollte nicht schummeln, aber ich habe gesehen, wie Kimmy zum Müllraum rannte. Ich dachte, sie wollte sich da verstecken, dabei hatten wir gesagt, wir wollten im Garten bleiben. Ich habe mich geärgert, weil es da stinkt und ich nicht gerne hingehe. Und dann habe ich weiter bis dreihundert gezählt, wie abgemacht. Vorher haben wir bis hundert gezählt, aber das war nicht lang genug. Und dann habe ich »Ich kooomme!« gerufen und angefangen zu suchen. Im Garten habe ich gleich Maëva gefunden, hinter den Spielgeräten aus Holz, und dann habe ich Ben gesehen, der kam aus seinem Versteck, weil er Angst hatte, allein zu bleiben, und dann Léo. Und wir alle zusammen haben Simon gesucht, weil es schon spät wurde, und Maëva hat ihn gefunden, er lag hinter den Fahrrädern auf der Erde. Danach war nur noch Kimmy übrig, und wir sind alle zum Müllraum runter, aber da war sie nicht.

Frage: Was hast du in diesem Augenblick gedacht?

Antwort: Ich habe gedacht, dass sie sich gut versteckt hat.

Frage: Und wo, hast du gedacht, würde sie sein?

Antwort: Unter einem Auto in der Tiefgarage, weil man vom Müllraum direkt da reinkommt. Ich dachte, Maman würde mit ihr schimpfen, falls sie sich auf der Erde gewälzt hatte oder so, denn manchmal macht sie sich extra schmutzig, und Maman ärgert sich darüber …

Frage: Und du bist in die Tiefgarage gegangen?

Antwort: Ja, mit Maëva und Simon. Ben ist oben bei Léo geblieben, weil er zu viel Angst hatte. Wir sind rumgegangen und haben unter die Autos geguckt, aber wir haben sie nicht gefunden. Ich wollte da nicht zu lange bleiben, weil unsere Eltern nicht wollen, dass wir uns in der Tiefgarage herumtreiben, es ist sehr gefährlich, sagen sie.

Frage: Und dann hast du deiner Maman Bescheid gesagt?

Antwort: Ja.

Frage: Hattest du Angst um deine kleine Schwester?

Antwort: Ja. Ich bekam langsam Angst, weil sie sich normalerweise nicht besonders gut verstecken kann.

(…)

Frage: Du hast gesagt, Kimmy hat sich manchmal absichtlich schmutzig gemacht. Weißt du warum?

Antwort: Ja, schon. Zum Beispiel, wenn wir mittwochs oder freitags nach der Schule oder auch sonntags die Videos drehen, dann sagt uns Maman immer, was wir für den Dreh anziehen sollen. Sie kämmt uns, sie bereitet uns vor und alles. Aber Kimmy, also, gerade wenn wir anfangen wollen, macht sie sich einen dicken Fleck auf ihr T-Shirt oder ihr Kleid. Entweder ist es ganz nass oder bespritzt, oder sie wirft noch schnell etwas um, zum Beispiel Grenadine-Sirup. Maman ärgert sich immer sehr darüber. Auch wenn Kimmy so tut, als würde sie Maman nicht hören, wenn sie uns ruft, um ein Video zu drehen.

Frage: Warum, meinst du, macht Kimmy das?

Antwort: Ja, ich weiß auch nicht ... Sie ist eben eigensinnig. Zum Beispiel will sie keine Spiele mehr spielen, die sie nicht mag, sie will nicht von vorn anfangen, wenn sie beim Filmen was Falsches gesagt hat, sie will sich nicht mehr als Prinzessin verkleiden, und sie mag die Eiskönigin nicht, aber Maman liebt sie. Manchmal sagt sie, sie ist müde, sie will nichts machen, oder sie hat genug davon ... Dann ist Maman sauer.

Frage: Was sagt denn eure Maman, wenn sie sauer ist?

Antwort: Sie sagt, dass es nicht nett ist, so was zu tun. Dass wir viel Glück haben und froh sein sollten über das, was wir erleben, die Millionen Abonnenten und so, all die Kinder, die uns lieben, die bei den Fantreffen Selfies mit uns machen und Autogramme haben wollen, sie stehen sehr lange Schlange, um uns zu sehen, manchmal sogar zwei Stunden lang, und die würden wirklich davon träumen, an unserer Stelle zu sein, außerdem wären wir ja jetzt ganz oben, die YouTube-Kinder, die von den Kindern in Frankreich am liebsten gemocht werden, lieber als Mélys und Fantasia, lieber als die Kleinen vom Club du jouet, lieber als Liam und Tiago von La Bande des doudous, jetzt hätten wir sie alle übertroffen. Und dann sagt Maman Kimmy, sie soll sich umziehen, und zwar schnell, sonst würde sie nie wieder in unseren Videos mitspielen und niemand würde sie mehr lieben, das hätte sie dann davon.

Tom Brindisi war ein Jugendlicher von fünfzehn Jahren und einziger Sohn eines Floristenehepaars, das im Zentrum von Sceaux ein Blumengeschäft betrieb. Er war in aller Frühe, als seine Mutter gerade ins Geschäft gefahren war, abgeholt und mit seinem Vater ins Bastion gebracht worden, wo Cédric Berger, der von einer Ermittlerin der Brigade zum Schutz Minderjähriger unterstützt wurde, ihn sofort vernahm. Eine erste Fassung des von der Ermittlerin angefertigten Protokolls stand schon auf dem Server zur Verfügung.

Abends zuvor gegen neunzehn Uhr hatte Tom Brindisi, der durch das viele Hin und Her im Garten aufmerksam geworden war, von Kimmy Diores Verschwinden erfahren. Da er die Sache nicht sehr ernst nahm (er war davon überzeugt, dass Kimmy sich versteckt hatte), war er auf die Idee gekommen, Kimmys Mutter zu erschrecken und ihr eine Entführung vorzugaukeln. Er hatte blitzschnell ein Instagram-Konto erstellt und ihr die Nachricht »Kind verschwunden … Deal folgt« geschickt. Er hatte die Tragweite seines Tuns nicht ermessen und gab angesichts der Ereignisse zu, dass es ein sehr schlechter Scherz gewesen sei. Als er begriffen habe, dass die Kleine wirklich unauffindbar war, habe er die ganze Nacht kein Auge zugetan.

Er brachte zwar echte Reue zum Ausdruck, verhehlte aber nicht seine Feindseligkeit gegenüber Mélanie Claux. Im Vernehmungsprotokoll standen Sätze wie »Sie manipuliert sie total« oder »Sie nutzt ihre Kinder aus, um Kohle zu machen, und ich bin nicht der Einzige, der das denkt«. Einige Monate zuvor hatte

Tom Brindisi, um die Schande und die Demütigungen (wie er es nannte), die Mélanie Claux ihren Kindern antat, anzuprangern, sogar auf Twitter einen Hashtag *Rettet Kimmy und Sammy* erstellt und damit großen Erfolg gehabt. Seine Eltern, die sich um das Blumengeschäft kümmern mussten, hatten nichts von dem Streit mitbekommen, der danach in den sozialen Medien entbrannt war und in dem die einen Kim, Sam und deren Mutter verteidigten, während sich die anderen über das schnelle Aufeinanderfolgen der Videos und deren kaum zu übersehende Werbeinhalte empörten. Der Hashtag hatte seine Wirkung gehabt, doch manche hatten ihn auch genutzt, um sich über die Kinder (besonders Sammy) lustig zu machen, was Tom Brindisi sehr bedauerte. Er mochte diese Frau nicht und hatte ihr Angst einjagen wollen. Viele YouTube-Contents kritisierten Happy Récré und seinen Hauptkonkurrenten Minibus Team scharf, sagte er. Er erwähnte mehrmals den Chevalier du Net, einen jungen Mann in den Dreißigern, dessen Kanal viele Follower habe und der schon seit mehreren Jahren Videos drehe, um auf die Gefahren und Auswüchse von YouTube hinzuweisen. In seiner Rubrik »YouTube läuft aus dem Ruder«, hatte der Chevalier du Net den Happy-Récré-Kanal mehrmals angegriffen. Tom Brindisi betrachtete sich als Schüler dieses Chevaliers.

Nach mehreren Stunden im Bastion und einer nachdrücklichen Strafpredigt schickte Cédric Berger ihn nach Hause. In Anbetracht seines Alters wurde erst einmal ein Hausarrest verhängt. Zwar mussten noch ein paar Einzelheiten in seinem Tagesablauf und auf der Festplatte seines Computers überprüft werden, aber der Gruppenleiter ging nicht davon aus, dass er wirklich etwas mit Kimmys Verschwinden zu tun hatte.

Clara verbrachte den Tag damit, ihre Berichte fertigzuschreiben und die beschlagnahmten Proben an die verschiedenen Labors zu schicken. Insbesondere Kimmys Stoffkamel, das die Kleine »Schmuseschmutz« nannte, denn sie hoffte, sie würden darauf die Spur einer DNA finden, die nicht zur Familie gehörte.

Meistens arbeitete sie an Mordfällen. Die Tatbestandsaufnahmen dauerten manchmal mehrere Tage. Danach musste der Urheber der Tat gefunden werden. Das konnte dauern, manchmal Monate oder sogar Jahre. Der Tod war der Anfangspunkt ihrer Suche. Der Mord war eine Tat, ein Faktum: Es war etwas Furchtbares geschehen und musste bestraft werden, aber man würde es nie wiedergutmachen können.

Dieses Mal hatten sie die Macht, den Lauf der Dinge zu verändern. *Sie*, die anderen, nicht Clara. Zum ersten Mal fühlte sie sich ohnmächtig. Zur Untätigkeit verdammt. Denn jetzt, wo die Tatbestandsaufnahme abgeschlossen war, stand sie nicht mehr an vorderster Front. Clara musste abwarten. Abwarten schien ihr unmöglich. Obwohl sie jede Etappe der Ermittlungen, jede neu aufgetane oder aber aufgegebene Spur mit einer gewissen Verzögerung in schriftlicher Form in Händen halten würde, obwohl ihr nichts entgehen konnte, hasste Clara dieses Gefühl von Untätigkeit.

Alle zwei Stunden fand am anderen Ende des Gangs die Zwischenbilanz des Krisenstabs von nun an ohne sie statt.

Zum Glück saßen Cédric und sie im selben Büro, und er hatte es sich angewöhnt, alles mit ihr zu besprechen. Denn er holte gern ihre Meinung und Reaktionen ein und hatte großes Vertrauen zu ihrer Intuition.

Jedes Mal also, wenn er von einem Treffen des Krisenstabs zurückkam, erzählte er.

Im Laufe der Stunden wurden die Dinge klarer.

Die Frau, die Schreie gehört zu haben behauptete, erwies sich als taub. Und ganz offensichtlich konnte sie bei der üblichen Lautstärke ihres Fernsehers kein von außen kommendes Geräusch hören. Aber von den befragten Nachbarn hatten zwei angegeben, sie hätten gegen achtzehn Uhr einen roten Wagen aus der Tiefgarage kommen sehen: Eine Mieterin in Haus A, die am Fenster nach ihrem heimkehrenden Sohn Ausschau hielt, hatte das Fahrzeug bemerkt, weil zunächst nicht sicher zu sein schien, in welche Richtung es davonfahren würde. Und ein in Haus C wohnender Lehrer, der aus dem Collège zurückkehrte, an dem er unterrichtete, sagte, er habe einem roten Kleinwagen die Vorfahrt gewährt. Nach Aussagen von Ersterer saß ein Mann am Steuer und war allein im Wagen. Letzterer aber hatte eine Frau am Steuer gesehen und im Kindersitz auf der Rückbank ein Kind. »Nur ein Flic weiß, wie unzuverlässig Zeugenaussagen sind«, hatte Cédric abschließend gesagt, diesen Satz sagte er gern und ohne Angst vor Wiederholungen. Die Aussage bot zwar keine Perspektive, aber ihr sentenzenhafter Ton hatte für ihn etwas Tröstliches.

Die Analyse der Bänder aus der Videokamera, die den Fußgängereingang filmte, war schnell erledigt. Eins war sicher: Dort war die Kleine nicht entlanggekommen. Wenn sie nicht irgendwo in der Wohnanlage festgehalten wurde (was noch nicht ausgeschlossen werden konnte, weil nicht alle Wohnungen hatten durchsucht werden können), dann war sie im Auto entführt worden, das war die Haupthypothese.

Nachmittags kam Cédric nach einer weiteren Zwischenbilanz ein bisschen weniger niedergeschlagen ins Büro zurück. Das Umhören in der Nachbarschaft begann Früchte zu tragen. Man war durchaus geteilter Meinung über die Familie Diore, und die Gerüchteküche kochte.

»Das wird dir gefallen, da bin ich sicher«, verkündete er.

Clara hob gespannt die Augenbrauen.

»Anscheinend leben die Diores in ihrer Blase, oder sagen wir, sie mischen sich nicht oft unter die anderen. Anfangs gingen sie noch zu den Nachbarschaftsfesten, zu Umtrünken und all den anderen Gemeinschaftsaktionen, aber als sie anfingen, Erfolg zu haben, zogen sie sich nach und nach zurück. Die meisten Leute in der Anlage haben ihre Wohnung ab Plan gekauft, in den Neunzigerjahren, das Bauprojekt galt damals als ziemlich exklusiv. Vor zwei oder drei Jahren haben die Diores das angrenzende Apartment gekauft, um es als Filmstudio zu nutzen. Manche meinen, dass sie nicht bleiben werden. Mélanie sei inzwischen versnobt und Châtenay-Malabry nicht mehr schick genug für sie. Es heißt, sie hätten im Süden ein Haus gekauft, um dort irgendwann zu leben. Es wurde auch von einer Wohnung in den Bergen gesprochen, und ich kann dir sagen, die Leute scheinen ziemlich gut informiert zu sein. Seit zwei Jahren spielen Kim und Sam praktisch nicht mehr mit den anderen Kindern der Wohnanlage. Ihre Mutter möchte nicht, dass sie viel Kontakt mit den anderen haben, und vor allem, das wird jedenfalls gesagt, verbringen sie ihre ganze Freizeit damit, diese berühmten Videos zu drehen. Vor einigen Monaten gab es sowohl im Internet als auch in ihrem Viertel Gerüchte, wonach Sammy gemobbt worden sein soll. Andere Jungs haben ihn gehänselt, rumgestoßen und, so heißt es, sogar abgezogen. Anscheinend hat Mélanie das in einem Video auf ihrem YouTube-Kanal dementiert. Doch die Nachbarn erzählen, dass er deshalb die Schule gewechselt hat. Fakt ist, dass beide Kinder seit dem letzten Jahr eine Privatschule in Sceaux besuchen. Mélanie bringt sie jeden Tag mit dem Wagen hin und holt sie wieder ab. Manche sagen, die Kleine sei das Maskottchen des Kanals. Sie war zweieinhalb, als das Ganze anfing, die Abonnenten haben sie aufwachsen sehen und sind verrückt nach ihr. Angeblich muss sie bei den Autogrammterminen mehr Fotos signieren als ihr Bruder, und es wollen auch mehr Fans Selfies mit ihr als mit ihm. Es gibt tatsächlich Leute, die andeuten, dass er sich deshalb vielleicht von seiner Schwester befreien wollte … ein Unfall … Mit acht Jahren … Du siehst schon, was das für Leute sind. Eins ist jedenfalls sicher, alle in der Wohnanlage wissen, wer die Diores sind und was es ihnen einbringt.«

Clara hatte das Bastion gegen acht Uhr abends verlassen. Wie so oft ging sie zu Fuß nach Hause, eine Stunde Fußmarsch, die ihr lieber war als die überfüllte Linie 13. Sie brauchte frische Luft.

Während sie rasch voranschritt und mit gesenktem Blick die neuesten Informationen aus dem Krisenstab Revue passieren ließ, blieb ein entgegenkommender Mann stehen und ließ sie vorbei.

»Wie alt bist du?«, fragte er, als spräche er mit einem kleinen Mädchen.

Aus dem Getriebe auf den Straßen tauchten skurrile, seltsame, manchmal auch bedeutsame Äußerungen auf, das hatte sie schon oft erlebt. Worte, deren Tragweite oder Widerhall man in sich aufnehmen musste. Ein anderes Mal war ein Mann mit vagem, orientierungslosem Blick, der anscheinend an einer psychischen Störung litt, stehen geblieben und hatte sie gefragt: »Aber wo sind denn Ihre Eltern?« Und wieder ein anderes Mal hatte ihr eine Frau, die sie an einer Supermarktkasse vorgelassen hatte, in einem Ton, der jeden Scherz ausschloss, gesagt: »Sie sehen durch die Leute hindurch.«

In solchen Fällen fragte sie sich immer, ob irgendetwas an ihr zu dieser Übergriffigkeit und solchen Kommentaren reizte oder ob alle Menschen derartige Situationen erlebten und es bei ihr rein zufällig häufiger vorkam.

Wenn es dunkel war, wurde sie aus der Ferne für eine Jugendliche gehalten. Oder für ein Kind. Von Näherem erkannte man in ihr eine erwachsene Frau mit sorgenvollem Blick.

Mit ihren dreiunddreißig Jahren fühlte sie sich wie in einem

Zwischenzustand. Weder jung noch alt. Kimmy Diore war sechs Jahre alt. Mit sechs ist man noch ein ganz kleines Mädchen. So klein und verletzlich. Auf den Fotos, die ihre Eltern zur Verfügung gestellt hatten, sah man ein regelmäßiges, glattes Gesicht und riesige Augen wie die von Manga-Figuren. Ihr Verschwinden raubte der ganzen Abteilung den Atem. Die Luft war gesättigt von fiebriger Unruhe, einer ganz besonderen Anspannung. Vielleicht, weil die meisten ihrer Kollegen Kinder hatten. Und alle mindestens einmal gedacht hatten: Und wenn es meins wäre?

Als sie Seite an Seite durch die Straßen gegangen waren, damals, als Thomas noch in Paris lebte, hatte er sie gefragt, ob sie vorhabe, irgendwann einmal ein Familienleben zu führen. Das waren seine Worte, und weil sie von ihm kamen, diesem Mann, dessen augenscheinliche Freiheit – in seinen Worten, seinen Bewegungen, seinem Umgang mit der Zeit – sie so sehr beeindruckte, musste sie darüber lächeln. Er hatte nicht lockergelassen, und Clara hatte schließlich geantwortet, nein, sie wolle kein Kind. In dieser Welt, in der sie lauter Fallen, Sackgassen und kommende Katastrophen wahrzunehmen glaube, sei das eine Verantwortungslosigkeit, eine Schwäche, der sie nicht nachgeben wolle. Überdies würden die Kinder genauso wie die Eltern sterben, das wisse sie nur zu genau, und sie wolle nie mehr in ihrem Leben persönlich in derartige Geschichten verwickelt werden. Sie hatten sich gerade geliebt in seiner Wohnung unter dem Dach, wo sie sich so stark fühlte, so entspannt und begehrenswert, und für einen kurzen Moment hatte ein Gedanke Thomas' Augen verdunkelt. Kein Vorwurf, nicht einmal eine Enttäuschung, doch vielleicht der Anfang einer Distanz.

Clara setzte ihren Weg fort, ohne dem Mann, der sie angesprochen hatte, zu antworten.

Als sie in ihrem Viertel angekommen war, machte sie einen Zwischenstopp in einem kleinen Supermarkt, um etwas zu essen zu kaufen – eine Dose oder irgendein Tiefkühlgericht, dachte sie, irgendwas, wo man nur den Deckel oder die Folie entfernen muss –, und war sich dabei bewusst, dass sie zwei Klischees bediente: der einsame Flic (aber sie war nicht geschieden) und der hauptstädtische Single (aber *normalerweise* kochte sie).

Sobald sie zu Hause war, duschte sie, zog sich um und fuhr ihr Notebook hoch. Sie hatte die Nacht vor sich, und sie wollte verstehen.

KRIMINALPOLIZEI – 2019
VERMISSTES KIND KIMMY DIORE

Betr.:
nach Typ sortierte Beschreibung der Videos des YouTube-Kanals Happy Récré

UNBOXING

(bis zu zwanzig Millionen Aufrufe)

Bruder und Schwester, die meistens nebeneinander stehen, öffnen wie vom Himmel gefallene »Überraschungs«-Pakete.

Mélanies fröhliche, energiegeladene Stimme gibt ihnen jeden Schritt des Auspackens vor. »Na los, jetzt machen wir es ganz auf!« – »Was ist drin?« – »Oh, da sehe ich noch etwas …« – »Was ist denn das da, diese kleine grüne Schachtel?« – »Jetzt setzen wir die Batterien ein!« – »Oh, man kann die beiden Hebel ja bewegen, das ist echt super!«

Die Kinder geraten in Verzückung und äußern ihre Freude: »Oh là là, das ist aber ein großer Karton!« – »Das ist eine Mega-Wucht!« – »Wow!«

Sobald Kim und Sam mit dem Auspacken fertig sind, testen sie das Spielzeug, die Gesellschaftsspiele oder die Gameboys.

Ein typischer Kommentar von Sammy: »Einfach irre, das Ding!«

Ein typischer Kommentar von Kimmy: »Ich kann es gar nicht glauben!«

Die Langeweile nahm seltsame, versteckte Formen an. Die Langeweile verbarg sich und wollte nicht so genannt werden. Nach Sammys Geburt, als sie nachts nicht mehr aufstehen musste, um ihn zu stillen oder weil er aufgewacht war, als sie sich eine neue Frisur zugelegt und ein paar Kilo abgenommen hatte, als sie körperlich gut in Form zu sein schien, kurzum, in dem Augenblick, in dem ihr Leben eine Art Reisegeschwindigkeit erreicht hatte, begann Mélanie Claux zu weinen. Das geschah häufig morgens, wenige Minuten nach dem Aufbruch ihres Mannes. Sie hatte festgestellt, dass ihr Leben nach einer vorhersehbaren Ordnung ablief. Was sie insgesamt beruhigend fand, was jedoch an manchen Tagen eine Art Schwindel, ja Übelkeit, bei ihr auslöste. Um acht Uhr spielte Bruno ein bisschen mit dem Baby, um fünf oder zehn nach acht sah er auf die Armbanduhr, sagte oh, jetzt muss ich aber los, küsste sie, griff nach Regen- oder Wintermantel und zog die Wohnungstür hinter sich zu. Dann hatte sie das Gefühl, dass ihr Körper ins Leere fiel, nicht in die große Leere, eher in so etwas wie ein innerhalb der Wohnung verborgenes erbärmliches Loch. Dann machte sie selbst sich daran, ihren Sohn zu unterhalten (er hatte eine Leidenschaft für Fingerpuppen entwickelt), und legte ihn schließlich für das Vormittagsschläfchen in sein Gitterbett. Danach kehrte Mélanie in die Küche zurück, räumte den Frühstückstisch ab, wischte alles sauber, setzte die Spülmaschine in Gang, ließ sich auf einen Stuhl fallen und weinte etwa zwanzig Minuten lang. Später am Tag blieb sie manchmal einfach so, mit hängenden Armen, im Wohnzimmer stehen. Während Sam schlief oder allein in seiner Babywippe oder in seinem Laufställchen spielte, stand sie reglos vor dem Fenster, sie sah nicht hinaus, sie sah gar nichts an, oder vielleicht sah sie sich in ihrem Innern diese öde, platte Weite an. In dieser Haltung konnte sie mehrere Minuten lang verharren und dabei die Geräusche von außen, das klingelnde Telefon oder Sammy, der mit Geschrei ihre Aufmerksamkeit zu erregen versuchte, ignorieren. Zu dieser Abwesenheit gehörte ein sehr sanftes Gefühl, ein Gefühl des Dahintreibens, fast ein Wohlgefühl, und es fiel ihr immer schwerer, sich ihm zu entziehen. Manchmal ging sie mit Sammy zum nächsten kleinen Park, doch sobald sie vor dem Eisentörchen stand, gab sie auf. Sie hatte nicht die Kraft, mit den anderen Frauen zu sprechen, Frauen, die wie sie selbst nicht berufstätig waren, oder Tagesmüttern, die sich jeden Tag zur selben Zeit an dem alten Sandkasten trafen, sie hatte keine Lust, sich in dieses Bild einzufügen, und schon gar keine, sich irgendeiner Gruppe, welcher auch immer, anzuschließen. Also ging sie einfach weiter, immer schneller, und schob den Kinderwagen vor sich her wie den orientierungslosen Bug eines vom Kurs abgekommenen Schiffs. An jenen Tagen marschierte sie bis zum Parc de Sceaux, auf dessen Wegen sie bis zum Einbruch der Dunkelheit hin- und herlief, auf der Suche nach einer Trunkenheit, die diese namenlose Leere ausfüllen könnte.

Einen Teil ihrer Schwangerschaft hatte Mélanie Claux damit verbracht, sich *Les Anges de la téléréalité* anzuschauen. Die erste Staffel dieser Reality-TV-Engel, die im Winter 2011 auf einem TNT-Kanal ausgestrahlt worden war, hatte großen Erfolg gehabt. Man hatte für diese neue Serie frühere Reality-TV-Kandidaten ausgesucht, unter denen sie sofort Steevy erkannt hatte, eine der Ikonen der ersten *Loft*-Serie. Er war nicht mehr der Junge von zwanzig Jahren mit wasserstoffgebleichtem Haar, den sie hatte weinen und lachen sehen, er hatte überlebt und war älter geworden. Die anderen waren wegen ihrer allseits bekannten Leistungen in *Secret Story* oder *L'Île de la tentation* genommen worden, in Mélanies Jugend prägende Serien, von denen sie sich keine Folge hatte entgehen lassen. Marlène, Cindy, Diana, John-David, sie kannte sie alle. Sie hatten eine erste Chance gehabt und waren vom Publikum gesehen und geliebt worden, und jetzt bot man ihnen eine zweite Chance, einen zweiten Start, die Gelegenheit, ihre Karriere fortzusetzen oder zu beschleunigen. Doch sie, die Mélanie aus *Rendez-vous dans le noir*, deren Auftritt zu kurz gewesen war, um irgendeine Spur zu hinterlassen, war von niemandem geholt worden. Niemand hatte sie eingeladen, nach Beverly Hills in diese herrliche Villa zu kommen, »um ihren Traum wahrzumachen und berühmt zu werden«. Denn das war das Versprechen der *Anges*. Niemand hatte an sie gedacht, denn alle hatten sie vergessen.

Sie hatte ihre Chance gehabt und sie verpasst. Wenn sie an diese Episode (das war der Begriff, den sie verwendete, er passte gut zu der Vorstellung, die sie sich von ihrem eigenen Leben machte, das sie gern in Staffeln, im Fernsehseriensinn des Wortes, unterteilt gehabt hätte, die ihrerseits, trotz einer nicht zu leugnenden Monotonie, in Episoden aufgeteilt wären) dachte, dann hatte sie den Eindruck, gescheitert zu sein. Nie war ihr der Gedanke gekommen, ein anderer Grund, beispielsweise im Zusammenhang mit den wirtschaftlichen Gegebenheiten oder den Anforderungen des Systems, zu dem sie gern gehört hätte, könne ihr Scheitern erklären. Nein. Sie konnte die Schuld nur bei sich selbst suchen. Sie hatte den Zug abfahren lassen.

Kurz nach Sammys erstem Geburtstag hatte sie sich auf Anraten Brunos, der fand, sie sei ein wenig niedergeschlagen, auf Facebook angemeldet. Bruno hatte sie dazu gedrängt: Facebook erlebe einen kometenhaften Aufstieg in Frankreich und überall auf der Welt, es sei Zeit, dass sie sich damit befasse. Auch wenn sie nicht viele

Freunde habe, so würde sie auf diese Weise welche finden und mit Leuten in Verbindung treten, die sie aus den Augen verloren habe. Sie habe sich sehr auf den Haushalt und ihren Sohn konzentriert, nun müsse sie sich nach außen öffnen.

Bald gab es bei Mélanie kein morgendliches Weinen mehr, sie starrte nicht mehr im Wohnzimmer ins Leere, irrte nicht mehr über die Wege im Park. Wann immer Sammy sein Mittagsschläfchen machte oder sich sonst eine Pause ergab, konnte sie auf ihr Konto gehen. Sie hatte neue Bekannte, postete Fotos und Kommentare, markierte die Fotos und Kommentare der anderen mit Likes, sah anderen beim Leben zu und gab Einblicke in die Schokoladenseiten ihres eigenen Lebens. Das genügte mehrere Monate lang, um dieses Gefühl eines Mangels auszugleichen. Sie kommunizierte mit anderen Müttern, tauschte Ratschläge und Rezepte aus und näherte sich einer Vereinigung an, die sich aktiv für das Stillen einsetzte. Sie hatte das Gefühl, einen Platz auf der Welt gefunden zu haben, einen Ort zum Leben.

Eines Morgens wurde sie von einer ihrer virtuellen Freundinnen für die Teilnahme an der Motherhood Challenge *nominiert*, einen aus den Vereinigten Staaten übernommener Wettkampf, bei dem es um die Freuden der Mutterschaft ging. Er folgte einem simplen Prinzip: Sie musste vier Fotos ins soziale Netz stellen, die zeigten, warum sie »stolz, Mutter zu sein« war und anschließend andere Frauen in ihrem Umfeld *taggen*, die sie für gute Mütter hielt. Sammy war ein hübsches Baby, aufgeweckt und pausbäckig, Mélanie fand die Idee wunderbar. Außerdem hatte sie sich den Titel *super maman* wirklich verdient, wenn man bedachte, mit wie viel Eifer sie den manchmal widersprüchlichen Anweisungen in den Elternzeitschriften folgte, die sie gleich nach ihrer Heirat abonniert hatte. In ihrem Computer fand sie vier Fotos, die ihrer Meinung nach das glückliche Aufgehen in der Mutterschaft illustrierten:

ein Foto von ihr als Schwangerer am Strand, das Bruno bei sehr schönem Spätnachmittagslicht aufgenommen hatte, ein Foto von Sammy mit einem hinreißenden Baumwollmützchen wenige Stunden nach seiner Geburt, ein Foto von ihr mit der Babytrage vor dem Bauch, in der Sammy mit offenem Mund eingeschlafen war. Und schließlich ein neueres Foto von ihnen dreien, auf dem sie wie die Royals heiter lächelnd auf dem Wohnzimmersofa saßen. Sie hatte sie farblich geschickt zusammengestellt, die Fotos bildeten ein harmonisches Ganzes in Braun- und Mauvetönen. Sie bekam viel Lob dafür.

Von da an postete Mélanie auf ihrem Facebook-Konto regelmäßig Fotos von Sammy und erntete dafür in dem Maß, in dem sie sich neue witzige Szenen oder Umgebungen einfallen ließ, um ihr Kind zur Geltung zu bringen, immer mehr Likes und begeisterte Kommentare. Sie war glücklich. Dass Mélanie ihrem Mann kein sexuelles Verlangen mehr entgegenbrachte, war ein Thema, das sie nie ansprachen. Sie liebte ihn, aber sie hatte keine Lust mehr, mit ihm zu schlafen. In den Foren hatte sie zahlreiche Berichte von Frauen gefunden, die eine ähnliche Phase durchgemacht hatten, die sich anscheinend erklären ließ durch absinkende Hormonspiegel, Abnutzungserscheinungen in der Paarbeziehung, ein zu starkes Verschmelzen mit der Mutterrolle zulasten der Rolle der Frau oder die Monotonie des Alltags … Je nach Art des Problems wurden, immer mit persönlichen Erfahrungen unterfüttert, unterschiedliche Lösungen vorgeschlagen: Wochenenden zu zweit, sexy Unterwäsche, mehr Zeit für die Liebe, Beratung durch einen Sexologen, Liebhaber.

In allen Fällen wurde an das alte Sprichwort erinnert: »Der Appetit kommt beim Essen.«

Als sie wieder schwanger war, musste Mélanie mehrere Wochen lang liegen, um eine Frühgeburt zu vermeiden. Ihr Frauenarzt war besorgt wegen ihrer häufigen Wehen. Sie zog es vor, diese Misslichkeit auf ihrer Facebook-Seite zu verschweigen, sie passte nicht in das Bild, das sie sich von einer *super maman* gemacht hatte. Eine *super maman* durchlebte ihre Schwangerschaft ohne die geringste Komplikation, strich selbst das Kinderzimmer an und kletterte drei Tage vor der Entbindung auf einen Hocker, um dort, beide Arme nach oben gestreckt, die Vorhänge aufzuhängen. Trotzdem kommunizierte sie weiter im sozialen Netzwerk, holte Rat darüber ein, wie ein erstgeborenes Kind auf eine kleine Schwester oder einen kleinen Bruder reagierte, erkundigte sich nach den besten Marken von Kindersitzen fürs Auto, nach Zahnproblemen infolge zu langen Schnullergebrauchs oder nach anderen, wie sie zugeben musste, mehr oder weniger und vor allem nur zeitweilig interessanten Themen. Die Zeit verging schnell. Manchmal beteiligte sie sich an Diskussionen über das Stillen oder die bestmögliche Betreuung, doch die zunehmende Aggressivität, die sie im sozialen Netz spürte, entmutigte sie. Mélanie ertrug keine Konflikte. Sie träumte von einer Welt der Solidarität und des Austauschs. Von einer Welt, in der sie die Königin wäre.

Einige Monate zuvor waren Mélanies Eltern, nachdem ihr Vater in Rente gegangen war, aus dem Stadtzentrum in ein Haus weiter draußen, in einigen Kilometern Entfernung von La Roche-sur-Yon gezogen. Das Haus war nicht besonders groß, doch das Schwimmbecken, das die vorherigen Eigentümer mitten im Garten gegraben hatten, hatte ihre Kaufentscheidung stark beeinflusst. Mélanies Schwester Sandra hatte einen jungen Mann aus der Gegend geheiratet, den Sohn eines Versicherungsmaklers, selbst Makler und zudem ein sehr gutaussehender Junge. Mélanies Mutter kam selten in die Region Paris, zumal Sandra in weniger als zwei Jahren drei Kinder bekommen hatte: erst Zwillinge und dann, vierzehn Monate später, ein kleines Mädchen. Mélanies Eltern waren glücklich über ihre Enkelkinder und posteten zahllose Fotos von ihnen auf Facebook. Bunte, fröhliche Bilder, die an ihrem Pool, beim Minigolf, beim Schlittschuhlaufen oder bei Waldspaziergängen aufgenommen worden waren. Nach diesen Berichten zu urteilen waren sie Traumgroßeltern: aktiv, engagiert, immer verfügbar. Leider luden sie nie Sammy zu sich ein, weil er sich, wie sie sagten, immer mit Kilian, einem von Sandras Söhnen, stritt. In Wahrheit war Kilian ein hinterhältiges und autoritäres Kind. Dennoch wollte Mélanie die Dinge nicht so brutal beim Namen nennen. In drei Jahren hatten ihre Eltern Sammy nur ein einziges Mal über ein verlängertes Wochenende bei sich gehabt, und danach hatten sie sich darüber beklagt, dass er am Essen herummäkle und nicht fröhlich wirke. Sie hatten ihn nie wieder eingeladen. Auch hierbei hatte ihre Schwester gewonnen. Sandra hatte die Erwartungen ihrer Mutter an allen Fronten und auf allen Gebieten immer erfüllt. Sie war es, die bei den Aufführungen am Schuljahrsende in der ersten Reihe tanzte, die die Klasse beaufsichtigte, wenn die Lehrerin den Klassenraum verließ, die den Besuch höflich anlächelte und die beim Schulfest für einen Stand verantwortlich war. Sie hatte sogar einen Mann gefunden, der imstande war, mit ihrem Vater gut auszukommen, was, wenn schon nicht ein Wunder, so doch eine Heldentat war. Geschickt, das war ihre Schwester, beim Nähen, beim Kuchenbacken, bei der Inneneinrichtung. Alles, was Sandra in Angriff nahm, schien perfekt zu gelingen. Außerdem war sie immer dageblieben, an ihrem Platz, in der Nähe ihrer Eltern. *Sie hatte nie große Töne gespuckt.* Wenn die Familie zu Ostern oder zu Weihnachten zusammenkam, freute sich Mélanies Mutter immer besonders über das Wiedersehen mit der Schwester. Es war etwas kaum Wahrnehmbares, die plötzlich um eine Oktave höhere Stimme, eine raschere, spontanere Bewegung, doch Mélanie konnte diese unterschiedliche Behandlung, dieses Mehr an Enthusiasmus und Wärme, nicht übersehen. Sie litt schließlich regelrecht darunter, dass sie fast jeden Tag Fotos der Kinder ihrer Schwester sah, die ihre Mutter auf Facebook gepostet hatte. Manchmal weinte sie sogar vor ihrem Computer. Aber nichts zu wissen und nichts zu sehen, war noch schlimmer.

Mélanie hatte beschlossen, ihrer Mutter nichts von den Schwierigkeiten am Ende ihrer Schwangerschaft zu erzählen. Denn die hätte nur einen Vorwand gefunden, um ihr nicht zur Hilfe zu kommen, und außerdem ganz bestimmt einen Vergleich zu Sandra gezogen, die immer eine strahlende und tatkräftige Schwangere gewesen war.

Mélanie lag da mit ihrem Laptop und sah sich weiter auf Facebook um. Was ihr noch wenige Jahre zuvor als Oase des Austauschs und des Trostes erschienen war, kam ihr jetzt vor wie die Quelle einer diffusen Melancholie.

Einige Wochen später, nach Kimmys Geburt, recherchierte Mélanie im Internet, welche Schwierigkeiten nach einem Dammschnitt auftauchen können, und entdeckte dabei YouTube. Andere Mütter teilten ihre Erfahrungen via Video. Sie filmten sich mit dem Handy oder einer kleinen Kamera von vorn und gaben ihre Erfahrungen preis wie im Beichtstuhl von *Loft* oder einer anderen Reality-TV-Show. Mélanie abonnierte zwei, drei Kanäle. Diese Mütter glichen ihr: Sie waren etwa so alt wie sie und hatten die gleichen Sorgen. Sie waren hübsch und gepflegt. Der Anblick dieser geschmackvoll geschminkten jungen Frauen mit ihren manikürten Fingernägeln und dem glänzenden glatten Haar vermittelte ihr ein einfaches, unmittelbares Vergnügen und eine Art Trost. Manche verrieten ihre Tricks und Rezepte. Mélanie liebte es, Likes zu verteilen und sie mithilfe der Emoticons zu beglückwünschen: Emoticon

Bravo, Emoticon Danke, Blümchen, Blümchen, Blümchen, Herz, Herz, Herz. Sie empfand diese Frauen als rührend und tapfer. Sie gaben ihr den Mut, ihren eigenen Tag in Angriff zu nehmen. Der Algorithmus verhalf ihr dazu, neue Kanäle und Videos kennenzulernen. Sie liebte alles *Wahre*, alles, was von Leben wie ihrem eigenen erzählte und ihr das Gefühl geben konnte, weniger allein zu sein. Der Algorithmus hatte sie gut verstanden. Nach und nach vernachlässigte sie ihr Facebook-Konto zugunsten von YouTube, weil es ihr dort offener und kreativer zuzugehen schien.

YouTube war eine Welt für sich. Eine großzügige, wunderbare und allen zugängliche Welt.

Sammy war gerade in den Kindergarten gekommen, und Kimmy war ein braves Baby, das viel schlief. Der Computer blieb von morgens bis abends eingeschaltet, Mélanie setzte sich mehrmals täglich vor den Bildschirm, oft ohne ein bestimmtes Anliegen. Sie klickte sich durch die Plattform, von einem Vorschlag zum nächsten, und fand schließlich immer Informationen, Bilder oder Geschichten, die sie interessierten.

Bald nach Kimmys zweitem Geburtstag entdeckte Mélanie Minibus Team. Der Vater zweier kleiner Mädchen, der anscheinend von der Mutter getrennt lebte, hatte für seine Töchter einen Kanal aufgebaut, der täglich mehr Abonnenten fand. Alles hatte mit einem Video begonnen, in dem die Ältere bunte Bonbons und Süßigkeiten ein und derselben Marke auspackte und probierte und das sofort mehrere Tausend Mal aufgerufen worden war. Dann war auch die Kleinere dazugekommen, der Vater hatte immer mehr Geschenke auspacken lassen, und die Zahl der Abonnenten war weiter gestiegen. Wenn man den Bildern glauben konnte, dann hatten die beiden Töchter, die mehr und mehr verwöhnt wurden, ihren Spaß.

Einige Monate lang hatte Mélanie sich damit begnügt zu beobachten, wie dieser Vater seine Töchter filmte, wie häufig und in welchen Inszenierungen. Was funktionierte und was nicht. Was den Kindern gefiel; sodass sie vermutlich zehnmal dasselbe Video anschauten, und was ihnen weniger gefiel. Mélanie erweiterte ihre Recherchen und schaute sich um, was anderswo gemacht wurde, insbesondere in den Vereinigten Staaten und in den englischsprachigen Ländern, wo es schon viele Kinderkanäle gab.

Kimmy war noch keine drei, als Mélanie ihr erstes YouTube-Video postete. Sie hatte sich eine eigene Strategie überlegt. Man musste es behutsam angehen, zuerst eine gewisse Anhänglichkeit und Identifikation wachsen lassen, bevor man über die Einführung von Marken und Produkten nachdachte. Deshalb hatte sie zunächst Kimmy gefilmt, wie sie in einem entzückenden fliederfarbenen Kleidchen wie eine Große auf dem Sofa saß und einen Kinderreim sang, den sie ihr beigebracht hatte. Die Kleine begleitete die Worte mit perfekt angepassten Bewegungen: Das Kaninchen mit den großen Ohren, der böse Jäger mit dem Schießgewehr. Sie war hinreißend. Der etwa fünfzig Sekunden lange Clip war nichts weiter als das Teilen eines privaten, rührenden Augenblicks im Familienleben. Mélanie postete das Video mit einem kurzen Kommentar: »Kleines Mädchen singt und spielt *Le Lapin et le chasseur.*« Das Video hatte mehrere Tausend Views erhalten. So ermutigt, filmte Mélanie ihre Tochter weiterhin beim Singen: *Pirouette cacahuète, Une souris verte, Les petits poissons dans l'eau.* Kimmy konnte für ihr Alter sehr gut sprechen und singen. Sie artikulierte die Wörter perfekt, und das Mienenspiel und die Gesten, mit denen sie sie begleitete, waren unwiderstehlich. Dann hatte Mélanie einen klugen Einfall: Sie gab Kimmy Plüschtiere – Teddybären, Hunde, Kaninchen – zur Ausschmückung der Kinderlieder, die sie vor der Kamera sang. Kimmy spielte mit den Stofftieren, wies ihnen Rollen zu, ließ sie sprechen. Mélanie wartete, bis sie mehr als zwanzigtausend Abonnenten hatte, bevor sie sie das erste Spielzeug auspacken ließ: Überraschungseier, Chupa-Chups-Lutscher und Play-Doh-Knetmasse. Ein wenig später war auch Sammy in den Videos aufgetaucht, und der Kanal, dessen Name ursprünglich Kim the Singer war, hieß nun Kim and Sam in Happy Récré.

Bruder und Schwester bildeten ein tolles Team. Sammy war der aufmerksame Beschützer, er half Kimmy, die Schachteln und Deckel zu öffnen, erklärte ihr die Spiele, die Gesten, die Abzählreime. Kimmy gab sich als großes Mädchen, ahmte ihren Bruder nach und lachte über seine Witze. Den Kommentaren zufolge waren die beiden ein entzückendes Duo. Danach ging alles sehr schnell: Die Anzahl der Aufrufe und Abonnenten hörte nicht auf zu steigen, und YouTube schickte Mélanie eine persönliche Nachricht, in der die Grundlagen der Monetarisierung erläutert wurden. Markenfirmen nahmen wegen Product Placements Kontakt zu ihr auf, die Pakete begannen die Wohnung zu überschwemmen, und Bruno gab seine Arbeit auf. Danach konnten sie die angrenzende Wohnung kaufen, um sich zu vergrößern und ein ganzes Zimmer für das Drehen und Schneiden der Videos einzurichten. Dank diesem Heimstudio hatten sich die Formate verbessert. Wenn sie die Besten bleiben wollten, mussten sie sich ständig neu erfinden.

Die Langweile war nur noch eine böse Erinnerung.

KRIMINALPOLIZEI – 2019
VERMISSTES KIND KIMMY DIORE

<u>Betr.:</u>
nach Typ geordnete Beschreibung der Videos
des YouTube-Kanals Happy Récré

BATTLES
(zwischen zwei und sechs Millionen Aufrufe)

»Markenware oder No-name«
Kim und Sam sitzen mit verbundenen Augen vor der Kamera und probieren eine Reihe von Produkten (Weichkäse, Chips, Limonade, Eistee, Brotaufstrich, verschiedene Kekse).

Bei jedem Produkt testen sie zwei Proben: eine »echte« und eine »gefälschte«. Dann müssen sie raten, was die Markenware ist und was die Imitation (Zweitmarke oder Handelsmarke).

»Taste and guess«
Hier geht es darum, mit verbundenen Augen die unterschiedlichen Aromen und Geschmacksrichtungen desselben Produkts herauszufinden. Die beliebtesten Videos drehen sich um die Marke Oreo und deren Kekse in verschiedenen Geschmacksrichtungen (Original, Vanille, weiße Schokolade, Golden, Erdnuss …)

Dieselbe Art von Test wird auch mit anderen Produkten (Salzgebäck, Dessertcremes, Chips) und zahlreichen Marken durchgeführt.

Ernst und aufrecht stand Clara vor Cédric, um ihm alles zu schildern, was sie zusammengetragen hatte. Sie hatte nur zwei Stunden geschlafen, aber noch spürte sie die Auswirkungen der Müdigkeit nicht. Sie hatte zunächst die Videos von Happy Récré angesehen und dann zusätzlich recherchiert, um sie in einen allgemeineren Kontext zu stellen und zu begreifen, wie sie wahrgenommen wurden. Cédric spottete zwar gern über ihren Hang, alles bis ins Letzte zu analysieren, über ihre gewählte Sprache und ihre Schwäche für verknüpfende Adverbien, doch jetzt hörte er ihr mit ungeheuchelter Aufmerksamkeit zu.

»In den meisten Fällen sind es die Eltern, die ihre Kinder filmen und diese Videos mehrmals pro Woche posten. Angefangen hat es in den Vereinigten Staaten, aber in den letzten drei Jahren hat sich das Phänomen irgendwie überall ausgebreitet, denn es hat sich als sehr, sehr lukrativ erwiesen. Der YouTuber, der in diesem Jahr weltweit das meiste Geld verdient hat, ist ein achtjähriger amerikanischer Junge. Er heißt Ryan und wird seit seinem vierten Lebensjahr von seinen Eltern gefilmt. Das Magazin *Forbes* hat seine Einkünfte allein für das Jahr 2019 auf sechsundzwanzig Millionen Dollar geschätzt. Die ersten Versuche dieser Art in Frankreich gehen auf die Jahre 2014 und 2015 zurück. Inzwischen gibt es zahlreiche Kanäle. In finanzieller Hinsicht teilen sich etwa ein Dutzend von ihnen den Markt. Happy Récré war nicht der Erste, ist aber zu dem weitaus beliebtesten geworden.«

»Und was machen die Kinder in den Videos?«

»Ursprünglich packen sie nur aus. *Unboxing* nennt man das auf

Englisch. Sie öffnen Schachteln und Pakete und finden darin Spielzeug, Süßigkeiten, Kostüme zum Verkleiden und allerlei sonstige Produkte für Kinder, sie geraten in Begeisterung und teilen ihre Freude, indem sie die Sachen vor der Kamera ausprobieren.«

»Meinst du das ernst?«

»Absolut. Die Eltern filmen, die Mutter oder der Vater, je nachdem. Bei den Diores ist es die Mutter, die mit den Kindern interagiert. Im Laufe der Zeit sind neue verschiedenartige Formate dazugekommen, um die Abonnenten fester an sich zu binden. Sie stellt Kim und Sam vor Herausforderungen oder denkt sich kleine Drehbücher aus. Zum Beispiel müssen die Kinder ausschließlich orange oder grüne Lebensmittel probieren, in einem Supermarkt die Preise von Artikeln raten oder mit verbundenen Augen Brotaufstriche verschiedener Marken vergleichen. Seit einiger Zeit machen sie auch *pranks*. Das sind Scherze oder Streiche, die vor allem von amerikanischen Kanälen abgeschaut sind.«

Cédric ließ ein kurzes Schweigen eintreten, bevor er das Gespräch wieder in Gang brachte.

»Du meinst, damit verdienen die so viel Geld? Bist du sicher?«

Clara konnte sich ein Lächeln nicht verkneifen. Genauso war es auch ihr ergangen. Diese Ungläubigkeit.

»Ja, das bin ich. Ab einer gewissen Anzahl von Aufrufen bettet YouTube Werbung in die Videos ein und bezahlt die YouTuber dafür. Das Geld kommt auch von den Markenfirmen, die dafür zahlen, dass sie in den Videos vorkommen. Sie schenken ihnen nicht nur das Material – Legosteine, Disney-Figuren oder Überraschungseier –, einige bezahlen die Familie auch dafür, dass diese Sachen gezeigt und gelobt werden. Dann wird ein Vertrag über die Zusammenarbeit geschlossen. Die Diores haben mehrere Firmen gegründet. Auf der Webseite der Patent- und Markenbehörde kannst du sehen, dass sie alle im Zusammenhang mit den Vornamen ihrer Kinder nur möglichen und denkbaren Markennamen haben eintragen und schützen lassen. Der Vater hatte eine gute Stelle im Informatikbereich, aber er hat sie aufgegeben. Inzwischen ist er derjenige, der filmt und sich ums Schneiden kümmert.«

»Und … machen die viele solcher Videos?«

»Bei Happy Récré sind es zwei bis vier in der Woche, würde ich sagen. Man muss präsent bleiben.«

Cédric Berger hatte Clara mit äußerster Aufmerksamkeit zugehört und meistens nur zustimmend genickt. Jetzt forderte er sie mit einer Handbewegung auf weiterzusprechen.

»Das ist noch nicht alles. Bei der kommerziellen Nutzung wird stark diversifiziert. Die Diores haben kürzlich eine eigene Schreibwarenmarke (Schreibhefte, Notizbücher, Stifte) gegründet und kümmern sich selbst um die Werbung. Minibus Team, ihr Hauptkonkurrent, hat eine vierteljährlich erscheinende Zeitschrift herausgebracht, die weggeht wie warme Semmeln. Und La Bande des doudous hat gerade eine Spielzeugmarke auf den Markt gebracht. Das Merchandising macht einen Großteil des Umsatzes aus, und alle sind entschlossen, es auszubauen. Was die Diores angeht, so ›übersteigt‹ deren Jahreseinkommen eine Million Euro bei Weitem. Von den Sachleistungen ganz zu schweigen.«

Cédric hatte sich ein paar Notizen in sein kleines schwarzes Büchlein gemacht, ein klassisches Moleskine-Notizbuch, das er immer bei sich hatte und dessen unleserlichen Inhalt nur er entziffern konnte. Er unterstrich einen Satz und sah zu Clara auf.

»Aber wohin geht das Geld?«

»Das kassieren die Eltern. Sie können damit machen, was sie wollen.«

»Gibt es da keine Vorschriften?«

Clara hatte sich einige Stunden zuvor dieselbe Frage gestellt. Das ist typisch für einen Flic, dachte sie, diese Fähigkeit, sofort den Finger auf den wunden Punkt zu legen.

»Für Kinder, die als Models, Schauspieler oder Sänger tätig sind, gibt es Vorschriften, weil ihre Tätigkeit als Arbeit betrachtet wird. Die Arbeitszeiten werden kontrolliert, und die Eltern müssen bis zur Volljährigkeit ihrer Kinder einen Großteil des verdienten Geldes auf ein gesperrtes Konto bei der staatlichen Caisse des dépôts et consignations einzahlen. Für die Kinder von YouTubern gibt es keine Einschränkung. Das nennt man einen rechtsfreien Raum. Im Augenblick wird diese Tätigkeit als private Freizeitbeschäftigung betrachtet und ist keinerlei Regeln unterworfen.«

»Wahnsinn …«

»Dennoch haben sie, wie uns Tom Brindisi ja gesagt hat, nicht nur Freunde. Schon 2016 hat der Chevalier du Net, dieser berühmte YouTuber, von dem er uns erzählt hat, mehrere Videos gedreht, in denen er die aktivsten Familienkanäle anprangert. In diesen Plädoyers weist er darauf hin, wie oft diese Kinder drehen müssen, und bezweifelt, dass sie sich frei entscheiden können. Er war einer der allerersten Whistleblower. Damals ist die Petition, die er ins Netz gestellt hatte, von vierzigtausend Menschen unterzeichnet worden, und andere schlossen sich seiner Kritik an. Aber konkret hat sich nichts getan. Mit nichts meine ich nichts. Es hat nicht verhindert, dass immer mehr Eltern mit immer jüngeren Kindern auf den Zug aufgesprungen sind. 2017 hat die gemeinnützige Organisation zur Förderung der Medienkompetenz bei Eltern und Kindern, OPEN, die die Behörden bereits alarmiert hatte, den nationalen Rat zum Schutz des Kindeswohls aufgefordert, diesen Minderjährigen – mindestens – denselben Status zuzuerkennen wie Kindern, die als Models oder Schauspieler arbeiten. Nachdem es vier Jahre lang überhaupt keine Regulierung gegeben hat, scheint jetzt ein Gesetzesentwurf geprüft zu werden, der bald der Assemblée nationale vorgelegt werden soll. Es geht darum, dem gewerblichen Einsatz von Kindern durch ihre Eltern einen rechtlichen Rahmen zu geben und diese Tätigkeiten als Arbeit zu definieren.«

Clara hielt einen Moment lang inne, und Cédric nutzte ihn, um die vielen Informationen zu speichern, bevor er das Gespräch wieder in Gang brachte. Seine Verblüffung war nicht zu übersehen.

»Und die Medien haben sich nicht darauf gestürzt?«

»Ein bisschen schon, aber das Ganze bleibt ziemlich undurchsichtig. Wenn dieses Gesetz verabschiedet würde, dann wäre Frankreich international ein Pionier auf diesem Gebiet. Das Gesetz könnte ein ganzes System, das man noch nicht auf dem Radar hat, in den Focus rücken. Aber die Kritiker sagen, dass es ohnehin nichts ändern würde. Manche Eltern, übrigens auch Mélanie, haben schon zusätzliche Kanäle oder Instagram-Konten unter ihren eigenen Namen aufgemacht, um, wie es heißt, das Gesetz zu umgehen, obwohl es noch gar nicht verabschiedet wurde.«

Cédric unterbrach Clara mit einer Handbewegung.

Er brauchte kurz Ruhe, um sich die Dinge vor Augen zu führen. Sie erzählte ihm von einer abstrakten Welt außerhalb seines Erfahrungsbereichs. Clara konnte Cédric vieles am Gesicht ansehen, seine Laune, seine Zweifel, die geringsten Verstimmungen. Jetzt erriet sie, dass ihm wieder der Rücken wehtat. Der Bandscheibenvorfall, an dem er einige Monate zuvor operiert worden war, brachte sich in Erinnerung, sobald er einen bestimmten Stresslevel überschritt.

Cédric ließ sich noch ein wenig Zeit zum Durchatmen und setzte das Gespräch dann erst fort.

»Und Mélanie Claux? Was sagt sie zu alledem?«

»Sie kennt die Kritik. Sie hat dazu einige Videos gedreht. Vor der Kamera geht sie auf die Vorwürfe ein. Sie sagt, dass sie Geld für ihre Kinder zur Seite lege und dass sie längst vor diesem Streit an Sams und Kims Zukunft gedacht habe. Sie sagt, YouTuber zu sein, sei Kims und Sams Traum, sie täten es furchtbar gern und seien glücklich, Stars geworden zu sein. Ihrer Ansicht nach sei das eine große Chance. Sogar das Beste, was ihnen hätte passieren können.«

Inzwischen strahlte der Schmerz in die Rippen aus, Cédric griff nach seinem Stuhl und setzte sich. Als sie seinen Gesichtsausdruck sah, schloss Clara ihren Bericht hastig ab.

»Ich muss dir noch etwas sagen. Heute Morgen bin ich noch mal auf Mélanies Instagram-Konto gegangen, Mélanie Dream. Abgesehen von diesen berühmten Stories postet sie regelmäßig Fotos von den Kindern und der Familie. Vor etwa zwei Monaten hat sie das Foto eines riesigen Pakets, das sie gerade von einer Kosmetikfirma bekommen hatte, gepostet. Auf dem Paket konnte man den Familiennamen, die Adresse und sogar die Nummer des Gebäudes lesen. Es dürfte also sozusagen weltweit bekannt sein, wo sie wohnen.«

KRIMINALPOLIZEI – 2019
VERMISSTES KIND KIMMY DIORE

Betr.:
nach Typ geordnete Beschreibung der Videos
des YouTube-Kanals Happy Récré

DIE SERIE »BUY EVERYTHING«
(zwischen zwei und zwanzig Millionen Aufrufe)

»Wir kaufen alles, was mit F anfängt«
In einem Supermarkt haben Kimmy und Sammy jeweils zehn Minuten Zeit, alles zu kaufen, was sie wollen, ganz gleich, wie viel es kostet und wie nützlich es ist, vorausgesetzt, der Name des Artikels beginnt mit einem zufällig festgelegten Buchstaben (zum Beispiel mit F).

In dem Spiel geht es darum, innerhalb der zugebilligten Zeit möglichst viele Produkte zu kaufen. Sieger ist, wer die meisten Artikel in Mélanies Einkaufswagen gelegt hat.

Der gesamte Einkauf wird anschließend mit nach Hause genommen (Filzstift, Fritteuse, Farfalle, Feigen, Frotteehandtuch, Frischkäse, Flöte, Fahrradhelm), unabhängig davon, ob die Familie diese Dinge oder ähnliche Produkte bereits besitzt und ob sie einen Nutzen haben.

Varianten: Ich kaufe alles, was gelb ist; ich kaufe alles, was du aufschreibst; ich kaufe alles, was du zeichnest; wenn du es rätst, kauf es.

Wenn Clara ihren Beruf beschrieb, sagte sie: »Erst das Blut, und dann die Wörter.« Denn ja, meistens begann alles mit dem Blut. Dem Blut auf den Körpern oder Kleidungsstücken, dem Blut auf dem Boden oder an den Wänden, dem sichtbaren oder unsichtbaren Blut, dessen Spur gefunden werden musste, das getrocknet, das sichergestellt, das ins Labor geschickt wurde, und mit dem Blut der Autopsie, das in Plastikeimern aufgefangen wurde. Danach kam die *procédure*, danach kam das präzise Vokabular, mit dem sie beschrieb, was sie gesehen hatte.

Dieses Mal gab es kein Blut. Aber das allein konnte sie nicht beruhigen. In fast zehn Jahren hatte Clara oft genug feststellen können, dass Barbarei durchaus auch ohne Blutvergießen auskommen konnte. Bei einem ihrer ersten Fälle war sie an das Bett einer alten Dame gerufen worden, die in einem Zustand fortgeschrittener Dehydrierung und Unterernährung und mit Blutergüssen an den Knien ins Krankenhaus eingeliefert worden war. Die Aussagen der alten Dame waren zwar scheinbar zusammenhangslos und konfus, doch die Staatsanwaltschaft hatte eine Ermittlung eingeleitet. Ein Paar in den Vierzigern wurde verdächtigt, sie seit mehreren Monaten gefangen zu halten, um an ihre Pension zu kommen. Clara hatte an der Durchsuchung der bescheidenen, ein wenig schäbigen Wohnung teilgenommen, deren Verschmutzung nicht sofort ins Auge fiel, sondern erst in den Ecken bemerkbar wurde. Keine Spur von Gewalt. Nur dieser Plastikfressnapf auf dem Fliesenboden in der Küche, der Clara aufgefallen war, weil es keinerlei Haustier gab. Dieser Fressnapf, den, wie sich erwies, die Folterer hingestellt hatten und aus dem die alte Dame jeden Abend auf Knien essen musste, bevor sie auf einem Strohsack schlafen durfte.

Clara liebte die Atmosphäre zu Beginn der Ermittlungen. Den Schlafmangel, die im Stehen heruntergeschlungenen Sandwiches, das mit der Hand verwachsene Handy, den am Bildschirm klebenden Blick. Diese Erregung, diese Anspannung. Manchmal hatte man schon nach wenigen Stunden eine Spur: einen Zeugen, eine Videoaufzeichnung, ein Handy, das an der passenden Stelle geortet worden war. Mit ein wenig Instinkt konnte man am richtigen Faden ziehen. Überraschende Vernehmung ganz früh am Morgen, Haussuchung, und die Sache war im Sack. Doch zuallermeist musste die Crime Langstreckenarbeit leisten. Durchhalten. Die Aufregung der ersten Stunden verwandelte sich dann in eine Art regelmäßiges und ständiges Feuern der Neurotransmitter. Eine Energie, die aus tiefster Tiefe, aus dem Innersten – aus dem Bauch, wie manche sagten – kam und deshalb unerschöpflich war.

Sechsunddreißig Stunden nach dem Verschwinden von Kimmy Diore wusste Clara, dass sie in diese zweite Phase eingetreten waren und keine unmittelbaren Perspektiven hatten. Sie mussten zugeben, dass sie mit leeren Händen dastanden. Die Überprüfung der Telefongespräche hatte nichts ergeben und die Vernehmung der Nachbarn nur üble Nachrede. Im Rahmen von Ausnahmegenehmigungen waren alle Wohnungen der Wohnanlage durchsucht worden. Eine von einem Dutzend Ermittlern durchgeführte, sehr gründliche Überprüfung, bei der nichts herausgekommen war. Die Möglichkeit, Tom Brindisi könnte, allein oder mit Komplizen, an der Tat beteiligt sein, war endgültig ausgeschlossen worden. Für seinen schlechten Scherz würde er wohl nur eine richterliche Ermahnung bekommen.

Die Zeugenaussagen der anderen Kinder und ihrer Eltern bestätigten die von Sammy, was eine auf die Minute genaue Feststellung der Tatsachen erlaubte: Um 17:55 Uhr hatte eine neue Runde im Versteckspiel begonnen. Die Kleine hatte gezögert, war unschlüssig im Kreis gegangen und dann Richtung Müllraum gelaufen. Von dort aus hatte sie ungesehen in die Tiefgarage gelangen können. Sobald sie dort, freiwillig oder unfreiwillig, bei Bewusstsein oder bewusstlos, angekommen war, war sie aller Wahrscheinlichkeit nach in ein Auto gestiegen oder geschafft worden. Vielleicht ein rotes. Oder eins in irgendeiner anderen Farbe.

Dieses Mädchen, das von morgens bis abends gezeigt wurde, das man jederzeit im Jogginganzug, in Shorts, im Kleidchen, im Schlafanzug, als Prinzessin, Meerjungfrau oder Fee verkleidet sehen konnte, dieses Mädchen, dessen Bild endlos vervielfältigt worden war, hatte sich in Luft aufgelöst.

Sie war aus der von Markenzeichen und Symbolen gesättigten Welt, in der sie aufgewachsen war, verschwunden, als hätte eine unsichtbare Hand plötzlich beschlossen, sie den Blicken zu entziehen.

Als man Mélanie Claux an dem Abend, an dem Kimmy Diore verschwunden war, gefragt hatte, wer es auf ihre Familie abgesehen haben könne, hatte sie von zwei Möglichkeiten gesprochen: Vom Chevalier du Net und vom Vater der beiden Mädchen von Minibus Team, dem Hauptkonkurrenzkanal von Happy Récré. Beide waren zu einer Vernehmung in die Räume des Bastion vorgeladen worden. Zudem standen die Angehörigen (Mélanies Familie in La Roche-sur-Yon und Brunos in der engeren Banlieue von Paris) unter genauer Beobachtung. Die Alibis und die Anruflisten wurden sorgfältig geprüft. Der Fall des kleinen Grégory, das polizeiliche und gerichtliche Fiasko in den Achtzigern, hatte Spuren hinterlassen, die so bald nicht verblassen würden.

Bei ihrem Praktikum am Quai d'Orfèvres Nummer 36 hatte Clara mit Capitaine G. zusammengearbeitet, einem der dienstältesten Beamten der Brigade. Nach mehr als vierzig Jahren bei der Crime geizte dieser Mann, der nur noch wenige Monate bis zur Pensionierung hatte, weder mit Ratschlägen noch mit Anekdoten. Er hatte eine Zeit ohne DNA, ohne Handys, ohne Überwachungskameras gekannt. Eine Epoche, in der man sich bei den Ermittlungen auf Psychologie, Intuition und Erfahrung stützte. Er erzählte gern davon. Die Werkzeuge waren weniger wissenschaftlich, und das Geständnis war der Beweis. »Weißt du, wer ermitteln will«, hatte er nachdrücklich gesagt, »muss an den Tatort zurück. Immer wieder. Dorthin, wo die Tat geschehen ist. Wo es passiert ist, wo es angefangen hat. Immer wieder an den Ort der Tragödie zurückkehren. Auch wenn die Beweisstücke schon gesichert sind, auch wenn alles schon gesäubert ist, sogar noch Jahre später.«

Zurückkehren. Die Luft einatmen. Hinsehen. Clara hatte sich die Lektion gemerkt.

Und deshalb nahm sie am Abend des 11. November einen Dienstwagen, um allein nach Châtenay-Malabry zurückzukehren.

Der Mond erhellte schwach den Himmel über den kleinen Gebäuden der Wohnanlage. Die Plastikbänder, mit denen der Suchbereich begrenzt worden war, hingen an den Pfosten herunter. Es war schon ziemlich dunkel, einige Laternen deuteten den Verlauf der Wege an. Der Zugang zur Tiefgarage war noch versperrt. Mitten im Garten bildeten Bäume eine Art kleinen Kreis, in dem mehrere Bänke wie zufällig verteilt in unterschiedlichen Abständen voneinander standen. Clara setzte sich auf eine davon. Ringsum waren Dutzende von Fenstern erhellt. Von dieser Stelle im Garten aus konnte sie überall dort, wo die Vorhänge noch nicht zugezogen waren, in die Wohnungen sehen. Überall die gleichen modernen und praktischen Einrichtungen: Einbauküchen, zwei- oder dreisitzige Sofas und Flachbildschirme.

Die Anordnung der Gebäude erinnerte sie an die Wohnanlage ihrer Kindheit. Nicht weit von hier, in einem anderen Vorort, hatte sie an einem fast gleich aussehenden Ort gelebt. Zwar weniger vornehm, aber auch dort hatte man das Gefühl gehabt, vor der Welt geschützt zu sein.

Clara dachte oft an ihre Eltern, von einem Bild, einem Geruch oder Wort an sie erinnert. An ihre Mutter oder ihren Vater oder eher an beide gleichzeitig. Als wären sie dadurch, dass sie so kurz hintereinander gestorben waren, für immer vereint. Sie fehlten ihr. Sie hätte ihnen gern von sich erzählt, von ihrem Beruf, sie hätte gewollt, dass sie die Frau kennen würden, zu der sie geworden war. Ein Flic, das schon, aber doch ein Flic, der ihre Beachtung und vielleicht sogar ihre Achtung verdient gehabt hätte.

In ihrem Alter war es vermutlich ungewöhnlich oder sogar besorgniserregend, wenn man so oft an seine Eltern dachte. Es war eine Leere, ein Fehlen, ein Schmerz, und sie war sich nicht sicher, dass sie diese Leere ausfüllen wollte. Ihr Gespräch war unterbrochen worden, bevor es versiegen konnte. Und da sie nicht selbst Mutter geworden war, war sie vielleicht vor allem Tochter geblieben.

Sie saß auf der Bank, wie sie es auch als Kind an manchem Abend getan hatte, und beobachtete die Leute: Eine Frau stand reglos vor ihrem Herd, ein Mann unterhielt sich mit einem Jugendlichen, ein kleiner Junge putzte sich die Zähne. Dann schloss sie die Augen, um auf die Geräusche ringsum zu lauschen; in der Ferne ein Radio und näher bei ihr das ständige Rascheln des Laubs auf dem Boden.

Was bedeutete es, sechs Jahre alt zu sein?

Mit sechs Jahren hatte sie einfach so im Garten ihrer Wohnanlage sitzen und dem Leben der Leute zuschauen können. Sie stellte sich dabei nichts vor, verbot sich jedwede Erfindung. Sie versuchte bloß, die Gewohnheiten, die Zeitpläne, die längeren Abwesenheiten zu erkennen. Wenn sie, mit Eisfüßen und roter Nasenspitze, wieder in die Wohnung hinaufkam, breitete ihre Mutter die Arme aus, zog sie an ihre Hüften und raunte ihr leise zu: »Mein kleines Klatschtantchen.« Mit sechs Jahren war Clara in die Grundschule gekommen, in die Klasse von Madame Vedel. Mit sechs Jahren hatte sie ihren Opa Eddy verloren, er war an Lungenkrebs gestorben. Mit sechs Jahren hatte sie *Le Cancre*, Der schlechte Schüler, ein Gedicht von Jacques Prévert, auswendig gelernt. Mit sechs Jahren hatte sie sich über das Balkongeländer gelehnt, um ein Haargummi zu angeln, das auf der anderen Seite des Gitters hängen geblieben war. Und war gefallen. Vom zweiten Stock heruntergefallen und auf der Wiese gelandet, wobei die Äste eines Baums ihren Sturz glücklicherweise gebremst hatten. Die Babysitterin war ohnmächtig geworden, ein Nachbar hatte den Rettungsdienst gerufen. Im Krankenhaus Antoine-Béclère, wo man sie zur Beobachtung dabehalten hatte, hatte Clara vierundzwanzig Stunden lang geschlafen. Die Angst, sagten die Ärzte. Sie war völlig unverletzt geblieben. Als man Jahre später ihren Wachstumsrückstand feststellen musste, hielt man den Sturz unter den möglichen Gründen für den wahrscheinlichsten. Mit sechs Jahren hatte Clara aufgehört zu wachsen. Die Spitznamen ließen nicht auf sich warten. Milligramm, Minimaus, Mikrobe … Aber etwas an ihr, ein Ernst oder eine augenscheinliche Ruhe, lud nicht zum Spott ein. Nach dem Wechsel auf das Collège hatte sie wieder angefangen zu wachsen. Doch sie hatte den Rückstand nie aufgeholt.

In ihre Erinnerungen verloren, saß Clara schon seit einigen Minuten so da, aufrecht und die Hände seitlich flach auf die Bank gelegt, als Bruno Diore auf sie zukam.

»Kann ich Ihnen helfen?«

Sie schreckte weder hoch, noch zuckte sie zurück. Sie lächelte ihm nur zu.

Diese Frage aus dem Mund eines Mannes, dessen Kind verschwunden war, erschien ein wenig skurril. Nachdem sie die erste Verwirrung überwunden hatte, versuchte sie zu erklären, warum sie gekommen war.

»Ich wollte noch zwei, drei Sachen überprüfen …«

Bruno sah sich um, als erwartete er, ein bisher übersehenes Detail würde plötzlich sichtbar, dann richtete er den Blick seiner müden Augen wieder auf sie.

»Sie sehen ganz durchgefroren aus, wollen Sie nicht ein paar Minuten hereinkommen und sich aufwärmen?«

Clara zögerte kurz.

Am Abend des Verschwindens von Kimmy war sie draußen geblieben, um die Arbeit der Spurensicherung am Tatort möglichst gut zu organisieren, deshalb hatte sie die Wohnung noch nicht gesehen.

»Das ist nett von Ihnen«, sagte sie und stand auf.

Bruno Diore trat seine Kippe aus, hob sie vom Boden auf und bedeutete Clara dann mit einer ungeschickten Geste, ihm zu folgen.

Sammy saß auf dem Wohnzimmersofa, den Kopf über sein Tablet gebeugt. Als die Eingangstür hinter ihnen ins Schloss fiel, blickte er auf, sprang auf die Füße und rannte zu seinem Vater. In seinem Frotteeschlafanzug mit Super Mario auf dem Oberteil sah er aus wie jeder andere lebhafte und neugierige Achtjährige. Er musterte Clara, und sie stellte sich vor.

»Guten Abend, Sammy. Ich heiße Clara, ich arbeite mit den anderen Polizisten zusammen, um deine kleine Schwester wiederzufinden.«

Er setzte das mechanische Lächeln auf, das er auch in den Videos zeigte, doch als er näher kam, sah sie die Spuren der Angst in seinem Gesicht. Er hatte dunkle Ringe um die Augen, und seine Haut war so durchsichtig, dass man den Verlauf der Adern darunter erahnte. Ihr fiel auf, wie lang seine Wimpern waren.

Vom langen Warten war die Wohnung wie erstarrt, sie schien in eine überheizte, wattige Betäubung verfallen zu sein. Sammy stand ihr gegenüber, sein Blick ging von seinem Vater zu Clara, dann wieder zurück zu seinem Vater, als erhoffte er sich eine Information oder eine neue Wendung. Sie kam von draußen, sie kam aus dem Bastion, vielleicht hatte sie Neuigkeiten zu verkünden.

Mélanie trat zu ihrem Sohn und legte ihm, tröstend oder auch beschützend, die Hände auf die Schultern. Clara sah sich rasch um, sie vermisste ihren Kollegen von der Such- und Eingreifbrigade.

Bruno kam ihrer Frage zuvor.

»Meiner Frau fällt es sehr schwer, die Anwesenheit des Unterhändlers zu ertragen, das liegt überhaupt nicht an ihm, es ist nur schwierig, in einem Moment wie diesem die ganze Zeit jemanden in der Wohnung zu haben, wissen Sie. Deshalb hat sich ihr Kollege zurückgezogen, doch beim kleinsten Zeichen von außen …«

Just in diesem Augenblick bewies Éric Paulin, dass ihm nichts entging, und kam ins Wohnzimmer, um Clara zu begrüßen. Sie kannte ihn, er hatte ihre Gruppe in Krisensituationen oder bei heiklen Überprüfungen Verdächtiger schon mehrmals unterstützt. Sie wechselten ein paar Worte, dann verschwand er wieder.

Es bestand kein Zweifel, die Eheleute Diore sahen aus wie Eltern in großer Angst. Manches Leid lässt sich nicht vortäuschen, sagte sich Clara, doch schon im nächsten Augenblick kam ihr ein bedrückender Gedanke: Jeder beliebige Kriminalpolizist wusste, wie sehr der Anschein trügen konnte. Das in allen Fernsehnachrichten verbreitete Bild von Alexia Davals Ehemann stand ihr plötzlich vor Augen, wie er rasend und schluchzend vor Kummer an der Seite seiner Schwiegereltern heiße Tränen vergoss. Einige Monate darauf gestand er, in die Enge getrieben, dass er seine Frau getötet und ihre Leiche verbrannt hatte.

Bruno lud sie zum Sitzen ein und ging dann in die Küche, um Tee zu kochen. Sofort kam Sammy zu ihr. In einem seltsamen, wie von Andeutungen geschwängerten Ton fragte er:

»Willst du Kimmys Zimmer sehen?«

Er wartete die Antwort nicht ab, sondern stand schon an der Tür zum Flur.

Clara hatte noch nie so viele Plüschtiere, Puppen, Dekorationsstücke, Gesellschaftsspiele, Sport-, Mal- und Bastelsachen in einem Kinderzimmer gesehen. Es glich einem Spielzeuggeschäft. Sammy stand wie ein junger Immobilienmakler mitten im Raum, folgte ihrem Blick, wartete auf ihre Reaktionen und hielt sich bereit, ihr die nötigen Erklärungen zu geben. In der Luft lag ein Geruch nach Vanille. Bevor sie die vielen Fläschchen in den Regalen entdeckte, hatte Clara unwillkürlich gedacht, es sei Kimmys Geruch, eine Art süßer Fingerabdruck, der sich trotz ihrer Abwesenheit erhalten habe.

Nach einem ersten Blick in die Runde trat sie tiefer in den Raum. Am Fenster häufte sich hinter dem Vorhang ein Berg von in Zellophan verpackten Gegenständen – Spiele, Schachteln, Geschenksets –, alles noch ungeöffnet. Sammy erklärte ihr, es sei nicht mehr genug Platz da, um sie wegzuräumen, und öffnete zum Beweis die Schränke. Im Kleiderschrank sah Clara eine Fülle von sorgfältig gefalteten und aufgestapelten Kleidungsstücken, die größtenteils ungetragen wirkten. Unten lagen etwa zwanzig Paar neuer Turnschuhe übereinander. Sammy schloss die Schiebtüren wieder, und Clara ließ ihren Blick auf der Suche nach einer freien Fläche durch den Raum schweifen.

»Siehst du, wir haben viele Sachen«, sagte Sammy abschließend, er seufzte.

Auf Kimmys Schreibtisch sah Clara mehrere Boxen mit Filz- und Buntstiften und einen Stapel von mindestens drei Farbkästen. Daneben entdeckte sie die von Kimmy gemalten Bilder, die ihre Kollegen fotografiert hatten. Auf dem obersten Bild fuhr eine rothaarige Fee einen Traktor.

Am Bett stand eine Art große Kiste mit Dutzenden neuer Plüschtiere.

Einige Minuten lang versuchte sich Clara Kimmy mitten in diesem gegenstandsgesättigten Raum vorzustellen, in dem jedes Element doppelt oder dreifach vorhanden zu sein schien.

Was können sich Kinder wünschen, die alles haben?

Was sind das für Kinder, die so leben, begraben unter einer Lawine von Spielzeug, das sie sich mangels Zeit nicht einmal haben wünschen können?

Sammy beobachtete sie ernst. Sie lächelte ihm zu.

Welche Art von Erwachsenen wird aus ihnen?

»Und dein Zimmer? Zeigst du mir das auch?«

Er nickte, offenbar freute es ihn, dass sie sich für ihn interessierte, und zog sie in das Nachbarzimmer, wo Clara auf eine ähnliche und ebenso geordnete Fülle von Gegenständen stieß. In dem Maße, in dem sich in Kimmys Zimmer die klischeehaften Elemente eines Mädchenzimmers (viel Rosa, reichlich Puppen, Schmuck und Parfümfläschchen) häuften, konzentrierten sich in Sammys Zimmer die für Jungen typischen Gegenstücke (dunkle Farben, Lkws, Motorräder, Plastik-Superhelden und Soldaten aller Art …).

Er setzte sich auf sein Bett, und Clara zog ihn ins Gespräch:

»Gehst du im Augenblick nicht zur Schule?«

»Nö, im Augenblick sind ja Herbstferien. Normalerweise fahren wir dann in Freizeitparks, Disneyland und so, aber diesmal können wir das nicht … weil Kimmy nicht da ist.«

Seine Stimme hatte zu zittern begonnen, er kämpfte gegen seine Tränen. Doch sehr schnell und mit dieser Haltung des Musterschülers, die er so oft zeigte, fasste er sich wieder.

»Soll ich dir meine Bilder zeigen?«

»Ja, gern.«

Sammy ging zu seinem Schreibtisch, zog eine Schublade auf und holte einige DIN-A4-Blätter heraus.

»Malst du gern?«

»Nein. Ich mach lieber Videospiele. Gestern hab ich gemalt, weil die Polizisten mein Tablet mitgenommen haben, um darauf Sachen zu überprüfen, und da war mir eben langweilig. Danach haben sie es mir wiedergegeben. Ohne Kimmy weiß ich irgendwie nicht, was ich tun soll.«

Er hielt ihr die Bilder hin und blieb dann so dicht neben ihr stehen, dass sie sein regelmäßiges, etwas angespannt wirkendes Atmen wahrnehmen konnte.

Auf dem ersten Blatt hatte Sammy eine Manga-Figur dargestellt. Auf dem zweiten ein Motorrad und einen Rennwagen. Das letzte

Bild zeigte eine Familie (Vater, Mutter und zwei kleine Kinder), die in einem Restaurant oder einer Brasserie saß. Den gemalten Tassen und Kuchenstückchen nach waren die vier wohl bei einem Nachmittagskaffee. Unter ihrem Tisch, ganz nah an ihren Beinen, aber ohne sie zu berühren, kauerte eine Art großer Jugendlicher mit halblangem, zum Pferdeschwanz gebundenem Haar.

Clara betrachtete Sammy. Sie hatte nicht die geringste Ahnung, wie man ein Kind seines Alters vernehmen sollte, aber diese Gelegenheit durfte sie sich nicht entgehen lassen. Sie zeigte auf die Gestalt unter dem Tisch.

»Das ist ein Junge, oder?«

Sammy lächelte, anscheinend sehr zufrieden.

»Haben sie ihn nicht zum Essen eingeladen?«

Er dachte einen Moment lang nach, als würde er sich die Frage jetzt selbst stellen.

Dann sprang er aus dem Zimmer und rannte durch den Flur zu seinen Eltern. Ebenso rasch holte Clara ihr Handy aus der Tasche und fotografierte das Bild.

Im Wohnzimmer, das ebenfalls vollgeräumt war mit allen möglichen Gegenständen, erläuterte Bruno Diore Clara, während sie an dem Tee nippte, den er ihr gerade gebracht hatte, die Beziehungen des Kanals Happy Récré zu den Anzeigenkunden. Nachdem sie die Zahl von zehntausend Abonnenten überschritten hätten, seien allmählich die Geschenksendungen eingetroffen. Jetzt, wo sie die Marke von fünf Millionen erreicht hätten, bekämen sie jede Woche Dutzende Pakete. In der Hoffnung auf Werbung würden Hersteller von Spielzeug, Kleidung, Nahrungsmitteln – »von allem Möglichen …«, fasste er mit einer die ganze Wohnung einbeziehenden Handbewegung zusammen – ihnen ihre Spitzenprodukte und Neuheiten schicken. Von dieser Flut könnten sie nicht alles behalten. Es sei einfach nicht möglich. Unter all den Dingen, die sie für Kim und Sam, aber auch für Mélanie und den Haushalt erhielten, müsse eine Auswahl getroffen werden. Zwei oder drei Mal im Jahr würden sie »ausmisten«. Kim und Sam würden sich selbst aussuchen dürfen, was sie behalten wollten, und alles andere würden sie in riesige Kartons für kranke oder sozial benachteiligte Kinder packen. Dieses Aussortieren würde von Mélanie gefilmt, um die Abonnenten des Kanals durch das neue Video für die Arbeit der betreffenden Hilfsorganisationen zu sensibilisieren. Leider würden sich im Vergleich viel weniger Abonnenten für diese Spendenaktionsvideos interessieren als für die Kauf- und Auspackvideos.

Mélanie, die neben ihrem Mann saß, nickte schweigend.

Während sie Bruno Diore zuhörte, dachte Clara an Schmuseschmutz. Denn inzwischen wurde das kleine Stoffkamel mit weiteren am Vorabend sichergestellten Proben auf anhaftende DNA-Spuren untersucht, alle setzten große Hoffnungen auf diese Tests.

Sie wandte sich an Mélanie.

»Und … Schmuseschmutz, woher hat das Kamel seinen Namen?«

Ein flüchtiger Ausdruck, eine Mischung aus Trauer und Zärtlichkeit, huschte über das Gesicht der Mutter.

»Kimmy hat es so genannt. Es ist ihr Lieblingsspielzeug. Von dem sie sich nie trennen will. Eine Freundin hier aus der Wohnanlage hat es ihr geschenkt, als sie noch ganz klein war. Eine Freundin, die gar nicht mehr hier wohnt. Und sie hat ja wirklich genug Schmusetiere, wie Sie gesehen haben. Anfangs hieß es Kami-Kamel. Sie wollte nicht, dass es gewaschen wurde, und ich sagte immer ›Es ist schmutzig, es stinkt, wir müssen es waschen!‹ Da hat sie es dann Schmuseschmutz genannt.«

Mélanies Stimme brach.

»In ihrem Alter hat sie es nicht mehr so mit Stofftieren. Aber dieses muss nachts noch mit ins Bett und kommt auch sonst überallhin mit. Bei den wenigen Malen, die ich es in die Waschmaschine stecken konnte, ist sie völlig ausgeflippt … Sie können sich also vorstellen: Zu wissen, dass sie es verloren hat, dass sie nicht einmal das bei sich hat, ist für mich …«

Mélanie verstummte, um ihr Schluchzen zu unterdrücken.

Clara war nicht gut genug mit ihr bekannt, um sich eine tröstende Geste zu erlauben, und die Worte, die ihr in den Sinn kamen, empfand sie als unpassend und banal.

Mélanie strengte sich sichtlich an, ihre Stimme unter Kontrolle zu bekommen, und wandte sich wieder an sie.

»Haben Sie Kinder?«

»Nein.«

Clara lächelte sie an. Sie hatte gelernt, diese Frage mit einem einzigen Wort zu beantworten, ohne Erklärungen und Rechtfertigungen. Wenn sie das Wort mit einer gewissen Festigkeit aussprach, wagten es die wenigsten Leute, noch weiter in sie zu dringen. Mélanie wirkte zwar beeindruckt, hakte aber nach.

»Ob Sie das nicht bedauern werden?«

Wenn diese Frage von jemand anders gekommen wäre, hätte Clara vielleicht unfreundlich reagiert. Mélanie schien davon auszugehen, dass es an einer Entscheidung lag, nicht an hindernden Umständen, als bräuchte man Clara bloß anzuschauen, um das zu begreifen.

»Nein«, antwortete Clara, »ich glaube nicht.«

Mélanie verlor sich einige Augenblicke in ihre Gedanken und umklammerte dabei ein zusammengeknülltes Papiertaschentuch.

»Ich bedaure gar nichts, müssen Sie wissen, ich liebe meine Kinder mehr als alles auf der Welt. Aber manchmal denke ich, dass ich sonst nichts mehr zu erwarten habe in meinem Leben. Ich weiß nicht warum, aber es macht mich traurig. Wenn ich müde bin.«

»Aber *chérie*, was sagst du da«, mischte sich Bruno ein. »Möchtest du eine Tasse Tee?«

Mélanie antwortete nicht, sondern wandte sich weiterhin an Clara.

»Haben Sie das auch manchmal, dieses Gefühl, dass das Beste hinter Ihnen liegt und der Rest nicht mehr der Mühe wert ist?«

Bruno betrachtete seine Frau ebenso gerührt wie verblüfft.

»Sag doch so etwas nicht, mein Schatz. Du bist erschöpft.«

Jetzt sah Mélanie ihren Mann an. Sie war wie betrunken.

»Aber du, *chéri*, siehst das Böse nicht. Du siehst nie etwas, weder Berechnung noch Lüge.«

Dann wandte sie sich wieder an Clara.

»Erinnern Sie sich an Loana?«

Clara zögerte kurz, dann nickte sie.

»Sie ist letztlich zurechtgekommen. Sie hat mehrere Selbstmordversuche unternommen, hatte schwere Depressionen, aber sie ist am Leben geblieben. Also kann man doch sagen, dass sie zurechtgekommen ist, oder? Sie ist sehr mutig, wissen Sie.«

Wieder mischte sich Bruno ein.

»Wovon redest du, *chérie*? Möchtest du dich nicht ein wenig im Schlafzimmer ausruhen?«

»Sie wirkte so zuversichtlich. Wissen Sie noch? Sie war so schön. So vollkommen. Sie hatte das Gefühl, anders zu sein als die anderen, weil sie tatsächlich anders war. Sie war für diese Welt nicht gerüstet.«

Sie seufzte und setzte dann hinzu: »Werden Sie meine kleine Tochter finden?«

Als sie draußen war, atmete Clara tief durch, bevor sie den Garten durchquerte.

Flüchtig versuchte sich ihr ein Bild aufzudrängen: Kimmys Leiche unter einem Schutthaufen. Clara strauchelte, fing sich wieder und setzte ihren Weg fort.

Sie hatte Mélanie Claux in die Augen sehen und auf ihre Frage antworten müssen. Und sie hatte gesagt: »Wir haben alle Mittel eingesetzt, um Ihr Kind zu finden.«

Sie hatte gesagt: »Glauben Sie mir, wir tun alles in unserer Macht Stehende, um sie zu finden.« Aber sie hatte nicht antworten können: »Ja, Madame, wir werden Ihre kleine Tochter finden«, wie es manche ihrer Kollegen getan hätten. Sie hatte diese Frau nicht beruhigen können. »Es gibt Unglücke, gegen die kann man nichts ausrichten«, pflegte Cédric Berger zu sagen; einer dieser Sätze aus dem Nichts, mit denen er sich vermutlich selbst zu beruhigen versuchte.

Clara verließ die Wohnanlage. Eins war sicher. Solange die Ermittlung nicht beendet wäre, würde ihr gesamtes Denken beherrscht sein von einem sechsjährigen kleinen Mädchen, das sich unter einer Vielzahl nagelneuer Spielzeuge für *Schmuseschmutz* entschieden hatte.

KRIMINALPOLIZEI – 2019
VERMISSTES KIND KIMMY DIORE

Betr.:
nach Typ geordnete Beschreibung der Videos des YouTube-Kanals Happy Récré

DIE SERIE »FAST FOOD AND HAPPY«
(zwischen drei und sechs Millionen Aufrufe)

»Wir bestellen mit verbundenen Augen«
Kim und Sam bestellen bei McDonald's auf dem digitalen *menu board*. Nacheinander muss jeder zehn Dinge auf der Karte aussuchen, ohne zu sehen, was er auf dem Touchscreen berührt.

Wenn sie wieder zu Hause sind, werden die Einkäufe (Hamburger, Pommes frites, Milchshakes, Wraps, Getränke) aus der Tüte geholt und vor der Kamera begutachtet.

Natürlich ist es viel mehr, als sie essen können.

Varianten: Wir essen vierundzwanzig Stunden lang bei McDonald's, Sammy eröffnet zu Hause einen Drive-in, Sammy und Kimmy eröffnen ein Fast-Food-Lokal.

Diese Formate gibt es auch mit anderen Marken und Produkten (Hotdogs, gesüßte Getränke oder Pizzas).

Clara Roussel war wieder gegangen, und sie waren da geblieben, in ihre Wohnung eingesperrt mit diesem pikiert wirkenden Typen, der sofort auftauchte, wenn eins ihrer Telefone klingelte. Bruno unterhielt sich leise mit ihm, bot ihm Kaffee oder Tee an. Sie konnte es nicht. Sie konnte nicht mit ihm sprechen. Sie tat lieber so, als wäre er nicht da. Die Anwesenheit dieses Mannes in ihrer Wohnung akzeptieren hieß anerkennen, dass etwas sehr Schlimmes geschehen und ihr Leben stehen geblieben war.

Sammy saß seit zwanzig Minuten am Tisch und schubste seine Erbsen mit den Gabelzinken von einem Tellerrand zum anderen. Sein Gesicht war so blass, als wäre er krank. Schon am Abend zuvor hatte er fast nichts gegessen. Zum ersten Mal fühlte Mélanie sich ihrem Sohn gegenüber hilflos. Sie wusste nicht, was sie ihm sagen, wie sie mit ihm sprechen sollte. Sie war davon in Anspruch genommen, mit ihrer eigenen Angst zurechtzukommen, sie im Zaum zu halten, sie konnte sich nicht auch noch der ihres Sohnes stellen. Sie hatte nicht die Kraft zu sagen: »Iss deine Erbsen« oder »Mach dir keine Sorgen«. Sie wünschte sich, dass Bruno zu ihr in die Küche käme, statt mit diesen Kerl zu beratschlagen, dass er seinem Sohn sagen würde, er solle seine Erbsen aufessen und zu Bett gehen. Aber sie war allein mit Sammy, der auf ihre Kapitulation wartete.

»Hol dir einen Nachtisch«, sagte sie leise.

Er stand auf und blieb einige Sekunden lang vor ihr stehen.

Ihr Sohn betrachtete sie, suchte auf dem Gesicht seiner Mutter nach einem Hinweis, einer Antwort, nach Anzeichen für ihre Stimmung.

So war er schon immer gewesen. Er beobachtete sie, versuchte sie zu ergründen, die kleinste Schwankung ihrer Stimme wahrzunehmen. Sammy konnte binnen Sekunden ihre Sorge oder ihre Angst spüren. Manchmal sogar noch bevor sie ihr selbst bewusst wurde. Vielleicht ist das eine Eigenheit der Ältesten, dass sie derart mit der Stimmung ihrer Eltern verbunden sind. Manchmal verwirrte sie das.

Er öffnete den Kühlschrank, holte einen Vanille-Joghurt heraus und wandte ihr dann, in der Hoffnung auf ihre Zustimmung, wieder das Gesicht zu.

Wann war er zu diesem so gelehrigen, so verträglichen kleinen Jungen geworden? Vielleicht war er es immer schon gewesen. Er verhielt sich die ganze Zeit so brav und vernünftig. Plötzlich packte sie die Lust zu schreien: »Worauf wartest du?«

Erneut hatte er ihre Stimmung schon erkannt, er setzte sich wieder auf seinen Stuhl.

Ein einziges Mal hatte ihr Sohn sich gegen sie gestellt. Zu Anfang, als der Kanal an Fahrt aufgenommen hatte, als sie jeden Tag mehrere Hundert neue Abonnenten dazugewonnen hatten. In dieser Phase war Mélanie gestresst, ja sogar erschöpft gewesen. Die Leute machten sich das nicht klar, aber sie arbeitete viel. Die Drehs planen und organisieren, die Verträge mit den Agenturen und den Firmen aushandeln, die sozialen Netzwerke pflegen, das war eine enorme Arbeit, die niemand zu sehen schien. Sie verbrachte ganze Tage und Abende damit, sie verbrachte ihre ganze Zeit damit. Bruno machte eine Weiterbildung in grafischer Gestaltung, und sie hatte das Studio gerade für eine neue Videoaufnahme eingerichtet. Sie hatte ihre Kinder gewarnt: »Ich stelle die Kamera in diese Ecke, um einen neuen Winkel auszuprobieren, passt gut auf, dass ihr nicht auf das Kabel tretet.« Wenige Minuten darauf passierte es, Kimmy stolperte über das Kabel, und die Kamera fiel unter einem Höllengetöse um. Da begann Mélanie ihre Tochter anzubrüllen, mit erhobener Hand, die bereit schien, auf Kimmys Wange zu knallen. Kimmy sah sie an, mit zitterndem Kinn und weit aufgerissenen Augen hielt sie den Schluchzer zurück, der bald herausbrechen würde, doch Mélanie brüllte weiter, als wäre nichts anderes von Bedeutung als diese aufgestaute Spannung, die endlich ein Ventil gefunden hatte. Sie überschüttete Kimmy weiter mit dieser Flut von Vorwürfen, Zorn und Erschöpfung, als Sammy dazwischenging und sich mit dem Gesicht zu Mélanie schützend vor seine Schwester stellte – im Grunde machte er sich zum Bollwerk. Sie hatte ihn noch nie so ernst und entschlossen erlebt. Er schrie noch lauter als sie: »Aber das geht doch nicht! Sie ist deine Tochter!!!« und, ganz empört, »Ist dir ein Video wichtiger als deine Tochter?« oder etwas in der Art. Wie alt war er damals gewesen? Sechs? Sieben? Tatsächlich hatte er sie damit gestoppt. Es war Stille eingetreten, und dann war Kimmy in Tränen ausgebrochen. Mélanie war niedergekniet, hatte sie beide fest an sich gezogen und immer wieder »alles gut, alles gut, alles gut« gesagt, bis sich ihre kleine Welt wieder beruhigt hatte.

Ins Leere blickend, saß sie in der Küche und durchlebte diese Szene noch einmal mit erschreckender Genauigkeit. Sah wieder das plötzlich so harte, so verschlossene Gesicht ihres Sohnes vor sich.

Dieser Augenblick hatte sie lange verfolgt. Es gehörte nicht zu ihren Gewohnheiten, ihre Kinder anzubrüllen, geschweige denn, die Hand gegen sie zu erheben. Unter dem Druck war sie in einen Zustand geraten, den sie an sich nicht kannte. Sie hatte Kimmy angebrüllt, als hinge das Leben der ganzen Familie von dieser Kamera ab, als wäre die Welt untergegangen. Sammy hatte recht. Es war völlig überzogen gewesen. Danach hatte sie diesen furchtbaren Moment wochenlang mehrmals täglich wiedererlebt und sich geschämt. Es gab niemanden, mit dem sie darüber hätte sprechen können. Élise, ihre einzige Freundin in der Wohnanlage, war weggezogen. Élise hätte sie sagen können, was damals in ihr vorgegangen war, dieses Gefühl, den Boden unter den Füßen zu verlieren. Sie hätte ihr erklären können, wie sehr sie unter Druck gestanden hatte, wie viele Baustellen sie hatte bewältigen müssen. Élise war ein sanfter Mensch, sie hätte sie nicht verurteilt. Sie hätte ihr angeboten, die Kinder für einen Abend zu sich zu holen, wie sie es manchmal machte, damit Mélanie eine Atempause hatte. Die Kinder waren immer sehr gern bei Élise gewesen. Und doch hatten sie beide sich schon voneinander entfernt, bevor Élise weggezogen war. Einfach so, ohne Streit, ohne besonderen Grund. Vielleicht war der Grund auch, dass Mélanie so viel Zeit in Happy Récré steckte. Niemand konnte ermessen, was ihr dadurch abverlangt wurde. Diese Einsamkeit, die sie hinnehmen musste. Der Preis für den Erfolg.

Natürlich war da noch ihr Mann. Er war an ihrer Seite. Mit ihm konnte sie über die Videos sprechen, über die Markenfirmen, die sie als Partner nehmen sollten, über die Verträge. Mit ihm konnte sie über die Planung der kommenden Wochenenden und die Schulnoten der Kinder sprechen. Über die kurz- und mittelfristigen Projekte. Doch über das, was sie an jenem Tag empfunden hatte, diesen bitteren Nachgeschmack, den sie nicht hatte loswerden können, hätte sie nicht mit ihm sprechen können.

An jenem Tag war Sammy eingeschritten.

Danach war er wieder zu dem braven, umsichtigen, konzentrierten kleinen Jungen geworden, der sich nie beschwerte.

Als sich Mélanie aus ihren Gedanken lösen konnte, saß Sammy immer noch am Tisch. Er hatte seinen Joghurt aufgegessen und sah sie an. Sie versuchte ihm zuzulächeln. Er rutschte von seinem Stuhl, öffnete mit der Fußspitze den Mülleimer, um den leeren Joghurtbecher wegzuwerfen, und räumte den kleinen Löffel in die Spülmaschine. Dann kam er wortlos auf sie zu.

Für einen Augenblick meinte sie auf seinem Gesicht den Satz zu lesen, den er nie aussprechen würde: »Es ist deine Schuld. All das ist deine Schuld.«

KRIMINALPOLIZEI – 2019
VERMISSTES KIND KIMMY DIORE

Betr.:
Protokoll der Vernehmung von Loïc Serment,
durchgeführt am 12. November 2019 von Cédric Berger,
Capitaine bei der Kriminalpolizei Paris

Monsieur Serment ist darauf hingewiesen worden,
dass er als Zeuge vernommen wird und das Gespräch
jederzeit abbrechen kann

Zur Person:
Ich heiße Loïc Serment.
Ich bin am 08.05.1988 in Villeurbanne geboren.
Ich wohne in der Rue de la Truelle 12 in Lyon (69).
Ich lebe in einer eheähnlichen Lebensgemeinschaft.
Ich betreibe den Kanal Chevalier du Net.

Zur Sache (Auszüge):
In meinem Channel versuche ich die Tendenzen bei YouTube zu beobachten. Ich habe ihn 2014 erstellt, und heute habe ich mehr als eine Million Abonnenten. Ich weise auf die Auswüchse des Internets und vor allem bei YouTube hin. Man nennt mich den Verfechter der Gerechtigkeit im Internet, ich betrachte mich eher als Whistleblower. Ich gehörte zu den Ersten, die die kommerzielle Ausbeutung von Kindern auf YouTube anprangerten. Zu dem Thema habe ich mehrere Videos veröffentlicht: 2016 *Der Skandal der Kinder-Influencer,* 2017 *Brennpunkt Familien-Channel* und *Ja,*

die Pädophilen laden sich Ihre privaten Bilder runter. Aber das Video zu diesem Thema, das am meisten Wellen geschlagen hat, habe ich im letzten Jahr gepostet: *Die kleinen YouTube-Sklaven.* Ich war's, der die erste Petition gegen diese Kanäle initiiert hat. Sie hat die Aufmerksamkeit der Medien geweckt. Was natürlich nicht dazu führte, dass mich die betreffenden Eltern ins Herz schlossen. Aber all das hat lange Zeit überhaupt nichts bewirkt. Die Eltern verdienen ja sehr viel Geld, und YouTube auch, Sie verstehen schon, was ich meine … (…)

Ja, zwischen manchen Kanälen herrscht Krieg. Kimmy und Sammy haben inzwischen fünf Millionen Abonnenten, während Minibus Team nicht über zwei Millionen hinauskommt, dabei hat Fabrice Perrot vor ihr angefangen. Er ist echt wütend. Er hat in eine teure Ausrüstung investiert und versucht mit allen Mitteln, mehr Publikum zu bekommen. Wenn Sie sich seine Videos ansehen, merken Sie, dass die Töchter oft ziemlich fertig und gleichgültig wirken, nur er tut noch so, als hätte er Spaß. Sie drehen mit einer inakzeptablen Häufigkeit. Man braucht es sich bloß auszurechnen. Es kostet Zeit, ein Video zu drehen. Die Töchter kommen vermutlich zu nichts anderem mehr, das kann ich Ihnen sagen, außer zum Schlafen, und auch da muss man hoffen, dass er sie nicht um drei Uhr morgens weckt, um einen *prank* zu drehen. Er und Mélanie bekämpfen sich mittels Videos und ausgestreuten Gerüchten. Meiner Ansicht ist es bei beiden so ziemlich dasselbe: versklavte Kinder, die wie am Fließband arbeiten müssen. Denn YouTube ist nur das Eine: Als die Eltern begriffen, dass das Ganze nicht von Dauer sein konnte, haben sie auf Diversifikation gesetzt: Schaffung von Zweit-Channels unter dem Namen der Eltern und Instagram-Konten für alle. Das Ziel ist klar: Terrain besetzen. Alles ist schon darauf ausgerichtet, das geplante Gesetz umgehen zu können. Inzwischen drehen manche Familien schon live, können Sie sich das vorstellen? (…) Nun, das bedeutet also, wenn die

Kinder im Schwimmbad, im Supermarkt oder auf dem Schulfest sind, wird alles direkt aufs Instagram-Konto übertragen. Die Abonnenten können reagieren oder Fragen stellen. Der Erfolg ist garantiert. (...)

Aus meiner Sicht sind diese Kinder Opfer innerfamiliärer Gewalt. Damit werden wir noch lange zu tun haben, da gehe ich jede Wette ein. Die Eltern behaupten, es sei ein Freizeitvergnügen – das ihnen Millionen einbringt –, aber ich sage, es ist verdeckte Arbeit. Eine anstrengende, stressige und gefährliche Arbeit, was immer die auch beteuern. Eine Arbeit, die diese Minderjährigen isoliert und sie schlimmsten Gefahren aussetzt. (...)

Privatsphäre ist ein Wort, das diese Leute nicht kennen. Schauen Sie sich doch an, wie sie ihre Kinder filmen, noch halb im Schlaf vor ihrem Morgenkakao oder sogar in der Badewanne, ich übertreibe keineswegs. Man braucht sich diese Bilder bloß anzuschauen, dann begreift man, dass es Missbrauch ist. Ja, ein Missbrauch von Autorität. Ein Machtmissbrauch. Die braven kleinen Soldaten wiederholen die auswendig gelernten Phrasen, *Hallo, Freunde von Minibus, Kuckuck, happy fans; Salut, ihr liebsten Doudous,* sie geben *dicke Küsse* oder *Sternenküsschen* und sagen: *Vergesst vor allem nicht, abonniert uns und hebt den Daumen für ein Like.* Sie haben ihr Lächeln gelernt, wie dressierte Affen ihre Nummer lernen. Glauben Sie etwa, die dürften sagen »Nein, ich kann nicht mehr, ich höre auf«, wenn die ganze Familie von den Einkünften aus den Videos lebt? (...)

Ich glaube nicht, dass ein dreijähriges Kind davon träumt, YouTube-Star zu werden ... Sie werden von klein auf rekrutiert wie in einer Sekte. Und die Grundregeln stehen von Anfang an fest: Ich bin YouTuber, also bin ich glücklich. Ich nenne das Totalitarismus. Mélanie Claux hat Ihnen möglicherweise gesagt, dass ich ihr Feind bin. Das stimmt. Ihr Feind und der Feind aller Eltern, die ihre Kinder ausbeuten. (...)

Meine Videos haben viele Kommentare und Zustimmung ausgelöst, auch von jungen Leuten. Denn glauben Sie bloß nicht, alle jungen Leute wären Anhänger dieses Systems. Viele sind schockiert. Das eigentliche Problem besteht nämlich darin, dass es nicht nur die zwei, drei Channels gibt, von denen am meisten die Rede ist. Es gibt Dutzende, die tausend, zehntausend, dreißigtausend oder hunderttausend Abonnenten haben und von Eltern betrieben werden, die davon träumen, ebenso viel Geld zu scheffeln. Und derzeit kann nichts diese Eltern daran hindern, ihre Kinder den ganzen Tag zu filmen und ein Geschäft daraus zu machen. (…)

Irgendwann wird man sich auch mit den Kindern beschäftigen müssen, die sich so was jeden Tag anschauen. Und mit der Werbung, die sie kilotonnenweise schlucken, ohne dass jemand etwas davon mitbekommt. Das sind nicht nur ein paar Dutzend Kinder, das sind Hunderttausende. Big Macs futtern, Haribo-Bonbons kauen, Cola und Fanta trinken … Das stellt man ihnen als Ideal hin. Tolles Lebensideal, oder? Nehmen Sie sich zwei Stunden Zeit und schauen Sie es sich an, dann verstehen Sie, wovon ich rede. Dann verstehen Sie, welch ungeheurer Schaden entsteht. (…)

Ja, gern, ich konzentriere mich wieder auf Mélanie Claux. Ich habe nichts gegen diese Frau. Ich bin ihr einmal auf einer Social-Media-Messe begegnet, sie war diejenige, die auf mich zugekommen ist. Sie war sehr liebenswürdig. Das ist eine Frau, die sich auszudrücken weiß, immer sehr höflich. Damals hatte ich ein, zwei Videos zu dem Thema gemacht, und sie wollte mich davon überzeugen, dass ich im Irrtum bin. Ich solle begreifen, dass sie eine gute Mutter sei und sehr besorgt um das Wohl ihrer Kinder, um ihre schulischen Leistungen, eine megapräsente, zugewandte Mutter, all das, was sie ja auch andauernd inszeniert. Ich habe gar nicht zu diskutieren versucht, muss ich zugeben. Ich habe mir gedacht: Wir stehen nicht auf derselben Seite. (…)

Ich weiß, dass ihre Tochter verschwunden ist. Ich weiß es, weil ich überall Antennen habe, um mitzubekommen, was sich im Internet tut. Sie haben Glück, dass die Medien noch nicht damit rausgerückt sind, aber es sickert immer etwas durch. Die Leute sind vernetzt, das geht schnell. Sehr schnell. Das Schweigen wird nicht lange dauern. (…)

Nein, ich kenne Tom Brindisi nicht. (…) Er hat für mich Kommentare auf meiner YouTube-Seite hinterlassen? Wissen Sie, ich habe eine Million Follower. Vor allem junge Leute. Nein, ich habe ihn nie gesehen, ich habe nie mit ihm gesprochen. (…)

Es tut mir sehr leid für die Familie, ich hoffe aus tiefstem Herzen, dass es der Kleinen gut geht und sie bald nach Hause zurückkann. Aber erstaunt bin ich nicht. Wenn Sie Ihren Tagesablauf von morgens bis abends ausbreiten, wenn Sie Ihr schönes Heim zeigen und Ihre schönen Kinder und all die Geschenke, die Sie gar nicht mehr unterbringen können, dann nützt es nichts, wenn Sie die Leute *meine Lieben* nennen und ihnen *dicke Küsse* oder *Sternenküsschen* schicken, es nützt nichts, den Leuten weiszumachen, sie würden zur Familie gehören, wenn sie Abonnenten werden, irgendwann kommt ein Moment, in dem sich Ihnen etwas in den Weg stellt. Ein Moment, in dem Sie es begreifen müssen: Was Sie da tun, ist nicht gut.

Es kommt ein Moment, in dem irgendjemand wütend wird und Ihnen eins auf die Finger gibt.

Am dritten Tag nach Kimmy Diores Verschwinden las Clara mit brennenden Augen und schmerzendem Nacken noch einmal sehr aufmerksam die Vernehmungsprotokolle, die ihre Kollegen ihr in ihren Eingangskorb gelegt hatten, dann ordnete sie die ersten Untersuchungsergebnisse aus den Labors.

Ringsum ging, teils still, teils hektisch, die Suche weiter. Am anderen Ende des Gangs traf sich der Krisenstab im Vierstundenrhythmus.

Der Hausmeister, seine Frau und alle Nachbarn aus der Wohnanlage waren vernommen worden. Durch einen Abgleich der Zeugenaussagen war auf die Minute genau aufgelistet worden, wann ein Fahrzeug in die Tiefgarage gefahren war beziehungsweise sie verlassen hatte, doch den roten Wagen, der zwischen 17:55 und 18:05 Uhr gesehen worden war, hatten sie immer noch nicht identifizieren können.

Mit der Verstärkung dreier weiterer Beamter hatte die Internetgruppe alle IP-Adressen geprüft, die sich regelmäßig mit Happy Récré verbunden hatten. Unter den treuesten Besuchern waren, wie zu erwarten gewesen war, nicht nur Kinder. Die Nutzung privater Bilder durch Pädophilennetze war schon oft nachgewiesen worden. Was jedoch Tausende von Eltern nicht daran hinderte, täglich neue Fotos ihrer Sprösslinge zu veröffentlichen. Relativ schnell wurden verschiedene der Brigade zum Schutz Minderjähriger bereits bekannte Nutzerprofile gefunden. Nun mussten die Betreffenden vorgeladen, vernommen und auf ihr Alibi hin überprüft werden.

Je mehr Zeit verging, desto weniger wahrscheinlich wurde die Hypothese einer Lösegeldforderung, andere, düsterere Szenarien drängten sich auf. Vielleicht war Kimmy unter all den in Unterhöschen, Tutus, Trikots und Badeanzügen zur Schau gestellten Kindern einem Psychopathen ins Auge gefallen.

Nachmittags verlor Cédric Berger elend viel Zeit mit dem Versuch, eine Liste früherer Eigentümer und Mieter zu bekommen, die Zugang zur Tiefgarage gehabt hatten. Man ging davon aus, dass die Hausverwaltung eine Liste aller ausgehändigten Fernbedienungen führte, zumal man ja wusste, dass sie nicht immer zurückgegeben wurden. Doch die Miteigentümer der Wohnanlage hatten 2017 einen neuen Hausverwalter beauftragt. Der frühere Hausverwalter, der über das Wochenende nicht zu erreichen gewesen war, hatte sich morgens endlich gemeldet. Wie er es häufig machte, stellte Cédric das Telefon auf Lautsprecher, damit Clara, die über den Protokollen saß, das Gespräch mithören konnte. Etwas überhöflich erklärte ein Angestellter der früheren Verwaltung Cédric, das Archiv sei zu einer Lagerfirma in Bagnolet gebracht worden. Sollte zufällig eine Liste geführt worden sein – dafür könne er sich keineswegs verbürgen –, müsse die Herausgabe beantragt werden, und zwar auf einem vom Direktor abzuzeichnenden Formular. Der sei aber für einige Tage verreist, es könne also dauern.

Anfangs zwar fest, aber dennoch höflich, war Cédric schließlich in einen drohenden Ton verfallen: Er sei zur Beschlagnahme berechtigt. Worauf der Verwalter in seinem überehrerbietigen Ton antwortete, er werde diese Nachricht an eine geeignete Person weiterleiten, die ganz gewiss zurückrufen werde.

»Das Leben eines Kindes steht auf dem Spiel!«, brüllte Cédric noch, bevor er auflegte. Einen Moment lang fürchtete Clara, er werde seinen Schreibtisch umkippen, wie er es schon zweimal getan hatte, seit sie im selben Büro saßen (es war eher ein Zeichen von Ohnmacht als ein Kontrollverlust), aber anscheinend war die Erinnerung an den Bandscheibenvorfall noch zu frisch.

»Was kann man mit Knallköpfen machen, Clara? Du weißt schon, was ich meine, mit den richtig, richtig großen Knallköpfen?«

Er dachte kurz nach und fügte hinzu:

»Ich fahre mit Sylvain hin. Glaub mir, die sollten ihr verdammtes Archiv schleunigst holen, wenn sie nicht wollen, dass wir ihre neuen Geschäftsräume seeehr in Unordnung bringen.«

Dann zog er seinen Mantel über und verschwand.

Gegen achtzehn Uhr, Cédric war noch nicht zurück, erhielt Clara die Ergebnisse der DNA-Analysen, die sie als besonders dringend angefordert hatte. Die auf Schmuseschmutz gefundenen DNA-Spuren von Fingerabdrücken waren identifiziert worden: Sie stammten von Kimmy und ihrer Mutter. Die Papiertaschentücher und Zigarettenkippen, die draußen und in der Tiefgarage sichergestellt worden waren, hatten etwa ein Dutzend unterschiedlicher DNA-Spuren aufgewiesen. Leider war keine von ihnen im nationalen Register enthalten.

Gegen achtzehn Uhr dreißig erfuhr sie, dass Mélanie Claux soeben den Verhandler von der Eingreifbrigade weggeschickt hatte, weil sie seine Anwesenheit nicht mehr ertrug. Die Psychologin hatte versucht, mit ihr zu sprechen, aber Mélanie hatte sich geweigert, ihr Schlafzimmer zu verlassen.

Später rief Cédric Clara an. Er hatte die Büros der Wohnungsverwaltung unverrichteter Dinge verlassen müssen, aber immerhin erreicht, dass das ausgelagerte Archiv am nächsten Vormittag verfügbar sein würde.

Es war ein langer Tag voller ärgerlicher Hindernisse gewesen, Zeit, nach Hause zu gehen.

Als Clara ihre Wohnungstür aufschloss, spürte sie, wie ihr Körper sich entspannte; sie nahm die Verkrampfung ihrer Muskulatur erst in dem Augenblick wahr, in dem sie nachließ. Stundenlang alarmbereit zu sein, ohne dass sich etwas tat, war für sie das bei Weitem Anstrengendste. Das hatte sie schon oft festgestellt. Sie ließ sich ein Bad einlaufen, achtete darauf, dass ihr Telefon in Reichweite war, und inspizierte dann den Inhalt ihres Kühlschranks. Ein bisschen Tarama, ein Rest geriebene Möhren (wo nur hatte sie den nachdrücklichen Rat gelesen, so etwas nicht länger als vierundzwanzig Stunden aufzubewahren?) und ein paar Scheiben Toast mussten als Abendessen reichen.

Zum ersten Mal seit langer Zeit breitete sich eine aus dem Plexus kommende vertraute Melancholie in ihrem Brustkorb aus. Das körperliche Gefühl der Einsamkeit. Sie dachte daran, Thomas anzurufen. Mit ihm wollte sie über die letzten Stunden sprechen. Mit ihm und niemandem sonst. Über das Warten und die Angst, über das Leben eines kleinen Mädchens und die um dieses Mädchen kreisenden Ermittlungen, in denen nichts greifbar schien. In fast zehn Jahren hatte sie aus nächster Nähe alle möglichen Unglücke, Verletzungen und Dramen gesehen. Aber sie hatte bislang noch nicht im Fall eines vermissten Kindes ermitteln müssen. Und zum ersten Mal fühlte sie sich vor den Aktenstapeln auf ihrem Schreibtisch wie im Abseits.

Nach ihrer Trennung hatte Thomas um eine Versetzung nachgesucht. Er wollte sich von ihr und von Paris entfernen, sich die Möglichkeit geben, anders zu leben. Nachdem er fort war, war sie es gewesen, die die Initiative ergriffen und ihm geschrieben hatte. Er war nicht der erste Mann, von dem sie sich auf diese – brutale, ungerechte – Weise getrennt hatte, aber der Einzige, mit dem sie in Kontakt hatte bleiben wollen. Denn das musste sie einsehen, nachdem er fort war: Dieses Schweigen war unerträglich. Sie konnte sich nicht damit abfinden weiterzuleben, ohne von ihm zu hören. Sie wollte wissen, was aus ihm wurde, ob er seine neue Arbeit mochte, ob er sich in der neuen Stadt gut eingewöhnt und ob er neue Leute kennengelernt hatte. Auf ihre ersten Mails hatte Thomas nicht geantwortet. Doch sie hatte ihm beständig weitergeschrieben und erzählt: vom Umzug ins Bastion-Gebäude, von der Neubesetzung der Gruppen, der Schwierigkeit, einen Parkplatz zu finden, von den endlosen Bauarbeiten rings ums neue Polizeigebäude. Von den kleinen und großen Dramen. Von den Zweifeln und den Siegen. Lange blieben ihre Mails unbeantwortet. Sie wusste nicht einmal, ob Thomas sie las. Und dennoch schrieb sie weiter, obwohl ihr bewusst war, dass daraus ein gewisser Egoismus sprach. Und dann, eines Tages, hatte er endlich geantwortet. Anfangs lakonisch auf die Aufzählung von Fakten beschränkt, aber dann hatte auch er angefangen zu erzählen. Von seiner Rolle bei der Ausbildung von Kommissaren, von den Werten, die er immer weiterzugeben versucht hatte, von seinem neuen Leben. Er habe eine Wohnung in einem hübschen Dorf, das nur ein paar Kilometer von Saint-Cyr-au-Mont-d'Or entfernt liege, gefunden und fahre nur selten nach Lyon. Er schien glücklich zu sein. Clara lag sehr an dieser Verbindung über die Distanz hinweg, und sie fürchtete den Tag, an dem er ihr sagen würde, er habe jemanden kennengelernt. Denn dann, da war sie sich sicher, würde diese Verbindung abbrechen. Übrigens hatten sich die Abstände zwischen ihren Mails seit einigen Wochen vergrößert. Er brauchte immer mehr Zeit, bis er antwortete. Sie zwang sich, diesen Rhythmus zu respektieren.

Heute Abend hatte sie stärker denn je den Wunsch, ihm zu schreiben, mit ihm zu sprechen. Sie hätte sonst was darum gegeben, ihn jetzt in ihrer Nähe zu haben.

Als sie den Wasserhahn über der Badewanne zudrehte, merkte sie, dass das Wasser viel zu heiß war. Sie machte sich rasch ein Essenstablett zurecht und setzte sich vor ihren Computer. Nach einigen Klicks hatte sie auf YouTube die Startseite von Happy Récré vor sich. Es erschienen etwas fünfzig Thumbnails der beliebtesten Videos. Unter jedem wurde die Anzahl der Aufrufe in Echtzeit aktualisiert. Clara aß nebenbei, während sie sich einige Videos ansah. Am Abend vorher hatte sie entdeckt, dass sie sie nach dem Datum sortieren konnte. Es waren Hunderte.

Beim Anfang anfangen, zurück zum Ursprung …

Als sie wieder vom Bildschirm aufsah, waren drei Stunden vergangen. Sie streckte sich, um ihren Rücken und ihre Gelenke zu entspannen. Das Wasser in der Badewanne war kalt. Sie zog den Stöpsel, um es abfließen zu lassen, und knipste das Licht aus.

Trotz ihrer Müdigkeit hatte sie nicht das Gefühl, schon schlafen zu können.

Sie setzte sich wieder vor ihren Computer und nahm die Karteikarten zur Hand, auf denen sie sich seit dem ersten Abend Notizen machte und Theorien zu entwerfen versuchte.

Sie musste die Bilder benennen, beschreiben und ordnen.

Sie musste sie aus diesem unendlichen, konturlosen Raum herausholen, in dem sie zugleich verborgen und überexponiert waren. Diesem Raum, in dem sie Millionen Aufrufe erzielten, ohne dass der Rest der Welt es merkte. Diesem Raum, wo sie sich paradoxerweise jeder Form von Kontrolle entzogen.

Sie musste sie in die reale Welt holen.

Mit den Wörtern als einziger Waffe.

Damit andere ermessen konnten, was sie gesehen hatte – die anderen, die diese Bilder nicht ansahen und nie ansehen würden, die nicht einmal von ihrer Existenz wussten –, musste sie weiter über sie schreiben.

Schwarz auf weiß.

Ja, das war es, was sie tun musste, auch wenn es paradox war, auch wenn es überhaupt keinen Sinn hatte.

Auch wenn es zu nichts nutze war.

Denn in diesen drei Stunden vor dem Bildschirm hatte sie immer wieder laut gesagt: »Das muss man gesehen haben, um es zu glauben.«

KRIMINALPOLIZEI – 2019
VERMISSTES KIND KIMMY DIORE

Betr.:
Überblick über die auf YouTube zugänglichen Videos des Kanals Happy Récré, verfasst von Clara Roussel

Seit der Erstellung des Kanals sind wöchentlich zwei bis drei Videos gepostet worden, das heißt, die Kinder haben zwischen 500 und 700 Videos gedreht.

Diese Videos haben insgesamt mehr als 500 Millionen Aufrufe bekommen.

Der Kanal hat derzeit 5 Millionen Abonnenten.

Neben dem traditionellen *unboxing* (Auspacken von Päckchen, Spielzeug oder Süßwaren) sind die beliebtesten Videos solche, die zu Hause inszenierte und gefilmte Spiele und *challenges* zeigen.

Im Zentrum der meisten Drehbücher steht der Konsum. Kaufen, auspacken und essen sind die Haupttätigkeiten der Kinder.

Abgesehen von der Wohnung sind die nächstbeliebtesten Drehorte der Abonnenten Supermärkte, Freizeitparks und Videospielhallen.

Von 2015 bis 2017 ist Mélanie Claux noch nicht auf dem Bildschirm zu sehen. Ihre Stimme aus dem Off leitet die Kinder an und kommentiert, was sie tun.

Ab 2017 beginnt sie sich zu zeigen. Danach kann man bei ihr eine ziemliche, schnelle Entwicklung von Haarschnitt und Make-up verfolgen. Je präsenter sie wird, desto mehr definiert sich auch ihr Look: Sie trägt im Allgemeinen Weiß oder Rosa und mag Satin und Pailletten. Ihr Aussehen nimmt eindeutig Bezug auf die weiblichen Figuren von Walt Disney. Im Mittelpunkt der Videos stehen jedoch nach wie vor die Kinder.

Im Laufe der Zeit werden die Formate, der Schnitt und die grafischen Effekte immer professioneller. Manchmal spielen die Kinder schriftlich fixierte Rollen, die sie sichtlich auswendig gelernt haben. Dennoch geht es auch darum, den Eindruck des Amateurfilms und der Einbeziehung ins Familienleben aufrechtzuerhalten, um die größtmögliche Identifikation des Zuschauers zu ermöglichen.

Mit dem Heranwachsen entwickelt sich auch die Haltung der Kinder weiter.

Ganz zu Anfang beachtet Kimmy die Kamera überhaupt nicht. Sie interessiert sich nur für die Spiele und das Lob ihrer Mutter. Bruder und Schwester sehen ihre Mutter an, die außerhalb des Blickfelds bleibt.

Nach und nach und mit der Veränderung des Hintergrunds (insbesondere durch die Einrichtung des Filmstudios der Familie), erlernen die Kinder den Blick in die Kamera.

Auch ihre Kleidung verändert sich. Anfangs tragen Kimmy und Sammy neutrale Kleidungsstücke. Ab 2017 werden sie in jedem Video in spezieller Kleidung gezeigt, T-Shirts oder Sweatshirts mit den Markenzeichen der Partnerfirmen des Kanals oder mit Abbildungen ihrer Lieblingshelden. Kein Kleidungsstück taucht zweimal auf.

Ab Anfang 2016 werden Grammatik und Sprache präziser. Am Anfang und Ende jedes Videos wiederholen Kim und Sam systematisch dieselben Sätze, in denen die Internet-Surfer dazu aufgefordert werden, Abonnenten zu werden und Likes zu vergeben.

Begrüßungssätze der Kinder: »Salut, happy fans, wir hoffen, dass es euch allen gut geht. Uns geht es sehr, sehr gut!« Dann ist im Allgemeinen Mélanies Stimme zu hören, die bestätigt, dass es allen wirklich gut geht und ihre Kinder nach der *challenge* des Tages fragt (Spiel oder Geschenke-Auspacken), als würden sie tatsächlich selbst darüber entscheiden und Mélanie erführe es erst gleichzeitig mit dem Zuschauer.

Schlusssätze (Kim und Sam sprechen abwechselnd oder im Chor): »Bye, bye, happy fans! Wenn euch dieses Video gefallen hat, bitte teilt es doch! Wir schicken euch tausend Sternenküsschen und wir lieben euch. Vergesst nicht den kleinen Daumen nach oben und vor allem: Werdet unsere Abonnenten!«

Im Jahr 2017 dreht Sammy als Reaktion auf die Angriffe gegen den Kanal ein Video mit seiner Schwester. Vor der Kamera erklärt er mit etwas verkrampftem Lächeln, er habe immer davon geträumt, YouTuber zu werden, und sein Traum sei in Erfüllung gegangen. Er sagt ganz klar einen vorher schriftlich fixierten Text auf. Neben ihm sitzt Kimmy, die Hände flach auf den Knien, und nickt schweigend. Sammy steht auf, führt eine Art Tanzschritt aus und dankt dann »aus tiefstem Herzen« allen, die sie unterstützen und lieben. Abschließend sagt er: »Wir müssen den anderen Kindern, die Träume haben, ein Beispiel geben und ihnen zeigen, dass man immer an sich glauben soll.«

Seit einigen Monaten scheint Kimmys Enthusiasmus nachzulassen. Trotz eines dynamischen Schnitts und des Einsatzes von immer mehr Effekten sind die inneren Widerstände des Mädchens oder ihre Erschöpfung – die sie nicht so gut verbirgt wie ihr Bruder – manchmal spürbar.

In einigen in jüngerer Zeit gedrehten Folgen irrt ihr Blick manchmal ab, als ginge sie das alles gar nichts an. Sie verliert den Anschluss, hört nicht mehr zu, sieht nicht mehr in die Kamera und wird im Allgemeinen von ihrer Mutter zur Ordnung gerufen.

Dann zwingt sie sich wie ein tapferer kleiner Soldat ein Lächeln ab.

Manche Videos von Happy Récré haben inzwischen mehr als 25 Millionen Aufrufe.

Nahrungsmittel-*challenges* sind die größten Erfolge des Kanals. In Zeiten von veganen und Bio-Lebensmitteln fallen 80 % der von Kimmy und Sammy präsentierten Nahrungsmittel unter die Kategorie Junk Food (gesüßte Getränke, Fast Food, Süßigkeiten).

Für die Titel der Spiele wird systematisch englisches Vokabular verwendet, die angelsächsischen Kanäle dienen eindeutig als Inspirationsquelle. Ganz allgemein ähneln die Videos von Happy Récré denen von Minibus Team, der Bande des doudous und anderer Konkurrenz-Kanäle, die Kanäle inspirieren sich gegenseitig.

All diese Videos gehorchen demselben dramaturgischen Antrieb: unmittelbare Befriedigung von Bedürfnissen. Kimmy und Sammy erleben den Traum aller Kinder: alles kaufen, jetzt sofort.

Kim und Sam werden regelmäßig von Freizeitparks und Videospielhallen zu Werbeveranstaltungen eingeladen. An fast allen Wochenenden finden solche Ausflüge statt.

Mindestens einmal im Jahr begegnen Kim und Sam ihren Fans auf einem sogenannten *meet-up*. Diese Begegnungen finden in Freizeitparks statt, werden gefilmt und sind dann wieder Thema eines neuen Videos. Kim und Sam werden wie Stars empfangen. Die Fans stehen hinter Absperrungen Schlange und bekommen nach langem (im Durchschnitt zweistündigem) Warten ein Foto mit Autogramm. Mit viel Glück dürfen sie sogar ein Selfie mit den Kindern machen.

Eine Reihe von Videos dient der Werbung für Merchandising-Produkte der Familie (Kalender, Gesellschaftsspiele, Schreibhefte, Stifte).

Einige Tage vor Kimmys Verschwinden postet Mélanie ein Video mit dem Titel *Die Wahrheit über Happy Récré*, in dem sie allein auftritt. Zum ersten Mal kündigt sie weder ein Spiel an, noch macht sie irgendwelche Werbung. Ihr Ton ist ernst. Sie will zu den verschiedenen Angriffen in den sozialen Netzwerken Stellung nehmen.

Mélanie Claux spricht von dem Gesetzesvorhaben zur Regelung der YouTube-Aktivitäten von Kindern, das derzeit geprüft wird und das sie unterstütze. Sie und ihre Familie würden sich bereits jetzt an die künftigen Regeln halten. In ihrer Rede spielt sie mehrmals auf »weniger gewissenhafte« Konkurrenzkanäle an. Sie erwähnt im Übrigen Gerüchte, die über sie im Umlauf sind (Abbruch des Schulbesuchs, Mobbing, dem Sammy in der Schule zum Opfer gefallen sein soll) und dementiert sie entschieden. Sie betont mehrmals, dass es allen sehr gut gehe, und beendet ihre Ansprache wie folgt: »Wir sind eine sehr harmonische Familie. Unsere Kinder sind sehr glücklich, sie haben eine Mutter, die sich gut um sie kümmert, das ist wahrscheinlich der Grund für so viel Neid. Wir sind stärker als diese ganze üble Nachrede. Wir wissen, dass ihr da seid und dass ihr uns liebt. All das, was uns widerfährt, verdanken wir euch. Und auch wir haben euch sehr, sehr lieb und danken euch aus tiefstem Herzen: danke, danke, danke!«

Am Morgen des vierten Tages nach dem Verschwinden ihrer Tochter erhielten Mélanie Claux und Bruno Diore einen weißen Luftpolsterumschlag in Standardgröße. In Kinderhandschrift stand Mélanies Name (nicht der ihres Mannes) und ihre vollständige Adresse mit Angabe des Gebäudes und der Etage darauf. Ein sehr kleines Kind – vielleicht Kimmy – hatte die Wörter abgeschrieben. Bruno betrachtete die sorgfältig gemalten Buchstaben, und kalter Schweiß rann ihm den Rücken hinunter. Als Mélanie begriff, was es war, stürzte sie sich trotz der klaren Anweisungen, die man ihnen mehrmals gegeben hatte, auf den Umschlag und riss ihn auf.

»Nein, nicht!«, brüllte Bruno.

Sie achtete nicht auf den Protest ihres Mannes, sondern griff in den Umschlag und zog eine Polaroid-Aufnahme heraus, auf der sie Kimmy entdeckte. Sie war von Nahem fotografiert worden und saß, an eine weiße Wand gelehnt, auf dem Boden. Bei ihrem Anblick musste Mélanie einen Schrei unterdrücken. Danach fand sie unten im Umschlag noch eine Art kleines Bündelchen. Bei genauerem Hinsehen erkannte man, dass es aus einem mehrfach gefalteten Blatt Seidenpapier bestand und mit Klebeband zusammengehalten wurde. Dazu gab es eine kurze Botschaft auf einer glatten Karte. Mélanie las sie, und sofort griff das Zittern ihrer Hände auf ihren ganzen Körper über.

Bruno nahm ihr die Karte aus der Hand und las sie ebenfalls.

TU GENAU, WAS ICH SAGE,
WENN DU DEINE TOCHTER WIEDERSEHEN WILLST.
FILME DICH BEIM ÖFFNEN DES PÄCKCHENS
UND *VERÖFFENTLICHE DAS VIDEO*

Er sah von der Karte auf.

»Fass nichts mehr an!«

Mélanie stand wie erstarrt da und umklammerte das Päckchen.

»Wir müssen Cédric Berger benachrichtigen. Die müssen die Fingerabdrücke sichern, bevor wir alles kaputt machen. Das haben sie uns doch zwanzigmal gesagt, Mel: Wenn wir kontaktiert werden oder irgendetwas bei uns ankommt, müssen wir sie sofort anrufen!«

Sein Ton war mit einem Mal sehr fest. Er trat auf sie zu und versuchte ihren Griff um das Päckchen zu lösen.

»Nein, nein«, flehte sie. »Hör mich an! Erst tun wir, was sie sagen, und danach rufen wir an. Ich verspreche es dir.«

Einige Sekunden lang starrten sie sich herausfordernd an.

Bruno hatte seine Frau noch nie in einem solchen Zustand gesehen. Das Blut war aus ihren Lippen gewichen, und ihre Augen waren die einer Verrückten.

Er ging in die Küche und kam mit einem Päckchen Latexhandschuhe zurück, die sie manchmal zum Putzen anzog. Er zog ein Paar heraus und hielt es Mélanie hin.

Wortlos stellte sie sich an den Tisch und entschied sich dann, nach kurzem Zögern, für eine sitzende Position. Bruno holte die Kamera, stellte sie auf ein Stativ und schaltete sie ein. Er blickte durch den Sucher, um sicherzugehen, dass Mélanie gut im Bild war, und hielt sich dann bereit.

Sie zog die Handschuhe über, holte tief Luft und begann, das kleine Päckchen zu öffnen.

Er filmte.

Als sie den Inhalt des Päckchens sah – Bruno war so weit entfernt, dass er nur etwas Winziges, kaum Sichtbares erkennen konnte –, stieß sie einen Schrei aus.

Sie brach in Tränen aus, und er stellte die Kamera aus.

Bruno ging zu ihr. Seine Beine trugen ihn kaum. Sie schienen nicht mehr miteinander in Verbindung zu stehen, zitterten und gehorchten seinem Gehirn nur teilweise.

Bevor er ansah, was seine Frau entdeckt hatte, setzte auch er sich erst einmal. Dabei war ihm bewusst, dass er einen Anblick hinausschob, der ihn womöglich vernichten würde.

Dann beugte er sich über das rosa Papier und sah den sauberen, glatten Fingernagel eines Kindes. Der Größe nach zu urteilen, war er aus dem Zeige- oder Mittelfinger gerissen worden.

Er beherrschte sich, um nicht mit der Faust gegen die Wand zu schlagen, griff nach seinem Handy und tippte Cédric Bergers Nummer ein.

Wenn Minderjährige verschwinden, dann wird die dafür verantwortliche Person gewöhnlich mit *er* bezeichnet – außerhalb der Familie werden Morde und Sexualverbrechen an Kindern in 98,7 % der Fälle von Männern begangen. Bei einer Entführung mit Lösegeldforderung ist von einem Plural auszugehen: Die Entführer werden ihre Forderung sehr bald genauer nennen. Die Sprache richtet sich nach der Statistik.

Dennoch verwendeten die Ermittler, auch nachdem sie den Umschlag mit dem Foto von Kimmy Diore und der seltsamen Forderung erhalten hatten, weiterhin den Singular. Ohne ersichtlichen Grund ging die Brigade unbewusst von einem allein handelnden Mann aus. Am Tag nach der Entführung hatte also *er* diesen Umschlag irgendwo im X. Arrondissement in einen Briefkasten geworfen. Und der mit einer grünen Marke, also ohne Eilzuschlag, freigemachte Brief hatte zwei Tage gebraucht, um zu Mélanie Claux zu gelangen. Der Entführer hatte es nicht eilig. Die Kleider und die Schuhe, die das Kind auf dem Polaroid-Foto trug, waren dieselben, die sie am Tag ihres Verschwindens getragen hatte. Kimmy blickte ernst und konzentriert ins Objektiv, es waren keinerlei Spuren von Zwang oder Verletzungen zu sehen. Die Anweisungen im Begleitschreiben waren mit der Hand und in Großbuchstaben geschrieben worden. Doch sehr bald fand Clara eine weitere Botschaft, sie war mit Bleistift auf die Seidenpapierverpackung des Fingernagels gekritzelt worden. »Vergiss das Video nicht, sonst bekommst du beim nächsten Mal einen Finger.«

Eine doppelte Botschaft, handgeschrieben. Das konnte man

als Improvisation oder amateurhaftes Vorgehen deuten. Vielleicht auch als Finte.

»Oder als besonders raffiniert«, sagte Lionel Théry abschließend.

Seinen Teams gegenüber zeigte der Chef seine Ratlosigkeit.

Die Brigade criminelle hatte von Anfang an mit einer Lösegeldforderung gerechnet. Deshalb und wegen der Bekanntheit des Kindes hatte die Staatsanwaltschaft sich mit dem Fall befasst. Doch im Augenblick verlangte der Entführer nur eins: dass Mélanie ein Video postete.

»Allerdings nicht irgendeins«, erklärte Clara. »Es ist ein *unboxing*-Video, wie ihre Kinder sie zu Hunderten gedreht haben.«

Nach einer kurzen Pause setzte sie hinzu: »Aber jetzt ist sie diejenige, die das Paket auspackt.«

Den Sachverständigen zufolge war das Foto am Tag nach dem Verschwinden gemacht worden. Der Fingernagel stammte tatsächlich von einem sechsjährigen Kind, aber er war gereinigt worden, deshalb bestand wenig Aussicht darauf, dass genauere Analysen mehr ergeben würden.

Die Brigade musste eine Entscheidung fällen: auf die Forderung des Entführers eingehen oder nicht. Bei Lösegeldforderungen bestand die Strategie normalerweise darin, Zeit zu gewinnen. Doch bislang verlangte der Entführer kein Geld. Er nannte keinen Zeitpunkt für ein Treffen. Er verlangte nichts weiter als ein Video, das er bei sich zu Hause oder in einem Cybercafé sehen konnte, unsichtbar zwischen all den Fans und Neugierigen, die es sich ganz sicher in Endlosschleife anschauen würden, zumal der Algorithmus es, weil es vermutlich viral gehen würde, noch lange in den Vordergrund schieben würde. Sollte man nachgeben und hoffen, dass der Entführer dann seine Forderungen klarer formulieren würde, oder lieber warten und riskieren, dass er einen weiteren Beweis für seine Entschlossenheit schickte? Die Meinungen waren geteilt. Nach einer leidenschaftlichen Debatte traf Lionel Théry die Entscheidung. Sie mussten einen Schritt in *seine* Richtung machen. Ihn zwingen, aus der Deckung zu kommen, Kontakt aufzunehmen, wieder in Erscheinung zu treten.

Mélanie Claux würde also tun, was er von ihr verlangte. Dann entbrannte eine weitere Diskussion, über welches Medium das Video verbreitet werden sollte, doch da hatte Clara eine klare Meinung: YouTube war der Ort des *unboxing*.

Gegen neunzehn Uhr veröffentlichte Mélanie Claux vom Bastion aus, wo ihr Computer immer noch in amtlicher Verwahrung war, auf ihrem Kanal Happy Récré das von ihrem Mann gedrehte Video. Es hatte als einzigen Titel das aktuelle Datum, dauerte etwa vierzig Sekunden und wurde von keinem Kommentar begleitet. Man konnte sehen, wie Mélanie das Päckchen öffnete, aufschrie und das Gesicht in den Händen vergrub. Diese stummen, kurzen, rätselhaften Bilder waren dennoch von einer echten dramatischen Intensität. Jeder, der sie zum ersten Mal sah, begriff auch ohne Kontext und Erklärungen, dass es sich weder um einen Streich noch um eine Inszenierung handelte. Das Video, so kurz es auch war, zog den Zuschauer in ein Drama. Mélanies Leid war ein Schauspiel, dessen implizite Gewalt dafür garantierte, dass es viral gehen und Erfolg haben würde.

Vielleicht war genau das der gewünschte Effekt.

Und tatsächlich verbreitete sich, kaum war das Video online, das bisher mehr oder weniger zurückgehaltene Gerücht sprunghaft über sämtliche soziale Netze: Kimmy Diore war gekidnappt worden. Die Bilder von Mélanie Claux wurden bis ins Unendliche geteilt und kommentiert. Die meisten Interpretatoren kamen zum selben Schluss: Die Mutter hatte ein Fingerglied ihres Kindes erhalten.

Clara war gerade dreizehn geworden, als ihre Eltern endlich einwilligten, einen Fernseher anzuschaffen. Nach jahrelangen vergeblichen Diskussionen und wiederholten Ablehnungsbescheiden hatte sie schwereres Geschütz auffahren müssen: Plakataktion an Wohnzimmer- und Küchenwänden, Gründung einer Protestbewegung – gewissermaßen in deren natürlichem Lebensraum –, Petitionen und tägliches Verteilen von Flugblättern. Rasch bildete sich ein Unterstützerkomitee, bestehend aus ihrem Hund Mystic, ihrer Kusine Elvira und ihrem Vetter Mario. Ein erstes Sit-in vor den Wohnungsfenstern hatte die elterlichen Überzeugungen ins Wanken gebracht, ein weiteres vor der Hauswartsloge – bei dem weitere Sympathisanten gewonnen werden sollten – den Sieg über sie davongetragen. Clara hatte ihr Ziel erreicht. Endlich würde sie mit ihren Freundinnen über *Zauberhafte Hexen*, *Friends* und *Dr. Quinn* reden können. Sie musste allerdings bis Weihnachten auf die konkrete Umsetzung ihres Sieges warten. Réjane und Philippe hatten bei Darty ein mittelgroßes Gerät ausgesucht, für das erst der richtige Platz im Wohnzimmer gefunden werden musste. Einige Monate später sah Philippe regelmäßig *Arrêt sur images* und *Des mots de minuit*, während sich Réjane keine Folge von *Emergency Room* entgehen ließ. Zwar war die Zeit, die Clara vor dem Gerät verbringen durfte, offiziell limitiert, doch da ihre Eltern wegen der zahlreichen Aktivitäten häufig abwesend waren, blieb ihr ein nicht zu verachtender Spielraum für Überschreitungen, vor denen Réjane und Philippe die Augen verschlossen.

Wenn sie abends alle drei zu Hause waren, setzte sich Philippe gern neben sie, um die Bilder zu analysieren. Nach und nach weihte er sie in die Fabrikationsgeheimnisse des Medienspektakels ein: der Gebrauch des Konjunktivs, um fehlende Informationen zu ersetzen, die Verkürzungen in den Zwanzig-Uhr-Nachrichten, die Dramaturgie der Reportagen oder der Wirtschaftsmagazine, die unvermeidliche Fiktion in den Reality-TV-Sendungen. Besonders interessierte sich Philippe für die ersten Nachrichtensender, für ihre Grammatik, ihr Vokabular und ihre beeindruckende Fähigkeit, mit vielen Worten nichts zu sagen. Clara und er hatten sich einen Sketch ausgedacht, »Unser-Korrespondent-live-vom-Schauplatz-des-großen-Nichts«, sie spielten ihn bei jeder sich bietenden Gelegenheit.

Clara hatte es erst als Erwachsene begriffen, als ihre Eltern schon nicht mehr da waren: Sie war die einzige und umsorgte Tochter eines militanten Liebespaars gewesen. In ihrem Freundeskreis waren Réjane und Philippe die Ersten, die ein Kind bekamen. Sie waren bei ihrer Geburt noch sehr jung und nahmen sie überallhin mit. Clara war bei allen Festen, allen Picknicks und allen Versammlungen dabei. Unter all den hundertmal erzählten Anekdoten mochte Clara am liebsten die über das Fest nach der ersten Demo, an der sie, damals erst wenige Monate alt, teilgenommen hatte. Réjane und Philippe waren relativ früh gekommen und hatten die Babytragetasche, in der sie schlief, auf das Bett der Gastgeber gestellt. Dann kamen weitere Freunde und Bekannte. Dichtgedrängt saßen sie in dem kleinen Wohnzimmer und tranken und diskutierten. Zwei Stunden später fand Réjane die Babytragetasche unter einem dicken Haufen von Schals und Mänteln begraben. Doch Clara schlief immer noch ungerührt. Der nachträgliche Schreck war zum Teil der Familienlegende geworden, und Philippe hatte daraus geschlossen, dass es seiner Tochter nie an der nötigen Luft zum Atmen fehlen würde.

Sie war inmitten von Erwachsenengesprächen aufgewachsen, gewiegt von Wörtern wie Reproduktion, Dominanz, Gewalt, Unbeugsamkeit, Kampf und vielen ähnlichen. Als Kind hatte Clara ein klares Bewusstsein vom Elend auf der Welt und von ihrem eigenen Glück, am richtigen Ort geboren worden zu sein. Als sie mit sechs Jahren zu wachsen aufhörte, war die Hypothese, es liege an ihrem Sturz vom Balkon, nicht der einzige Erklärungsversuch. Einige Monate lang war Clara von einem Psychologen behandelt worden, der sich wegen ihrer Reife und einer, wie er fand, für ein Kind ihres Alters beunruhigenden Hellsicht sorgte. In sehr entschiedenem Ton hatte er Claras Eltern empfohlen, sie künftig von solchen Diskussionen fernzuhalten.

Aus ihrer Erziehung waren ihr der hohe Anspruch und der Widerstandsgeist geblieben. Sie versuchte, sich an den Dingen zu beteiligen, dabei aber auch alles unaufhörlich infrage zu stellen. Und so ging sie auch an ihre Arbeit heran. Sie dachte oft an die Liebe, die ihre Eltern füreinander empfunden hatten. Für Clara war sie eine Quelle inneren Gleichgewichts gewesen. Eine unbestreitbare Kraft.

Doch jetzt, inmitten dieses Mythos, dem man nicht mehr widersprechen, den man nicht mehr nuancieren konnte, war diese Liebe zu einem unerreichbaren Vorbild geworden.

Manche Fälle weckten Erinnerungen, Traumata. Manchmal unterhielten sie sich unter Kollegen darüber, in Andeutungen, aber nur selten gaben sie zu, dass sie Empathie oder Hass empfanden oder dass ihnen eine bestimmte Geschichte mehr zusetzte als die anderen. Sie mussten ihre Robustheit zeigen. Ihre Kaltblütigkeit. Nicht ihre Gefühle. Sie erinnerte sich noch an den Abend, an dem Cédric das Schweigen gebrochen hatte. Er hatte Clara erzählt, wie sehr ihm Mord unter Eheleuten den Schlaf raubte. Sein Vater war seiner Mutter gegenüber gewalttätig gewesen und hatte sie mehrmals fast umgebracht. Jedes Mal, wenn er in seinem Beruf mit einem solchen Fall konfrontiert war, konnte er spüren, wie sich in seinem Stoffwechsel etwas änderte. Wenige Worte, wenige Bilder genügten, und dann zirkulierte in seinem Blutkreislauf eine verstärkte Angst, die er zu bekämpfen gelernt hatte.

Eine Stunde zuvor hatte Clara das Bastion verlassen. Erst hatte sie die Metro nur ein paar Stationen später nehmen wollen, doch dann hatte sie wieder einmal beschlossen, den ganzen Weg nach Hause zu laufen. Die Wollmütze über die Ohren gezogen und mit Handschuhen an den Händen ging sie die Avenue de Saint-Mandé entlang; ihr war bewusst, dass Kimmy Diores Verschwinden sie auf seltsame Weise mit dem kleinen Mädchen konfrontierte, das sie selbst gewesen war.

Und vermutlich mit dem, das sie nie haben würde.

Wie ihre Kollegen arbeitete auch Clara in der Stille und abseits des Scheinwerferlichts. »Im Dunkeln und ruhmlos«, so hatte einmal die, reale oder fiktive, Devise der Ermittler der Crime gelautet.

Der Burgfrieden war vorüber, das wusste sie. In den Medien und den sozialen Netzen war die Bombe hochgegangen. Von nun an würden sie alle im Licht der Scheinwerfer stehen: Eltern, Verwandte, Flics, Nachbarn, niemand würde dem Radar entkommen.

Eine Stunde nach der Verbreitung des Videos standen sich bereits ein Dutzend Journalisten vor dem Bastion die Beine in den Bauch. Andere belagerten die Résidence du Poisson Bleu, wieder andere hatten die Geschäfte des Viertels gestürmt. Die Korrespondenten-live-vom-Schauplatz-des-großen-Nichts waren am Werk. Mit von der Kälte geröteter Nase und dem Mikro in der Hand würden sie bis zum Ende dableiben, in der Hoffnung auf Geschichten, Hypothesen und Kommentare.

Als Mélanie das Display ihres Smartphones nach rechts wischte, wurde eine Auswahl neuer Nachrichten angezeigt. Meldungen, deren spektakulärer, sensationeller oder skandalöser Charakter ihr durchaus klar war, vermutlich war das auch der Grund, warum sie über ihr Display wischte – morgens nach dem Aufwachen, tagsüber, wenn sie sich ein paar Minuten Pause gönnte, auf der Toilette, in der Warteschlange im Supermarkt, abends kurz vorm Zubettgehen. Wenn sie hätte schätzen müssen, wie oft am Tag sie diese Geste ausführte, hätte ihre Vermutung sicher weit unter dem tatsächlichen Wert gelegen. Denn diese Bewegung, ein mit dem Daumen angedeutetes einfaches Komma, war für sie wie für viele andere eine Art, mit der Welt in Verbindung zu bleiben, oder vielmehr mit der Neigung der Welt zum Drama.

Und deshalb las Mélanie an diesem Abend gegen zweiundzwanzig Uhr zum zwanzigsten Mal die neuesten Meldungen auf dem Display ihres iPhones.

NEWS

Ici.fr
LIVE: Die kleine Kimmy, Star bei YouTube,
ist seit vier Tagen verschwunden.

bfmtv.com
DAS VIDEO DES GRAUENS: Wie vom Entführer ihrer Tochter gefordert, veröffentlicht die Mutter der kleinen Kimmy ein Video.

ouest-france.fr
TOMATENVIRUS: Befall in einem Anbaubetrieb im Finistère bestätigt.

leparisien.fr
ARBEITSLOSENGELD: Was sich 2020 ändert.

Wetter
Châtenay-Malabry
Sonnig
Regenrisiko: 20 %

In normalen Zeiten hätte sie gleich bei der ersten Meldung gestutzt und aus einer natürlichen Neugier für solche Nachrichten heraus trotz eines leisen Schuldgefühls weiterrecherchiert. Wie schrecklich, hätte sie dann gedacht und in ihrem Körper ein echtes Gefühl wahrgenommen, eine Mischung aus Angst und Kummer, eine Art Aufwallung des Mitleids, begleitet von Erleichterung darüber, nicht selbst betroffen zu sein. Denn sie wusste: Man musste ein Bild von der Katastrophe haben, um zu ermessen, wie ruhig das eigene Leben war. Wenn einem bewusst ist, dass jedes Leben blitzschnell in ein nicht wiedergutzumachendes Drama umkippen kann, wird der Friede noch kostbarer.

Nur war jetzt nicht *ein* kleines Mädchen verschwunden. Sondern *ihr* kleines Mädchen.

Abends wurden Mélanie Claux und ihr Mann unter falschen Namen ins TimTravel, ein relativ neues Hotel, das nur etwa hundert Meter vom Bastion entfernt lag, gebracht. Dort wurde ihnen eine helle, geräumige Junior-Suite zur Verfügung gestellt. Brunos Eltern, die sich seit dem Vortag in ihrem Haus verkrochen hatten, hatten Sammy bislang vor den Fotografen schützen und vom Fernseher fernhalten können.

Mélanie hatte das Video gepostet, und in der Sekunde darauf hatte sich der Aufrufe-Zähler in Bewegung gesetzt.

Bevor sie sich ins Bett legte, lief sie noch einige Minuten unschlüssig durchs Zimmer und konnte dann doch nicht anders, sie sah auf dem Dashboard ihres Kanals nach. Bei YouTube wurden die Statistiken automatisch geführt.

Ihr neues Video hatte schon einen Ehrenplatz auf der ersten Seite, und zwar mit dem Kommentar: »Ihr neuestes Video hat eine außergewöhnliche Performance!«

Mélanie war bewusst, wie absurd und brutal dieser von einer Maschine generierte Kommentar unter solchen Umständen war, dennoch konnte sie den Blick nicht davon lösen.

Die anderen Videos von Happy Récré hatten eindeutig von diesem Schlaglicht profitiert. Alle Zahlen waren im grünen Bereich: In den letzten vierundzwanzig Stunden waren die Zahl der Aufrufe um 24 %, die Wiedergabezeit um 23 % und die Einkünfte um 30 % gewachsen.

In fetten Großbuchstaben gratulierte ihr die Plattform: »HERVORRAGEND! Ihr Kanal hat in den letzten 28 Tagen 32 Millionen Aufrufe registriert. GLÜCKWUNSCH!«

Mélanie las die Kommentare mehrmals. Sie fühlte sich geschmeichelt. Belohnt.

Als es ihr bewusst wurde, überkam sie ein Gefühl von Ekel. Ja, sie ekelte sich vor sich selbst.

Sie dachte an dieses Vergnügen, das einem die eigenen Körpergerüche manchmal bereiten können. Der Geruch von Schweiß und anderen Flüssigkeiten oder von schmutzigem Haar. Wenn sie sich als Kind die Socken ausgezogen hatte, hatte sie sie immer an die Nase gehalten, um daran zu riechen.

Und genau das tat sie auch jetzt.

Am Morgen des fünften Tages nach Kimmys Verschwinden stand Mélanie kurz vor sechs auf. Die Beruhigungsmittel hatten ihr drei Stunden Schlaf verschafft. Immerhin.

Mit dem Aufwachen war auch die Angst wieder da. Eine saure Flüssigkeit breitete sich in ihrem Körper aus und behinderte fortgesetzt ihre Atmung. In manchen Momenten musste Mélanie an sich halten, um sich nicht brüllend auf dem Boden zu wälzen, in anderen suchte sie nur nach einem Winkel, in den sie sich hätte kauern können. Am liebsten hätte sie den Kopf in eine weiche Masse gebohrt und das Bewusstsein verloren. Bilder von Kimmy – ihr Lächeln, ihr entzückendes Gesichtchen, ihre Kleinmädchen-Bewegungen – schlugen unablässig auf sie ein. Manchmal, wenn es still war, hörte sie, wie ihre Tochter sie um Hilfe rief. Nie zuvor hätte sie sich ein solches Leiden vorstellen können oder welche Anstrengung es sie jetzt kostete, sich aufrecht zu halten.

Ihrer aller Leben war stehen geblieben, und doch verging die Zeit im selben Rhythmus, vielleicht ein bisschen langsamer, ja, vielleicht verlangsamt, aber dessen war sie sich nicht ganz sicher. Sie war sich keiner Sache sicher, als wäre ein Teil ihrer unmittelbaren, wesentlichen Wahrnehmungen amputiert worden. Momentweise wusste sie nicht mehr, wo sie sich befand und wie spät es war.

Trotz allem, der Brief, den sie am Tag vorher erhalten hatte, machte ihr Hoffnung. Kimmy lebte.

Sie trat ans Fenster. Einen Augenblick sah sie zu, wie die Stadt erwachte: die ersten Anlieferungen, die ersten Fußgänger, die aus der Metro heraufkamen, und das Ballett der grünen Kleinlaster der Stadtverwaltung. Im Internet konnte man der Nachricht nicht mehr entgehen. Bei allen Suchmaschinen waren die Wörter *Verschwinden, tot, Entführung, Lösegeld, abgeschnittenes Fingerglied* die am häufigsten mit Kimmy Diore verknüpften Suchbegriffe. Es wimmelte von Vermutungen. Einige behaupteten, sie wüssten aus sicherer Quelle, dass eine Million als Lösegeld gefordert werde, andere wiesen auf Unstimmigkeiten in der Geschichte hin und darauf, dass sie erst spät publik gemacht worden war, was eher auf eine von der Familie zu Werbezwecken vorgetäuschte Entführung hindeute.

Am Tag zuvor hatte Mélanies Mutter angerufen. Unter Schluchzen hatte sie ihrer Tochter vorgeworfen, sie nicht ausreichend zu informieren. Auch sie habe ein Recht darauf, Bescheid zu wissen. Brunos Eltern seien nicht die Einzigen, die sich Sorgen machten. Erst hätten sie all diese Fragen, Unterstellungen und Überprüfungen ertragen müssen, und jetzt, wo alle es wüssten, stehe das Telefon nicht mehr still. Mélanie hatte schweigend zugehört, während sich ihre Mutter über ihre eigenen Probleme beklagt hatte (»Du willst uns nichts sagen, du verschwendest keinen Gedanken an uns, du machst dir gar nichts klar«). Kein einziges Mal in diesem Gespräch hatte ihre Mutter sie gefragt, wie es ihr gehe, sich nach Sammy erkundigt oder Mitgefühl mit Kimmy oder sonst jemandem bekundet. Ihre Mutter hatte sich über all diese Leute beschwert, die bei ihnen zu Hause vorbeikamen oder sie mit Anrufen terrorisierten, um mehr über die Ermittlungen zu erfahren, das gehe nicht nur ihnen so, sondern übrigens auch Sandra, Mélanies Schwester habe sogar die Kinder aus der Schule nehmen müssen. All das sei sehr schwer für sie, diese Indiskretionen, der Druck der Medien, zumal sie aus dem Internet von den Wendungen des Falls erfahren müsse. Dieses Wort hatte sie benutzt, *Wendungen*, und Mélanie hatte aufgelegt.

Danach hatte sie sich, wie betäubt vom Summen der Klimaanlage, einer ungeheuren Mutlosigkeit überlassen. Ihre Mutter hatte nochmals anzurufen versucht, sie hatte sich wohl nicht vorstellen können, dass das Gespräch willentlich unterbrochen worden war, doch Mélanie hatte den Anruf gleich beim ersten Klingeln abgelehnt. Das hatte sich noch zweimal wiederholt und ihr Erleichterung verschafft. Sie durfte sich nicht gehen lassen. Sie musste durchhalten. Sie war nicht allein. Sie hatte eine Community. Eine Familie des Herzens. Denn auf ihrem Instagram-Konto waren Hunderte Nachrichten für sie angekommen. Voller Unterstützung und Mitgefühl. Lawinen von Likes, Herzen in allen Farben, von Zuneigung überfließende Emoticons.

Ihre Mutter war nicht in den nächsten Zug gesprungen, um ihr zur Seite zu stehen. Ihre Mutter war zu Hause geblieben, um die Fragen der Nachbarn zu beantworten. Eine unumgängliche Feststellung. Aber ihre Abonnenten, die ihr seit Langem folgten und sie liebten, die waren da. Bei ihr. An ihrer Seite. Sie wünschten ihr Mut und versicherten sie ihrer Unterstützung.

Bruno, der ebenfalls spät in der Nacht schließlich doch ein Schlafmittel genommen hatte, schlief noch. Zum ersten Mal seit vier Tagen hatte Mélanie Hunger. Sie überlegte, ob sie beim Zimmerservice ein Frühstück bestellen sollte, beschloss dann aber zu warten, bis ihr Mann aufwachte.

Wieder sah sie aus dem Fenster. Der Tag brach an, es war mehr Bewegung in die Stadt gekommen. Der Verkehr wurde dichter, aus den Metroausgängen kamen immer mehr Männer und Frauen. Von oben gesehen, schienen ihre Gestalten im Nieselregen dahinzugleiten. In regelmäßigen Abständen hielt die Straßenbahn vor dem Gebäude und ließ Trauben von Fahrgästen aus- und einsteigen. Eilige, manchmal verbrauchte Menschen, die jedoch ihrer Routine folgten. Menschen, deren Leben nicht in einem Ozean der Angst untergegangen war. Mélanie blieb einen Moment lang so stehen, die Nase an die Fensterscheibe gedrückt. Dann wandte sie sich um und betrachtete ihren schlafenden Mann. Bruno lag auf dem Rücken, einen Arm am Körper entlang gestreckt, den anderen angewinkelt auf der Decke. Über seine Stirn, seine Lider und seine Brauen liefen winzige Zuckungen. Sein Gesicht fand keine Ruhe – als wären die Bilder, Eindrücke oder Träume, an die er sich vermutlich nicht würde erinnern können, winzige elektrische Schläge. Mélanie ging so nah an ihn heran, dass sie seinen Atem spüren konnte. Brunos Haut war glatt. Er war schön. Er ernährte sich gesund, rauchte nicht und übte mehrere Sportarten aus. Er war der Mann, von dem sie immer geträumt hatte. Ein Mann, auf den man zählen konnte. Bruno war ihr immer gefolgt. Ohne zu zögern, hatte er seine Stelle aufgegeben, um sich gemeinsam mit ihr in diesen virtuellen Eroberungsfeldzug zu stürzen, der zu einem Triumph geführt hatte. Er hatte auf eine erfolgreiche Karriere als Informatiker verzichtet, er hatte sich mit Kameraführung, Schnitt, Buchführung und Spezialeffekten vertraut gemacht. Er hatte an sie und ihre Fähigkeiten geglaubt, an ihre Macht, das gemeinsame Leben zu verändern. Bruno war ein loyaler Mann, der sie nie verraten würde. Er bewunderte sie. Wie oft hatte sie ihn im Scherz über ihre Familie sagen hören: »Meine Frau führt hier das Regiment« oder »Da müssen Sie die Chefin fragen«. Bruno war ein moderner Mann. Ein guter Mann. Und pragmatisch. Er musste nicht Chef sein oder die Direktiven ausgeben, um seine Männlichkeit zu beweisen. Er gehörte zu den Männern, auf die eine Frau sich stützen konnte.

Im Halbdunkel sah sie, wie sich sein Brustkorb im Rhythmus der Atmung hob und senkte. Hin und wieder ließ ihr Mann in die Stille dieses völlig gegen Geräusche von außen isolierten Raums ein kurzes Stöhnen entweichen. Plötzlich hatte sie Lust, ihm über das Haar zu streichen und ihn zu küssen, doch sie unterließ es, aus Angst, ihn zu wecken.

Mélanie zog sich vor dem Spiegel im Schlafzimmer aus und stand sich nackt gegenüber. Sie trat so nahe heran, dass sich ihr Atem auf der glatten Glasfläche niederschlug. Ein abrupter, fester Schlag mit dem Kopf, und ihre Stirn würde aufplatzen und das Blut über ihr Gesicht laufen. Das Bild durchfuhr sie. Dann kehrte sie dem Spiegel den Rücken zu und schloss sich im Badezimmer ein, um zu duschen.

Während das warme Wasser über ihre Haut rann, betrachtete sie sich. Ihre Schenkel, ihren Bauch, ihre Brüste. Sie hatte lange davon geträumt, einen anderen Körper zu haben. Einen auf den ersten Blick begehrenswerten Körper. Einen ausdrucksstarken Körper. Der ins Auge sprang. Der für den Sex geschaffen war wie der Körper von Nabilla, Savane oder Vanessa. Sie hatte davon geträumt, deren lange Beine und deren runden, muskulösen Po zu haben. So anziehend war ihr Körper nicht. Er war nicht so perfektionierbar wie der dieser Frauen, die ihn immer weiter veränderten, damit er noch begehrenswerter wurde. Es war ein gewöhnlicher Körper, weder hässlicher noch schöner als der Durchschnitt. Sie hatte zwei Kinder bekommen, und mit der Zeit war er ein bisschen dicker geworden. Ihre Haut war schlaffer geworden. Aber ihre Brüste waren noch in Ordnung. Voll und fest und dem Anderen entgegengestreckt.

Sie schloss die Augen und sah plötzlich ein Bild vor sich: Hände streichelten ihre Brüste, oder vielmehr waren ihre Brüste von Händen umfangen. Großen, gierigen Händen. Die nicht die ihres Mannes waren.

Als sie aus der Dusche kam, traf Mélanie eine Entscheidung.

Sie würde sich anziehen, das Hotel verlassen und in die Rue du Bastion Nummer 36 gehen. Am Empfang würde sie darum bitten, mit Clara Roussel sprechen zu dürfen, und ihr dann alles erzählen.

Am Morgen des fünften Tages nach dem Verschwinden von Kimmy Diore begegnete Clara, kaum in ihrer Dienststelle angekommen, Cédric Berger, der auf dem Gang ein lebhaftes Handygespräch führte und dabei wild gestikulierte. Mit einer Kopfbewegung forderte er sie auf, mit in ihr gemeinsames Büro zu kommen. Sie folgte ihm.

Er stand vor ihr, und sie hatte jetzt reichlich Zeit, ihn zu betrachten. Sein Gesicht wirkte abgespannt und bleich. Er hat seit vier Tagen nicht geschlafen, dachte Clara und lächelte ihm zu. Cédric setzte sich, um sein Gespräch zu Ende zu führen, und bedeutete ihr, sich ebenfalls zu setzen. Aus dem, was er sagte, schloss sie, dass er mit der Such- und Eingreifbrigade telefonierte.

Der erste Kontakt zwischen ihnen war nicht einfach gewesen. Bevor sie zusammenarbeiteten, hatte Cédric schon Wind von ihrem Ruf bekommen. Es hieß, sie sei besessen von ihrer Arbeit, pingelig und verkopft. Sie sei eine Lehrerstochter und habe in einer früheren Abteilung eine leidenschaftliche Beziehung mit einem Capitaine gehabt: zwei unauslöschliche Informationen, die ihr, wo auch immer sie hinging, folgen würden. Bevor man sie seinem Team zugeteilt hatte, war er ihr ein paar Mal begegnet, und sie hatte ihn durch ihre jugendliche Art und ihre Figur einer zum Marathonlauf bekehrten Tänzerin beeindruckt. Anfangs erschien ihm die seltsame Autorität, die sie trotz ihrer geringen Körpergröße ausstrahlte, verdächtig, und er machte, als er sie in seiner Gruppe willkommen hieß, keinen Hehl aus seinen Vorbehalten. Immerhin wurde ihr auch nachgesagt, dass sie viele Stunden am Stück arbeiten konnte, ohne auch nur einen Schluck Wasser zu trinken, und dass sie nie lockerließ. Gewöhnlich bildete er sich seine eigene Meinung. Clara hatte ihm mitgeteilt, sie lege Wert auf die Bezeichnung *procédurière* in der weiblichen Form, und nicht *procédurier*. Cédric hatte damit kein Problem gehabt, aber darauf hingewiesen, dass sich *procédurière* auf *mégère* und *commère* reime, also auf Megäre und Klatschtante. Das passe ihr sehr gut, war ihre Antwort gewesen. Da hatten sie zum ersten Mal zusammen gelacht. Später staunte Cédric über ihren Instinkt, ihre geistige Offenheit und ihre körperliche Widerstandskraft. Clara drückte sich aus wie die jungen Frauen in den Sechzigern, die man auf den Archivseiten des Nationalen Instituts für Audiovisuelles hören konnte, aber sie besaß viel Sinn für Selbstironie. Als guter Jäger wusste er seinen Blickwinkel und seinen Fokus anzupassen. Er erkannte bald, dass sie eine exzellente Ermittlerin war und eine treibende Kraft in seiner Gruppe sein würde. Nach einigen Monaten, in denen sie das Team – unter dem leicht übertriebenen Vorwand, es gehe um das Image der Brigade – mit ihren strengen Maßstäben in Sachen Rechtschreibung und Grammatik genervt und erreicht hatte, dass alle (auch er) ihre Protokolle überarbeiteten, nannte er sie »die Gelehrte«.

Der Spitzname war ihr geblieben.

Nach einigen Minuten beendete er das Gespräch.

»Weißt du, was ich herausgefunden habe?«

»Nein.«

»Meine Töchter sind Fans von Happy Récré. Und von Mélanie! Die sind total verrückt nach ihr! Alle beide! Anscheinend schon seit geraumer Zeit, denn sie haben mir erzählt, was sich in den letzten beiden Jahren in dieser Familie abgespielt hat. Ich bin kurz davor, sie zu einer Vernehmung vorzuladen. Meine Kleine ist in Kimmy vernarrt, meine Große findet Sammy netter. Und seit die Große ein Smartphone hat, ist sie außerdem noch Abonnentin von Mélanie Dream auf Instagram. Sie ist völlig fasziniert. Sie findet sie, ich zitiere: ›total schön, total nett, fast wie eine Fee‹. Kurzum, die beiden gucken sich den Kram schon seit Monaten rund um die Uhr an, ohne dass meine Frau und ich etwas davon bemerkt haben. Wir haben es wahrscheinlich aus der Ferne mitbekommen, die nette Musik, die spielenden Kinder, und keinen Verdacht geschöpft. Weißt du, solange sie sich keine Pornos anschauen, denken wir, es ist alles in Ordnung. Wir haben keine Sekunde lang an die ganze Werbung gedacht, die sie sich in aller Harmlosigkeit reingezogen haben … Ich bin sicher, den meisten Eltern geht es genauso. Aus der Ferne sehen sie nichts Schlechtes daran. Ihre Kinder sehen anderen Kindern beim Spielen zu, schlimmstenfalls ist es ein bisschen albern, aber nicht gefährlich. Doch jetzt, wo ich deinen Bericht gelesen habe, mache ich mir schon ein bisschen mehr Sorgen, muss ich zugeben. Jetzt verstehe ich, warum meine jüngere Tochter neulich bei Carrefour ein solches Theater gemacht hat, damit ich die Disney-Figuren kaufte, die gerade erst herausgekommen waren. Und warum sie plötzlich so auf Oreo-Plätzchen steht.«

»Solange sie nicht von dir verlangt, jedes Wochenende mit ihr in den Europa-Park zu fahren …«

»Du glaubst ja nicht, wie gut du es triffst, Clara. Es ist nicht mal einen Monat her, dass die Große mich gefragt hat, warum ausgerechnet wir nie in einen Freizeitpark fahren würden. Will heißen: Wir armen Bauerntrampel hocken immer nur rum und erleben nie was Schönes.«

Sie lachten beide. Die Spannung musste abgebaut werden. Dann fuhr er fort:

»Gestern Abend habe ich mir ein bisschen Zeit genommen und ein paar Videos angeschaut. Clara, ich muss schon sagen, ich hätte nicht gedacht, dass es so etwas gibt. Das muss man gesehen haben, um es zu glauben. Einfach verrückt. Im Ernst, wissen die Leute, dass es das gibt?«

»Ob die Leute es wissen, keine Ahnung. Aber Hunderttausende Kinder und Heranwachsende träumen von einem Leben wie dem von Sammy und Kimmy. Einem Leben im Überfluss.«

»Und was meint die Gelehrte in ihrer Eigenschaft als Sprachhüterin?«

»Genau, darüber wollte ich auch mit dir sprechen. Mélanie gebraucht andauernd das Wort ›teilen‹. Sie sagt ›ich teile es gleich‹ oder ›wir haben lauter tolle Nachrichten zu teilen‹. Dieser Gebrauch stammt aus dem globalisierten Englischen. Aber wir in unserer Sprache teilen etwas *mit* jemandem.«

»In Wirklichkeit teilen sie nicht besonders viel, wenn ich es richtig sehe …«

Cédric schwieg kurz, dann fuhr er, ernster, fort: »Bei dem Reibach, den sie macht, hat sie vermutlich recht, wenn sie sagt, sie hat Feinde.«

Wieder verlor er sich einen Augenblick in seinen Gedanken und sagte dann: »Apropos, der Typ vom Minibus Team war über Allerheiligen mit seinen Töchtern in einem rundum bezahlten Clubhotel-Kurzurlaub, heute kommt er zurück. Und heute Nachmittag wird er uns hier im Bastion besuchen. Wir haben seine Alibis und die Telefone überprüft, alles ist okay, aber mich interessiert trotzdem, was er zu erzählen hat. Nun ja …«

Vielleicht suchte er nach einer seiner Sentenzen, mit denen er ein Gespräch gern beendete, aber es fiel ihm keine ein. Clara kannte ihren Chef allmählich. Er tat ein bisschen großspurig, aber er wirkte verstimmt. Manchmal konnten ihm Eindrücke oder Verhaltensweisen, die er nicht verstand, den ganzen Tag verderben. Sie setzte schon zu der Frage an, was ihm so zu schaffen mache, aber er überwand sich von selbst zur Beichte.

»Weißt du, am Ende des dritten Videos hätte ich Mélanie Claux am liebsten zum Schweigen gebracht. Am liebsten hätte ich ihr gesagt: Lass endlich deine Kinder in Frieden! Lass sie leben … Also mich macht Happy Récré gar nicht happy. Es könnte mich sogar ziemlich deprimieren. Verstehst du, was ich meine?«

Clara verstand genau, was er meinte. Dieser übertrieben fröhliche Ton, diese vielen dummen und manchmal erniedrigenden Spiele, diese vorbehalt- und einsichtslose Freude am Konsum oder am Kaufakt, das ekstatisch gefeierte Junkfood, die bis zum Erbrechen wiederholten immer gleichen Sätze, all das rief in der Erwachsenen, die sie war, ein vages Unbehagen hervor.

In dem Augenblick, in dem Clara ihm antworten wollte, klingelte wieder Cédrics Telefon. Er nahm ab, hörte wortlos zu, während er Clara ansah, und legte dann auf.

»Mélanie Claux ist da. Sie will dich sprechen. Sie verlangt ausdrücklich nach dir.«

KRIMINALPOLIZEI – 2019
ENTFÜHRUNG UND GEFANGENHALTUNG DES KINDES KIMMY DIORE

Betr.:
Protokoll der zweiten Vernehmung von Mélanie Claux,
auf deren Wunsch am 15. November 2019 durchgeführt
von Clara Roussel

(Auszüge)
Es ist keine Kleinigkeit, aber ich dachte, es hätte nichts damit zu tun. Ja, so war es, ich sagte mir die ganze Zeit: Es hat nichts damit zu tun. Aber heute Morgen habe ich es mir anders überlegt. Ich dachte, ich müsste Ihnen alles erzählen. Sie müssen auf jeden Fall wissen, dass ich meinen Mann Bruno liebe. Wir sind eine harmonische Familie. Ich wollte nicht alles, was wir uns aufgebaut haben, aufs Spiel setzen. (…)

Nach Sammys Geburt gab es eine Art Flaute zwischen meinem Mann und mir. So geht es vielen Paaren. Die Müdigkeit, die Einschränkungen, die Routine … Dieses ganze neue Leben, das rings um das Baby aufgebaut wird und sich nur um dieses Kind dreht: Kinderwagen, Kindersitz, Babytrage, Babywippe, Reisebett für Besuche bei Freunden, verstehen Sie, diese ganzen Gerätschaften, die man aufbauen und abbauen muss, die Bedienungsanleitungen, die Mengen, die bei den Fläschchen und beim Zufüttern des Gemüsebreis genau eingehalten werden müssen, es ist lächerlich, weil nämlich im Grunde sehr einfach, aber damals erschien es mir manchmal sehr kompliziert. Und da hat sich dann ganz langsam zwischen uns eine Art Kluft aufgetan und ist ganz unauffällig immer tiefer geworden. Wir schliefen immer seltener miteinander und nach einigen Wochen gar nicht mehr. Ich konnte meinen Mann tatsächlich nicht mehr ertragen. Ich ertrug es nicht mehr, wenn er sich mir näherte. Ich mochte es, wenn er mich in die Arme nahm, um die Taille fasste oder mir die Wange streichelte, doch sobald ich sein Verlangen spürte, verkrampfte ich mich. Dann ertrug ich es nicht mehr, dass mein Mann mich berührte. *Voilà.* Es tut mir leid, dass ich Ihnen all das erzähle, mir ist durchaus klar, wie intim es ist, aber Sie sind eine Frau, vielleicht können Sie es verstehen. (...)

Alles andere lief gut, es gab nie Streit, nie Wutausbrüche, auf dem Bild lag kein Schatten. Ich las die Berichte der jungen Mütter in den Foren, da gibt es nämlich viele, müssen Sie wissen, und es ist eher tröstlich, wenn man sieht, dass es anderen Frauen vor einem schon genauso ergangen ist. Es hatte sich so eingenistet, fast schon zementiert, und je mehr Zeit verging, desto schwieriger wurde es, da rauszukommen. Mein Mann hatte meine Ablehnung schließlich akzeptiert. Er unternahm keine Annäherungsversuche mehr. Keine Zärtlichkeiten, keine echten Küsse mehr. Er hielt ziemlich viel Abstand. Eines Abends bin ich mit einer Freundin im Restaurant essen gegangen. Es war eine Freundin vom Lycée, wir hatten uns einige Monate vorher über Facebook wiedergefunden. Sie war gerade erst in die Gegend von Paris gezogen. Unglaublich, wie viele Leute man über die sozialen Netze wiederfinden kann, einfach toll, finden Sie nicht? Sie wollte den Kontakt wiederaufleben lassen. Sammy war knapp über zwei Jahre alt, und die ganze Zeit hatte ich keinen Sex mehr gehabt. Kein einziges Mal.

Wir aßen in einer Brasserie im XIV. Arrondissement zu Abend. Damals bin ich selten in Paris ausgegangen. Am nächsten Tisch saß ein Mann, der mich während der ganzen Mahlzeit ansah. Er saß mir gegenüber und aß mit einem Mann, den ich nur von hinten sehen konnte. Als sie mit dem Essen fertig waren, ging sein Freund weg, aber er setzte sich noch allein an die Bar. Er wartete auf mich. Das habe ich sofort begriffen. Sein Gesicht war mir vertraut wie das von einem Menschen, den man vor langer Zeit gekannt hat, in einer ganz anderen Lebensphase. Dennoch konnte ich mich überhaupt nicht erinnern, wo ich ihm hätte begegnet sein können. Ich beendete in aller Ruhe mein Abendessen. Ich wusste, dass ich später zu diesem Mann gehen würde. Dass ich ihm gefiel. Das hatte ich noch nie zuvor erlebt, diese Sicherheit, dass die Begegnung stattfinden konnte. Es hing nur von mir ab. Nach dem Essen begleitete ich meine Freundin zu ihrem Wagen und tat dann so, als hätte ich meinen Schal vergessen. Sie fuhr los und ich ging zurück in die Brasserie. Er wirkte nicht überrascht. Er lächelte mich an. Und da erst habe ich ihn erkannt. (...)

Er heißt Greg. Sie haben ihn vielleicht gesehen, er war in einer der allerersten Staffeln von *Koh-Lanta* dabei. Ich kannte ihn nicht persönlich, aber wie alle anderen auch hatte ich ihn im Fernsehen gesehen. Er war in der Mannschaft der Roten. Das sagt Ihnen nichts? Er hatte den Spitznamen Rahan, weil er langes blondes Haar hatte und sehr muskulös war. Er hatte sich sehr verändert. Ich ging auf ihn zu, wir tranken ein Glas zusammen, dann noch eins, ich glaube, er war gerührt und fühlte sich geschmeichelt, weil ich ihn nach all der Zeit, nach mehr als zehn Jahren, erkannt hatte, ja, ich glaube, darüber hat er sich gefreut. Er hatte das Spiel nicht gewonnen, aber er hatte zu den Finalisten gehört. Er sagte mir, er fände mich schön. Er fragte mich, ob er seine Hand unter meinen Pulli schieben dürfte, und ich sagte Ja. Er wohnte direkt neben dem Restaurant, ich ging mit ihm hinauf, und wir legten uns auf sein Bett. Vor meinem Mann hatte ich nur mit einem einzigen Mann geschlafen. Ich hatte noch nie auf diese Weise Sex gehabt, ich meine, indem ich mich so frei fühlte, und ich habe es seither auch nie wieder erlebt. Ich stieg in mein Auto, ich fühlte mich gut, als wäre mein Körper plötzlich wieder zum Leben erwacht, als hätte er sich wieder in Gang gesetzt. Als wäre es nur eine Frage der Mechanik gewesen: ein Kreislauf, ein Treibriemen war blockiert, und irgendjemand mit ein wenig Geschick hatte die Maschine wieder ans Laufen gebracht. (…)

Auch wenn Sie das wahrscheinlich ziemlich seltsam finden: Von jenem Augenblick an konnte ich wieder mit meinem Mann schlafen. Noch am selben Abend, um es gleich zu sagen. Ja, noch am selben Abend. (…)

Eine Woche danach merkte ich, dass ich schwanger war. Das ist sehr früh, aber ich habe es gespürt. (…)

Ich habe Greg nicht wiedergesehen. Wir haben nicht einmal die Telefonnummern ausgetauscht. Manchmal dachte ich an ihn, voller Dankbarkeit, wie man an jemanden denkt, der einem aus einer Klemme geholfen hat. Ich habe diese Geschichte in eine Kiste gepackt, eine schöne, aber gut verschlossene Kiste. Wissen Sie, Frauen habe es gelernt, die Erinnerungen einzuschließen, von denen man besser nicht mehr spricht, weil sie mehr Unheil anrichten als Gutes tun würden. Ja, Frauen können das. Ein, zwei Wochen später habe ich einen Schwangerschaftstest gekauft, und er war positiv. Ich habe schon gemerkt, dass Bruno ein bisschen enttäuscht war, als ich ihm sagte, ich sei schwanger, wir hatten unsere sexuellen Beziehungen ja gerade erst wiederaufgenommen, aber weder für ihn noch für mich kam von unserer Erziehung her eine Abtreibung infrage. (…)

Also beschloss ich, dass das Kind von ihm war. Ich habe es beschlossen, als hinge es nur von meinem Willen und von sonst gar nichts ab. (…)

Kimmy kam zur Welt, und alles erschien mir einfacher. Sie war so niedlich. Sie hat sehr früh sprechen gelernt, sie war so lebhaft, alle liebten sie. Ich habe mit den Videos angefangen, weil ich das gern mit anderen teilen wollte, diese wunderbaren Momente.

Ich hatte gesehen, wie manche Familien das in den Vereinigten Staaten machten, und dachte, warum sollen wir das nicht auch tun. Ich brauchte mehrere Monate, um auf hunderttausend Abonnenten zu kommen. Und dann stiegen die Zahlen schneller, und dann fing Sammy an, bei den Videos mitzuspielen, und dann, Sie wissen ja, wie es weiterging. (…)

Kurz nach Kimmys viertem Geburtstag hat Greg mich kontaktiert. Ich hatte gerade ergänzend zu unserem YouTube-Kanal mein Instagram-Konto Mélanie Dream eröffnet, und er schickte mir eine private Nachricht. Er wollte mich sehen. Mich traf fast der Schlag, Sie können sich das nicht vorstellen. Ich hatte ihn ja vergessen. *Ausradiert,* wie man so sagt. Ich verabredete mich mit ihm in Paris. Ich hatte Angst. Angst, dass er alles zerstört. Wir trafen uns in einer Bar, nicht weit entfernt von der Brasserie, in der wir uns zum ersten Mal begegnet waren. Er wartete nicht einmal ab, bis unsere Getränke serviert wurden. Er fragte mich, ob Kimmy seine Tochter ist. Er hatte schon lange darüber nachgedacht, er fand, sie sähe ihm ähnlich, und er hatte nachgerechnet. Ich sagte ihm, nein, sie wäre meinem Mann wie aus dem Gesicht geschnitten, der wäre zwar dunkelhaarig, aber als Kind wäre er auch blond gewesen. Greg holte Kinderfotos von sich aus der Brieftasche, und ich sagte »hm, ja, vielleicht« und versuchte dabei den Ton von jemand anzuschlagen, der nur die Stimmung nicht verderben will, aber es war wie ein Schlag in die Magengrube, denn Kimmy sah ihm ähnlich. Auch ihm. Sie hat nämlich sehr viel Ähnlichkeit mit Bruno, das sagen alle. Mir wurde schwindelig. Ich dachte, mein Leben würde zusammenbrechen. Alles war hin. Alles, was ich uns gerade aufbaute – unsere Familie, unser Erfolg, dieser wahr gewordene Traum, den wir seit einigen Monaten erlebten – würde in Stücke gehen. Ich dachte, Greg hätte mich kommen lassen, um mich zu erpressen. Die Zeitungen fingen an, über unsere Einkünfte zu berichten, es hatte schon ein oder zwei Fernsehreportagen über uns gegeben. Er war zwar auf der Titelseite von *Télé Star* und *Télé 7 jours* gewesen, er hatte auch seine Augenblicke des Ruhms, aber nach *Koh-Lanta* war alles wieder in sich zusammengefallen. Er sah sich als Fernsehmoderator oder Sportjournalist. Doch stattdessen blieb er Aufsichtskraft in einem privaten Collège. Als ich mich wieder gefasst hatte, fragte ich ihn, wie viel er wollte. Er hat mich sehr traurig angesehen. Er war ganz ruhig. Er wollte kein Geld. Er wollte nur die Kleine sehen, ein Mal, ein einziges Mal, um eine Vorstellung von ihr zu haben. Und danach würde ich nie wieder von ihm hören. Er wiederholte mehrmals, dass er sonst nichts wollte. Nur wissen. Er hätte ihr sowieso nichts zu bieten. Er würde allein leben und sei sehr müde. Von jemandem wie ihm könnte sie nichts lernen. Ich erinnere mich, dass er sagte: »Ich habe alles in den Sand gesetzt, was soll ich dann mit einem kleinen Mädchen anfangen?« Es hat mir wehgetan. Wir haben uns noch ein bisschen unterhalten, ich sagte ihm, ich würde darüber nachdenken und eine Begegnung arrangieren, dann bin ich nach Hause gefahren. Im Wagen dachte ich, er würde sich vielleicht umbringen, so deprimiert, wie er gewirkt hatte, und ich muss Ihnen gestehen, einen Moment lang habe ich es mir gewünscht, ja, ich wünschte mir, dass er nach Hause ging und sein komplettes Medizinschränkchen schluckte, das wäre so viel einfacher gewesen. Ich schäme mich dafür, dass ich das gedacht habe, aber ich hatte solche Angst, alles zu verlieren.

Ich habe dafür gesorgt, dass er Kimmy sehen konnte, an einem Mittwochnachmittag in einem Salon de Thé in Paris. Er hatte den Ort vorgeschlagen. Ich hatte beide Kinder mitgebracht, anders ging es nicht, das hätte verdächtig gewirkt. Ich habe ihnen gesagt, wir würden uns mit einem alten Freund, den ich noch aus der Schule kannte, treffen. Wir tranken zusammen eine heiße Schokolade, und sie waren beide sehr brav. Normalerweise zappelt

Kimmy immer herum, aber da verhielt sie sich ganz ruhig. Saß ganz aufrecht da. Man hätte sie für ein Musterkind halten können. Greg beeindruckte sie, das spürte ich genau. Und auch er war beeindruckt. Er beobachtete sie unauffällig, er war zu aufgewühlt, um ihr in die Augen zu sehen. Sie haben nur wenige Worte gewechselt. Sie hatte sich ein Millefeuille bestellt, das ist ihr Lieblingskuchen, aber sie hat es kaum angerührt.

Auf der Rückfahrt fragte mich Sammy, ob er seinem Vater sagen dürfte, dass sie Greg gesehen hätten. Verrückt, was die Kinder alles spüren. Es ist beängstigend. Ich antwortete ihm, ja, natürlich, ich hätte ihrem Vater ja schon erzählt, dass ich einen Schulfreund treffen würde, den ich aus den Augen verloren hätte. Als wir zu Hause ankamen, hat Kimmy Schmuseschmutz genommen und sich ein bisschen hingelegt. Wir haben nie wieder darüber gesprochen.

Voilà. Ich dachte, er würde wieder Kontakt zu mir aufnehmen. Er würde schließlich doch Geld von mir verlangen. Aber ich habe nie wieder von ihm gehört. Ich habe sein Facebook-Konto verfolgt. Einige Monate nach unserem Treffen sah ich, dass er nach Australien ausgewandert war. Seit zwei Jahren postet er nichts mehr. Gar nichts mehr. Manchmal gebe ich *Greg* und *Koh-Lanta* in die google-Suchzeile ein, um zu sehen, ob es etwas Neues gibt. Manchmal füge ich sogar das Wort *gestorben* hinzu. Für alle Fälle. (…)

Ich weiß, ich hätte Ihnen das früher erzählen sollen. Sie haben es mir ja mehrmals gesagt: Man muss alle Möglichkeiten in Betracht ziehen. Das kleinste Detail, die fernste Erinnerung, auch die scheinbar nebensächlichsten. Es tut mir leid. (…)

Wissen Sie, ich bin sicher, dass Kim nicht von ihm ist. Jetzt, wo sie größer wird, wird auch ihr Haar immer dunkler, das haben Sie sicher gesehen, und sie ähnelt meinem Mann immer stärker. Aber heute Morgen dachte ich, ich müsste es Ihnen trotzdem sagen. Man kann ja nie wissen, nicht wahr? Mir wäre lieber, wenn mein Mann nichts davon erfahren würde, das können Sie sich ja denken. Meinen Sie, das wäre machbar?

Name und Adresse von Grégoire Larondo waren leicht zu finden. Er hatte nur ein Jahr in Australien verbracht, dort hatte er in mehreren landwirtschaftlichen Betrieben gearbeitet und dann als Chef de Rang in einem französischen Restaurant in Melbourne. Bei Ablauf seines Visums war er nach Frankreich zurückgekehrt. Eine kurze Umfrage in der Nachbarschaft ergab, dass er wieder bei seiner Mutter lebte, in einer Dreizimmerwohnung im XIV. Arrondissement. Sein Handy wurde an der angegebenen Adresse geortet. Die im Vorfeld gesammelten Informationen zeichneten das Bild eines einsamen und wenig kommunikativen Menschen. Seit seiner Rückkehr war er arbeitslos und wurde aller Wahrscheinlichkeit nach von seiner Mutter durchgefüttert.

In wenigen Stunden hatte die Kriminalpolizei seine IP-Adresse identifizieren und seine Aktivitäten auf YouTube verfolgen können. Grégoire Larondo besuchte regelmäßig den Kanal Happy Récré und hatte im vergangenen Monat etwa fünfzehn Stunden damit verbracht, sich Videos mit Kim und Sam anzuschauen. Wenn er auch die Stories auf Mélanie Dream verfolgte, konnte er genau gewusst haben, wie der Zeitplan der Familie aussah: die angekündigte Heimkehr nach dem Einkaufen in Vélizy 2 und das um 17:15 Uhr begonnene Versteckspiel. Vom XIV. Arrondissement aus hätte er gerade genug Zeit gehabt, um mit dem Wagen seiner Mutter zu kommen, laut Kartei der Zulassungsbehörde einem alten roten Twingo.

Cédric Berger hatte eine morgendliche Hausdurchsuchung beschlossen. Die Gruppe traf sich zu einem kurzen Briefing im Bastion und legte dort auch die Ausrüstung an. Es war nicht auszuschließen, dass Kimmy Diore in der Wohnung festgehalten wurde. Clara hatte darum gebeten, mitkommen zu dürfen, sie ertrug es nicht mehr, in ihrem Büro auf und ab zu tigern.

Um fünf Uhr tranken die Mitglieder der Gruppe Berger hastig einen Kaffee und zogen dann alle eine kugelsichere Weste an. Clara liebte diese Momente der Vorbereitung: die unterdrückte Hektik, das Klappern der Dienstwaffen beim Umschnallen, das Geräusch, wenn die Metallspinde ungeduldig geschlossen wurden.

Sie waren zu fünft und nahmen in der Tiefgarage zwei Dienstwagen: Im ersten saßen Cédric und Sylvain, im zweiten Clara, Maxime und Tristan. Zu dieser Zeit waren die Straßen noch menschenleer.

Während sie schweigend zu dem Mann fuhren, der binnen Stunden zum Hauptverdächtigen geworden war, dachte Clara an Mélanie Claux. Oder vielmehr daran, wie sich diese Frau ausdrückte: klar, flüssig und dennoch manchmal linkisch. Eine seltsame Mischung aus privatesten Geständnissen und leeren, stereotypen Sätzen. Mélanie sagte Dinge wie »Wir sind eine sehr harmonische Familie«, »Ich wollte es nicht riskieren, alles, was wir uns aufgebaut haben, zu zerstören« oder auch »Ich bin eine echte Glucke«. Ausdrücke, die sie in einer Art bewusstem oder unbewusstem Papageien-Reflex wiederholte. Woher kamen diese Wörter? Aus dem Internet? Aus einer Fernsehserie? Clara hatte ihr zugehört, ohne sie zu unterbrechen. Sie hatte sie ihre Geschichte in Ruhe erzählen lassen. So hatte sie es gelernt. Erst einmal sprechen lassen. Nötigenfalls konnte sie auf jeden dieser Sätze zurückkommen. Manchmal saß ihr ein Verdächtiger gegenüber, und sie wusste, dass er log. Sie konnte die Körpersprache lesen. Aber gegenüber Mélanie Claux hatte sie etwas anderes empfunden. Diese Frau war gekommen, um ihr ein Geheimnis zu verraten, und bis dahin hatte sie es riskiert, dieses Geheimnis für sich zu behalten. Clara fühlte Mitleid mit ihr. Mélanie Claux rührte sie in ihrer Verzweiflung und in ihrer Angst, doch zugleich fand sie etwas an ihr – eine Art von Leugnen oder Verblendung – unerträglich. Mélanie Claux schwenkte ihre Mutterschaft wie eine Fahne. Eine perfekte, untadelige Mutter zu sein, das war jetzt ihre wesentliche Identität. Ihre beste Rolle. Es gab nicht viele Gemeinsamkeiten zwischen ihren beiden Leben. Clara hatte immer allein gelebt, sie wusste nichts vom Verschleiß einer Paarbeziehung oder den Veränderungen durch die Mutterschaft. Aber es war nicht nur ein Unterschied der Perspektiven. Schon die Sprache dieser Frau war ihr fremd.

Kurz vor sechs Uhr kamen Cédric und Sylvain in der Rue Mouton-Duvernet an. Sie fanden einen Parkplatz in der Nähe des Hauses, während die anderen drei in einer Nebenstraße parkten. Dank dem Zutrittssystem *Vigik* konnten sie das Gebäude betreten und stiegen dann gemeinsam schweigend die Treppe hoch. Punkt sechs Uhr klingelten sie an der Tür.

Nach einigen Minuten hörten sie schleppende Schritte näherkommen und dann die Stimme einer Frau, die fragte, wer da sei. Cédric Berger stellte sich vor und hielt seinen Dienstausweis vor den Spion. Die Tür wurde von einer etwa sechzig Jahre alten kleinen Frau geöffnet. Sichtlich erstaunt ließ sie die Beamten eintreten. Cédric blieb bei ihr stehen, während sich die anderen bereits schweigend in der Wohnung zu verteilen begannen.

»Guten Morgen, Madame, ist Ihr Sohn hier?«

»Ja … Er schläft in seinem Zimmer.«

»Ist er allein?«

»Ja …«

»Also dann werden wir ihn, wenn es Ihnen recht ist, wecken.«

Cédric Berger war bekannt für seine Höflichkeit, die er auch in den kritischsten Augenblicken wahrte und manchmal bis ins

Absurde steigerte. Die Frau wies mit einer Handbewegung auf den Flur. Die erste Tür stand offen und ließ ein leeres Schlafzimmer sehen, die zweite war geschlossen. Cédric gab seinen Leuten ein Zeichen, sie ohne vorheriges Klopfen zu öffnen.

Grégoire Larondo fuhr in seinem Bett hoch. Noch völlig benommen und nur mit einer Unterhose bekleidet, bat er darum, sich anziehen zu dürfen. Die ungeschickten Bewegungen verrieten, wie verblüfft er war. Trotzdem gelang es ihm, rasch in Jeans und ein T-Shirt zu schlüpfen, dann ging er zu seiner Mutter ins Wohnzimmer und setzte sich neben sie. Als sie ihn so auf dem Sofa kauern sah, dachte Clara sofort an Sammys Zeichnung. Kein Zweifel. Dieser große Jugendliche mit den langen Haaren, dieser blinde Passagier, den der Junge auf seinem Bild unter den Tisch gesetzt hatte, wie man etwas unter den Teppich kehrt, das war er.

Mutter und Sohn wurden über die Hausdurchsuchung unterrichtet, die sofort begann. Beide äußerten nicht den geringsten Protest.

Drei Stunden später mussten sich Berger und seine Leute damit abfinden, dass die Durchsuchung nichts ergeben hatte – keine Spur von Kimmy Diore und auch keinen Gegenstand, der darauf hindeutete, dass sie sich je in dieser Wohnung aufgehalten hatte. Außerdem war Grégoire Larondos Mutter zwar noch nicht dazu gekommen, es im Fahrzeugschein eintragen lassen, aber sie hatte ihren Twingo schon seit etwa einem Jahr ihrer Tochter überlassen. Dadurch war es ihr möglich, den Stellplatz in der Tiefgarage zu vermieten.

Als sie kurz vor Mittag mit den Ermittlern mitkommen sollten, um im Bastion vernommen zu werden, erhoben weder Mutter noch Sohn Einwände. Einige Gegenstände, darunter auch Gregs Computer und Handy, wurden beschlagnahmt.

In der Nähe der Porte de Clichy blieben sie trotz eingeschalteter Sirene eine gute halbe Stunde in einem unentwirrbaren Knäuel von Pkws und Lkws stecken. Die Arbeiten an der Kreuzung nahmen einfach kein Ende.

Als Clara wieder in ihrem Büro war, fühlte sie sich erschöpft. Sie brauchte Koffein. Und vor allem, das musste sie sich eingestehen, war sie enttäuscht. Das Szenario des biologischen Vaters, der seine Tochter auf YouTube wiederfinden möchte, war zwar ein bisschen romanhaft, aber sie hatte daran geglaubt. Ob Greg Larondo nun der Erzeuger der Kleinen war oder nicht, die Spur war eindeutig dabei, sich aufzulösen. In wenigen Stunden würden sie wieder im Nebel stochern.

Es blieb ihr nichts anderes übrig, als sich wieder an die Arbeit zu machen.

Auf der Suche nach einem möglicherweise übersehenen Indiz wieder und wieder dieselben Dokumente lesen und ordnen, die Fotos, die Proben ansehen, die Alibis abgleichen, das Offensichtliche und die toten Winkel, das war ihr Beruf. Manchmal tauchte aus der *procédure*, diesem Papierhaufen, den man wie unter einem unabwendbaren Vermehrungszwang mit bloßem Auge wachsen sehen konnte, ein Motiv oder ein winziges Detail auf, das plötzlich Licht auf das Ganze warf. Oder es eröffnete sich in einer Nacht, in der man sich erschöpft noch einmal alles vornahm, bei einem Wort oder einer Gedankenverbindung ein Weg.

Doch hier sah sie keinen Weg. Alle denkbaren Auswege schienen sich im Gegenteil wieder verschlossen zu haben.

KRIMINALPOLIZEI – 2019
ENTFÜHRUNG UND GEFANGENHALTUNG DES KINDES KIMMY DIORE

Betr.:
Protokoll der Vernehmung von Fabrice Perrot,
am 16. November 2019 durchgeführt von Sylvain S.,
Chefbrigadier bei der Kriminalpolizei von Paris

Monsieur Perrot ist darauf hingewiesen worden, dass er als Zeuge vernommen wird und das Gespräch jederzeit abbrechen kann.

Zur Person:
Ich heiße Fabrice Perrot.
Ich bin am 15.03.1972 in Pantin geboren.
Ich wohne in der Rue de la Cheminerie 15 in Bobigny (93).
Ich bin geschieden.
Ich habe das Sorgerecht für meine beiden Töchter Mélys (7) und Fantasia (13).
Ich betreibe den Kanal Minibus Team.

Zur Sache (Auszüge):
Natürlich weiß ich es, es ist ja von nichts anderem mehr die Rede. Meine Töchter fürchten sich inzwischen, wenn sie auf der Straße unterwegs sind. Vor allem die Kleine hat schreckliche Angst, gekidnappt zu werden. Aber ich denke eher, kein Rauch ohne Feuer. (…)

Ich finde, es ist traurig für die Kleine, was der Familie passiert. Sehr traurig. Wissen Sie, Mélanie Claux hat sich viele Feinde gemacht. Sie haben sicher gehört, dass wir beide, sie und ich, einige eher heftige Auseinandersetzungen hatten, ich nehme an, deshalb bin ich hier, aber glauben Sie mir, es gibt viele Leute, die glauben, dass sie zu weit geht. Und dann erlaubt sie sich auch noch, anderen Lektionen erteilen zu wollen. Sie behauptet, sie hätte sich von den amerikanischen Kanälen inspirieren lassen. Aber in Wahrheit hat sie sich von Anfang an bei mir bedient. Ich will ja nicht angeben, aber in Frankreich war ich der Erste. Das können Sie nachprüfen. Mélanie Claux hat nichts selbst erfunden. Alle Challenges, alle Spiele und Ideen, wissen Sie, wo sie die findet? Bei Minibus Team! Na klar gucke ich, wie sie es in den USA machen, aber ich passe es an, ich verbessere es und erfinde Neues! Die, die pickt sich nur hier und da etwas heraus, vor allem bei mir, und macht es nach. Man braucht sich bloß die Daten anzusehen. Ich poste ein neues Video mit meinen Töchtern, *Papa sagt 24 Stunden lang Ja zu allem,* es kommt gut an, und eine Woche später postet sie *Maman sagt 24 Stunden lang Ja zu allem*. Sehen Sie sich die YouTube-Verläufe an, die Daten sprechen für sich … Ich habe damals bei Null angefangen. Anfangs habe ich die Produkte sogar selbst gekauft, die Kinderschokolade, die Legosteine und Barbie-Puppen. Ich habe investiert. Danach haben mich die Firmen kontaktiert. Mélanie Claux, die hat anfangs geheuchelt, so in der Art »Ich filme meine kleine Tochter, wie sie ein Liedchen singt, ich habe überhaupt nichts Geschäftliches im Sinn«, aber es ist ziemlich schnell klar geworden, was sie wollte.

Frage: Aha, aber es gibt ja nicht nur Sie beide, es gibt doch auch noch andere Familien-Kanäle?

Antwort: O ja, inzwischen gibt es viele. Aber mit über einer Million Abonnenten gibt es nur drei: Happy Récré, La Bande des doudous und uns. Die anderen, Le Club du jouet, Rigolo Toy und so, die sind später gekommen. Aber immerhin, einige machen ihre Sache nicht schlecht, indem sie sich in Nischen positionieren. Felicity zum Beispiel, kennen Sie die? Die Mutter der Kleinen war mal eine Miss Côte d'Azur. In ihrer Nische, sehr *girly*, funktioniert es. Im Grunde kennen wir uns alle mehr oder weniger gut. Es gibt Clans … Die Mädels und ich, wir verstehen uns gut mit Liam und Tiago von der Bande des doudous. Sie wohnen in der Normandie. Wir haben für unsere Abonnenten sogar schon gemeinsame Videos gemacht. Wir halten zusammen. Mélanie Claux hat immer ihr eigenes Spiel gespielt. Von Anfang an. Die anderen sind ihr egal, sie hat keine Moral, sie will nur Geld verdienen. Haben Sie den Kasten gesehen, den sie sich bauen lassen? Ach! Sie hat Ihnen nicht davon erzählt? Und das ganze Merchandising, die Kalender und Hefte, Sie werden schon sehen, bald bringt sie ihre eigene Marke für Kinderkleidung und für Mutti-Kosmetik auf den Markt. Da gehe ich jede Wette ein.

(…)

Frage: Sind Sie Mélanie Claux und ihren Kindern schon begegnet?

Antwort: O ja, wir haben sie schon mehrmals gesehen. Bei den meet-ups im Aquapark oder Europa-Park, ich weiß nicht mehr so genau. Es waren mehrere Familien-Kanäle eingeladen. Außerdem haben wir uns auf der Paris Game Week getroffen, ich weiß nicht mehr, ob im letzten oder im vorletzten Jahr. Und da hat es dann geknallt. Sie sagt nie Guten Tag, diese Frau. Sie tut so, als würde sie uns nicht kennen … Ich gehöre nicht zu denen, die kneifen, also bin ich zu ihr hin und habe ihr gesagt, ich hätte die Nase voll von ihren Unterstellungen. Es gab Zeugen, und danach ziemliches Aufsehen im Internet. Denn sie hat in vielen Interviews gesagt, *sie* würde sich ja an die Regeln halten. Und jedes Mal konnte sie der Versuchung nicht widerstehen und hat hinzugefügt, das wäre nicht bei allen der Fall. Und dabei hat sie mich im Visier. Aber haben Sie gesehen, wie viele Videos die in der Woche dreht? Und der Stil der Kurzfilmchen, die sie jetzt postet? Also ich kann Ihnen sagen, dazu braucht man irre viel Zeit: Man muss proben, immer wieder von vorn anfangen … Es gibt eine Kulisse, eine Inszenierung – deren Kiddies arbeiten genauso viel wie alle anderen auch. Na und? Warum sollte man es nicht zugeben? Also meine Töchter lieben es. *Sie* sind diejenigen, die weitermachen wollen. Sonst würden sie sich langweilen. Aber es macht mich verrückt, wenn diese Mélanie Claux so weit geht und andeutet, ich würde mehr drehen als sie, ich würde die Ruhezeiten für meine Töchter nicht einhalten und ihre ganze Knete ausgeben …

Frage: Hat sie das gesagt?

Antwort: Sie nennt nie unseren Namen. Dafür ist sie zu raffiniert. Haben Sie das Video mit Sammy gesehen, wo er seine Mutter verteidigt und erklärt, er würde nicht ausgebeutet? Als wäre er eine Geisel! Armer Kleiner … Ich kann Ihnen gar nicht sagen, was er sich damit an Beleidigungen in den sozialen Netzen eingehandelt hat: *Muttersöhnchen, kleine Schwuchtel, kleiner Streber* – die schlimmsten erspare ich Ihnen.

Frage: Inzwischen hat Sie der Kanal Happy Récré weit überflügelt. Wie erklären Sie sich das?

Antwort: Ich habe es Ihnen doch gerade gesagt, sie klaut bei allen Ideen. Ehrlich, ich beneide sie nicht. Stimmt, es war ein harter Schlag für meine Töchter, als Kim und Sam uns überholt haben. Bis dahin waren sie die Königinnen. Sie waren so stolz darauf, die Ersten zu sein. Ist ja normal. Also sind sie ziemlich ausgeflippt. Vor allem Mélys, die Jüngere, ich dachte schon, sie würde depressiv. Sie verstand nicht, warum die Leute Kim und Sam lieber hatten. Es kam ihr so vor, als würden sie und ihre Schwester nicht mehr geliebt. Ich habe es ihnen erklärt. Wichtig ist nicht, an erster Stelle zu stehen. Wichtig sind all die Kinder, die uns immer noch sehen und sich auf uns verlassen. Denn man weiß nie, was kommt, oder? Stimmt, Mélanie Claux hat uns abgehängt, das kann ich nicht bestreiten. Aber im Augenblick stecke ich lieber in meiner Haut als in ihrer.

Es war bei den Gruppenleitern der Crime üblich, dass sie ihr Büro mit ihrem Stellvertreter teilten. Cédric Berger hatte seins jedoch lange für sich allein behalten. Seine Laune wechselte häufig, und es war bekannt, dass auf lang andauernde Zeiten der Schweigsamkeit plötzliche Zornesausbrüche folgen konnten, er wurde also nicht gerade von Interessenten überrannt. Als Clara in sein Team kam, hatte er ihr zur Überraschung aller den freien Schreibtisch in seinem Büro angeboten. Er wollte sie im Auge behalten. Sie hatte ohne jedes Zögern eingewilligt. Sie war an heikle Bürogemeinschaften gewöhnt und hätte dank ihrem enormen Konzentrationsvermögen auch mitten in einem Hard-Rock-Konzert arbeiten können. Allgemein wurde eine Verweildauer von zwei Wochen prognostiziert, doch wider jedes Erwarten teilte sie nun schon seit Jahren und ohne Zwischenfälle sein relativ enges Büro. Sie war sogar so weit gegangen, einige Monate zuvor, nach Rücksprache mit ihm, ein Einzelbüro abzulehnen.

Clara saß vor dem Computer und hatte die beiden Vernehmungsprotokolle, die sie morgens in ihrem Korb gefunden hatte, fast zu Ende gelesen, als sie einen Anruf aus dem Labor bekam. Sie hörte ihrem Gesprächspartner etwa vierzig Sekunden lang zu und legte auf. Dann gab sie die Information an Cédric weiter: Der Fingernagel, den Mélanie Claux zugeschickt bekommen hatte, wies keinerlei DNA-Spuren auf. Wenn es Blut gegeben hatte, war es sorgfältig beseitigt worden.

Cédric überlegte einen Augenblick.

»Clara, ich verstehe einfach nicht, dass sich dieser Typ noch immer nicht gemeldet hat, seit das Video ins Netz gestellt worden ist. Er weiß doch, dass wir auf seine Anweisungen warten. Entweder hat er uns verarscht, oder er überlegt noch, wie er auf die sicherste Weise an das Geld kommt, das er am Ende fordern wird. Das Foto der Kleinen ist an alle Kommissariate verteilt worden, die Telefonleitungen beider Elternteile werden abgehört, und drei Teams von uns sind ständig im X. Arrondissement unterwegs.«

Clara versuchte es mit einem kleinen Ablenkungsmanöver.

»Hast du schon was von der Internetgruppe gehört?«

»Nichts Weltbewegendes. Auf YouTube sind seit 2019 alle Kommentare unter Videos mit Kindern deaktiviert, wegen der andeutungsweise oder offen pädophilen Inhalte, die immer wieder dabei waren. Einige Anzeigenkunden drohten damit, ihre Werbebudgets zurückzuziehen. Was Instagram angeht, so sagt Mélanie Claux, dass sie jeden Tag einige Zeit damit zubringt, negative oder sogar aggressive Kommentare zu löschen. Na ja, und die IP-Adressen, die Kinder sehen sich die Videos ja in Endlosschleife an, da ist es nicht so leicht, einen verdächtigen Nutzer rauszufischen. Aber wie dem auch sei, sie haben sie mit unseren Karteien abgleichen können und vier Typen gefunden, die bereits wegen des Herunterladens von kinderpornografischen Bildern aufgefallen oder sogar vernommen worden sind und sich die Videos von Happy Récré regelmäßig anschauen, besonders die Sommervideos, in denen die Kinder nur leicht oder mit Badesachen bekleidet sind. Zwei von ihnen waren zur Tatzeit im Großraum Paris. Man hat ihre Alibis und auch die Spuren überprüft, die ihre Smartphones am Tag der Entführung hinterlassen haben. Auf den ersten Blick haben die beiden nichts damit zu tun. Überhaupt, seit dem Beginn dieser Ermittlung scheint keine Hypothese länger als drei Stunden standzuhalten.«

»Und Grégoire Larondo?«

»Larondo und seine Mutter waren am Abend der Entführung tatsächlich zu Hause. Sie hat eine halbe Stunde lang von ihrem Festnetztelefon aus telefoniert, und er ist gegen halb sieben von seinem täglichen Spaziergang zurückgekommen: Es ist immer dieselbe Runde durch die Avenue du Général-Leclerc, die Avenue René-Coty und die Rue Bezout. Die Nachbarn haben ihn losgehen und heimkommen sehen. Ich warte noch auf die Ergebnisse der Videoüberwachung, aber die Chancen stehen gut, dass er nicht vom Ritual abgewichen ist. Er ist deprimiert, und sein Alltag ist wie mit dem Lineal vorgezeichnet. Außerdem wüsste ich nicht, was er mit der Kleinen angefangen haben sollte, da wir ja in seiner Wohnung nichts gefunden haben und nichts darauf hinweist, dass er einen Komplizen hatte. So was nennt man ›Zurück auf Los‹.«

»Der Entführer wird sich bestimmt wieder melden.«

»Er greift die psychische Widerstandskraft der Eltern an, er testet uns aus, und dann wird er uns die Rechnung präsentieren.«

»Glaubst du, er wird Geld verlangen?«

»Ich hoffe es, Clara. Denn sonst ist er wirklich pervers, und das wäre gar keine gute Nachricht. Und du, wie weit bist du?«

»Ich bin im Zeitplan. Ich habe die Infos, die du von mir wolltest, an die Richterin in der Sache Clerc geschickt, ich habe meinen Zwischenbericht in der Sache Rocher fertig … Und die letzten Vernehmungsprotokolle in der Sache Diore gelesen.«

Sie zögerte, bevor sie weitersprach, doch auch Cédric begann sie allmählich gut zu kennen.

»Was willst du?«

Sie lächelte ihm zu, bevor sie sich einen Ruck gab.

»Ich möchte alle Stories sehen. Alle Stories, die Mélanie Claux in den letzten Monaten auf ihrem Instagram-Konto veröffentlicht hat und die noch im Archiv sind. Ich möchte sie auf meinem Computer haben, um sie in aller Ruhe eine nach der anderen anzuschauen.«

»Entspricht nicht ganz den Regeln …«

»Man bräuchte nur ein kleines Programm und ein paar Daten zu kopieren. Wir haben Dienststellen, die das sehr gut können.«

Sie hielt zwei, drei Sekunden inne, bevor sie hinzufügte: »Ich will es verstehen.«

Mélanie Claux begann jede Story mit einer kleinen Ansprache vor der Kamera. Sie hatte sich kürzlich wieder eine neue Frisur zugelegt (einen stärker gestuften Schnitt, der ihre Locken zur Geltung brachte) und ihren Kleidungsstil verfeinert (je mehr Outfits sie sich dank ihrer finanziellen Mittel und ihrer Sponsoren zulegen konnte, desto deutlicher schien sich ihre Vorliebe für Blumenmuster durchzusetzen).

Im Laufe der Zeit war aus Mélanie Claux Mélanie Dream geworden. Ihr Image war zugleich glamourös, feenhaft und hausfraulich, wobei sie die jeweiligen Codes geschickt mischte.

Doch Mélanie blieb vor allem Kims und Sams Mutter. Eine feenhafte Maman, die für das Glück ihrer Kinder sorgte. Von morgens bis abends beschrieb sie in einem ständigen Hin und Her zwischen sich selbst und ihren Kindern – sodass diese nicht mehr von ihr zu trennen waren und umgekehrt – ihren Tagesablauf und erzeugte so eine Art Familien-Reality-TV unter eigener Regie und mit mehr oder minder gut verborgenen Sponsoren. Es ging vor allem darum, jedem Abonnenten das Gefühl zu vermitteln, er gehöre zur Sippe.

Clara hatte sich zuerst die ältesten Stories (im Archiv konnte sie bis ins Jahr 2016 zurückgehen) angeschaut, dann hatte sie die bis zum vergangenen Winter übersprungen und die von da an produzierten Stories in chronologischer Reihenfolge vom Programm abspielen lassen.

Tag folgte auf Tag, und zum Anfang und Ende wurden die immer gleichen Worte wiederholt: »Guten Morgen, meine Lieben, ich hoffe, es geht euch allen sehr gut / Nun, meine Lieben, ich wünsche euch eine sehr gute Nacht und sende euch lauter Sternenküsschen!«

Nach und nach hatte sich Clara in den Bann ziehen lassen. Von vertraulicher Mitteilung zu vertraulicher Mitteilung hatte Mélanie Claux' überaus modulationsfähige Stimme bei ihr eine Art Verzauberung ausgelöst, deren sie sich in einer Mischung aus Faszination und Widerwillen bewusst war. Dass von diesen Bildern Suchtgefahr ausging, war nicht zu leugnen.

Nach einer Stunde drückte sie auf die Pause-Taste. Sie brauchte erst einmal ein bisschen Abstand.

In den vergangenen Monaten hatte Mélanie den Rhythmus beschleunigt. Der Alltag wurde schon beim Aufwachen eingefangen, und es gab immer mehr Anlässe für Mitteilungen. Die geringste Aktivität, das kleinste Ereignis, die belangloseste Autofahrt wurde zum Gegenstand einer Story.

Kim und Sam wurden von ihrer Mutter im Bett, im Schlafzimmer, in der Küche, im Wohnzimmer, beim Nachhausekommen von der Schule, über den Hausaufgaben oder dem Tablet hockend, auf der Straße, in Supermärkten, im Wagen, im Wald und im Schwimmbad gefilmt. Ohne Vorwarnung tauchte sie mit dem Handy in der Hand auf und kommentierte die Bilder.

Kein Augenblick, kein Ort (außer der Toilette und der Dusche) entging dem Auge der Kamera. Schulhefte, Zeugnisse, gemalte Bilder, ungemachte Betten, alles wurde gefilmt. Und was Mélanie nicht zeigen konnte, schilderte sie. Wie eine Sonderberichterstatterin im eigenen Haus gab sie über alles Rechenschaft. Wenn sie zufällig müde oder ein wenig krank gewesen war oder sich aus irgendeinem anderen Grund mehrere Stunden lang nicht gezeigt hatte, entschuldigte sie sich bei ihren Abonnenten dafür.

Wie bei den YouTube-Videos konnte man sich damit begnügen, diese Bilder von ferne zu betrachten (dann wirkten sie vermutlich harmlos), oder aber beschließen, sie sich genau anzusehen.

Das Unbehagen erwuchs eindeutig aus der Wiederholung.

Aus dieser Bilderfolge ging eines ganz klar hervor. In den letzten Wochen hatte sich Kimmys Haltung verändert. Manchmal war es nur ein Detail: ein Gesichtsausdruck des Kindes, ein Zurückweichen, der Ansatz zu einer Bewegung, um der Kamera auszuweichen. Doch in anderen Augenblicken war nicht zu übersehen, dass es dem kleinen Mädchen nicht gut ging. Mehrmals hätte Clara sie am liebsten in die Arme genommen. Sie aus dem Bild gezogen. Sie da rausgeholt.

Immer häufiger schützte sich Kimmy mit ihrer Kapuze oder wandte der Kamera den Rücken zu, während Sammy seinen Mann zu stehen versuchte – reflexartiges Lächeln, zustimmend in die Höhe gereckter Daumen. Kimmy aber schien verschwinden zu wollen.

Angesichts dieser Bilder hätte Clara am liebsten gesagt: Aufhören! Und alles ausgestellt.

Sie ließ das Programm weiterlaufen, und Mélanies Stimme erfüllte wieder den Raum. Clara beobachtete das Mädchen auf dem Bildschirm, sie ließ es nicht aus den Augen.

In einer Story vom Ende des Sommers, die bei Optic Future aufgenommen worden war, ließ Mélanie ihre Abonnenten darüber abstimmen, welche Brille Sammy kaufen sollte. Sie fragte auch Kimmy nach ihrer Meinung, doch die Kleine, die sichtlich erschöpft auf einem Stuhl saß, antwortete nicht mehr.

Sofort nach Verlassen des Geschäfts teilte Mélanie das Ergebnis der Abstimmung mit: Dank des guten Rats ihrer *Lieben* hatte das Jacadi-Modell den Sieg davongetragen!

Sammy lächelte in die Kamera, während Kimmy im Hintergrund stand und ins Leere starrte. Nach einigen Sekunden begriff sie, dass sie von der Kamera erfasst wurde, und versteckte mit einer Erschöpfung und Überdruss verratenden Bewegung ihr Gesicht hinter ihrem Schmuseschmutz.

An jenem Tag schien Kimmy ihren Rücktritt erklärt zu haben, ihre Unfähigkeit, das Spiel mitzuspielen, zu lächeln und so zu tun als ob.

In einer anderen Story von einem Mittwoch im September wurden Bruder und Schwester von ihrer Mutter dabei gefilmt, wie sie Autogramme auf den Artikeln der von Happy Récré lancierten neuen Schreibwarenserie gaben.

Sie saßen nebeneinander im Empfangsbereich der Filiale einer großen Handelskette und blickten auf eine Horde von Kindern und jungen Heranwachsenden, die in Begleitung ihrer Eltern aus der ganzen Region zu diesem Event zusammengekommen waren. Mélanie kommentierte die Szene voller Begeisterung über den Zustrom des Publikums und die lange Warteschlange. Kimmy hatte einen Ellbogen aufgestützt und schien am Ende ihrer Kräfte zu sein.

Nachdem sie einen Kalender oder ein Notizheft mit Signatur ergattert hatten, verlangten die meisten Kinder ein Wangenküsschen oder ein Selfie.

Nach jedem Küsschen wischte sich Kimmy mit dem Ärmel über die Wange und versuchte dabei ihren Ekel zu verbergen. Eine Geste von unendlicher Traurigkeit.

An einem anderen Tag in einem Hotelzimmer – die ganze Familie war anscheinend zu einem Wochenende im Fantasia Park eingeladen – war Kimmy plötzlich im Badezimmer eingeschlossen. Die Verriegelung der Tür schien zu klemmen. Ein Techniker vom Wartungsdienst hatte eingreifen müssen, und Kimmys Rettung war in mehreren Stories festgehalten worden. Am Ende ließ sich keine schlüssige Erklärung für das Missgeschick finden. Nachdem die Kleine wieder in Freiheit war, fragte der Techniker sie, in welche Richtung sie die Verriegelung zu öffnen versucht hatte. Kimmy wusste keine Antwort. »Sie ist müde«, sagte ihre Mutter abschließend.

Nur wenige Tage vor Kimmys Verschwinden hatte Mélanie eine furchtbare Szene ins Archiv gestellt. Mélanie suchte ihre Tochter in der ganzen Wohnung und fand sie schließlich ganz allein mitten im Aufnahmestudio.

Kimmy saß auf einem Stuhl vor der Kamera.

Wie so oft war Mélanie mit dem Handy in der Hand auf sie zugegangen und hatte sie gefilmt.

»Was machst du denn da, *chérie*, du weißt doch, dass das Studio für Kinder verboten ist, wenn die Eltern nicht dabei sind.«

Kimmy antwortete nicht.

»Wolltest du dich filmen?«

Kimmy nickte schließlich.

»Was wolltest du denn hier so ganz allein filmen?«

Das Mädchen schluchzte auf, bevor es antwortete: »Ich wollte den happy fans Adieu sagen.«

»Adieu?«

»Ja, für immer Adieu.«

Kimmy sah nicht ins Objektiv, sie sah ihre Mutter an.

Mit zitterndem Kinn und Tränen in den Augen wartete sie auf eine Antwort.

Da richtete Mélanie die Kamera auf sich selbst und wandte sich an die Follower: »Da seht ihr es, wir sind knapp davongekommen! Kimmy wollte einfach von der Bühne abtreten.«

Dann fügte sie nach einem verschwörerischen Zwinkern in die Kamera und immer noch, ohne ihre Tochter anzusehen, hinzu: »Aber du bist noch viel zu jung, um Adieu zu sagen, *chérie*, denk doch an all die happy fans, die dich liebhaben und dann so traurig wären!«

Furchtbare Melancholie überfiel Clara. Sie konnte kaum noch atmen und stellte wieder auf Pause. Mélanies Gesicht, durch einen dieser Instagram-Filter – verlängerte Wimpern, Pfirsichhaut und dunkelblaue Iris – zum Puppengesicht mutiert, erstarrte in einem Fernsehmoderatorinnenlächeln.

Clara rollte auf ihrem Schreibtischstuhl zurück, um Abstand von dem Bild zu gewinnen.

»Wer ist diese Frau?«, fragte sie plötzlich laut.

Das Bedürfnis nach Anerkennung, das aus diesen Bildern sprach, war nicht zu übersehen. Mélanie Claux wollte, dass man sie anschaute, ihr folgte, sie liebte. Ihre Familie war ein Werk, eine Leistung, und ihre Kinder eine Verlängerung ihrer selbst. Die Flut von Emoticons, die sich bei jedem geposteten Bild über sie ergoss, die Komplimente über ihre Kleidung, ihre Frisur, ihr Make-up kompensierten sicher eine Schwäche oder eine Sorge. Inzwischen jedoch waren die Likes, die Herzchen, der virtuelle Applaus zu ihrem Motor, zu ihrem Lebenszweck geworden: so etwas wie die Rendite einer emotionalen und effektiven Investition, auf die sie nicht verzichten konnte.

Clara zog die Schreibtischschublade auf, in der Hoffnung auf einen möglicherweise darin vergessenen Müsli-Riegel oder eine Kekspackung. Sie starb vor Hunger, konnte sich aber nicht dazu überwinden, nach Hause zu gehen. Sie wühlte unter den Stiften und Papieren, fand jedoch nur einen alten Kaugummi. Dann rollte sie ihren Stuhl wieder näher an den Schreibtisch und studierte noch einmal das erstarrte Gesicht.

Oder aber Mélanie Claux war eine überaus geschickte Geschäftsfrau. Sie hatte verstanden, wie der Algorithmus funktionierte, wie sich die Medien ergänzten und welch effizientes Schaufenster die sozialen Netzwerke boten. Sie hatte sich nicht nur in eine Fee verwandelt, sondern auch in eine Unternehmensleiterin. Sie organisierte den Zeitplan, die Drehs, den Schnitt und die Kommunikation und plante mehr als ein halbes Jahr im Voraus die Familienreisen. Nichts blieb dem Zufall überlassen. Kimmy und Sammy mussten jeden Tag sichtbar sein. An den Wochenenden und in den Schulferien konnten die Einladungen in Hotels, Fast-food-Restaurants und Freizeitparks angenommen werden. All diese Momente würden wieder Thema neuer Videos sein. Und an diejenigen, die sie anschauten, musste Liebe verteilt werden. Man musste ihnen haufenweise dicke Küsse und Sternenküsschen schicken und ihnen das Gefühl geben, alles werde geteilt. *Teilen* war eine Investition. Geheimnisse, Marken und Anekdoten teilen – das war das Erfolgsrezept. Seit sich Mélanie in die sozialen Netzwerke gestürzt hatte, war die Zahl der Aufrufe unaufhaltsam gestiegen.

Clara seufzte und begann ihre Sachen zusammenzusuchen.

Und wenn sie sich auf dem Holzweg befand? Sie fragte sich, wer Mélanie Claux war, doch diese Frage hatte keinen Sinn. Mélanie Claux war keine Ausnahme. Mélanie Claux war wie die anderen. Sie war wie Fabrice Perrot, wie die Eltern der Bande des doudous, wie Felicitys Mutter, sie war wie Dutzende von Eltern, die unter dem Namen ihrer Kinder Kanäle eingerichtet hatten und für die sich die Frage der Exposition oder der Überexposition nicht stellte. Und sie waren nicht die Einzigen.

Man brauchte diese Plattformen des Teilens nur anzusehen, um zu begreifen, dass sich der Begriff der Privatsphäre ganz allgemein von Grund auf verändert hatte. Die Grenzen zwischen Innen- und Außenwelt waren längst verschwunden. Diese Inszenierung der eigenen Person, der Familie, des Alltags, das Streben nach Likes, all das hatte Mélanie ja nicht erfunden. Es war inzwischen eine Lebensweise, eine Form des Auf-der-Welt-Seins. Ein Drittel der Kinder, die geboren wurden, hatten bereits eine digitale Existenz. In England hatten Eltern die Beerdigung ihres wenige Tage zuvor verstorbenen Sohnes mit ihren Abonnenten geteilt. In den Vereinigten Staaten hatte ein junges Mädchen versehentlich ihren Freund getötet, als sie ein Sensationsvideo drehte, das viral gehen sollte. In allen Weltgegenden teilten Hunderte Familien ihren Alltag mit Millionen Followern.

Eine dritte Hypothese ging Clara kurz durch den Kopf: Diese Frau war weder Opfer noch Henker, sie gehörte zu ihrer Epoche. Einer Epoche, in der es normal war, dass man gefilmt wurde, noch bevor man zur Welt kam. Wie viele Ultraschallbilder wurden jede Woche auf Instagram oder Facebook veröffentlicht? Wie viele Kinder- und Familienfotos, wie viele Selfies? Und wenn das Privatleben nur noch ein überholtes, abgelaufenes Konzept war oder, schlimmer noch, eine Illusion? Wenn jemand das wusste, dann Clara.

Man brauchte sich gar nicht zu zeigen, um gesehen, verfolgt, identifiziert, gelistet und archiviert zu werden. Die Videoüberwachung, die Zurückverfolgbarkeit von Gesprächen, Ortswechseln, Zahlungen, diese Vielzahl an digitalen Fingerabdrücken überall hatten den Bezug zum Bild, zum Privaten verändert. Wozu sich verstecken, wo wir doch ohnehin so sichtbar sind, schienen sich all diese Leute zu sagen, und vielleicht hatten sie ja recht.

Inzwischen konnte jeder Mensch ein YouTube- oder Instagram-Konto erstellen und versuchen, ein Publikum und Zuhörer zu gewinnen. Jeder konnte sich inszenieren und immer mehr Contents posten, um Abonnenten, virtuelle Freunde und zufällig vorbeisurfende Voyeure zufriedenzustellen.

Inzwischen konnte sich jeder vorstellen, sein Leben verdiene das Interesse der anderen, und den Beweis dafür ernten. Jeder konnte sich als Persönlichkeit, als *celebrity*, betrachten und entsprechend verhalten.

Im Grunde hatten YouTube und Instagram den Traum eines jeden Jugendlichen wahr werden lassen: geliebt zu werden, Fans und Menschen zu haben, die einem folgten. Es war nie zu spät dafür, diese Möglichkeit zu nutzen.

Mélanie war eine Frau ihrer Zeit. So einfach war das. Um zu existieren, musste man Aufrufe, Likes und Stories anhäufen.

Manchmal fühlte sich Clara sehr traurig und rückständig. Das war nicht neu. Dieses Gefühl hatte sich jedoch in den vergangenen Jahren verstärkt, zwar ohne Bitterkeit, aber inzwischen schmerzhaft. Sie hatte eine Stufe, eine Folge, eine Etappe verpasst. Clara, der man zum vierzehnten Geburtstag *1984* und *Fahrenheit 451* geschenkt hatte, die von Erwachsenen erzogen worden war, welche immer schnell bereit gewesen waren, die Auswüchse ihrer Zeit zu geißeln (Was hätten Réjane und Philippe von der Epoche gehalten, in der ihre Tochter lebte?), und die aus einer Welt kam, in der alles ständig hinterfragt und durchdacht werden musste, hatte den Zug abfahren sehen und war nicht imstande gewesen einzusteigen. Ihre Eltern hatten sich geirrt. Sie glaubten, Big Brother werde durch eine äußere, totalitäre und autoritäre Macht verkörpert, gegen die man sich auflehnen müsse. Doch Big Brother hatte es gar nicht nötig gehabt, sich durchzusetzen. Big Brother war mit offenen Armen und nach Likes dürstenden Herzen empfangen worden, und jeder war bereit gewesen, sein eigener Henker zu sein. Die Grenzen des Privaten hatten sich verschoben. Die sozialen Netze zensierten Bilder von Brüsten und Pos. Aber für einen Klick, ein Herz oder einen hochgereckten Daumen zeigte man seine Kinder und seine Familie, erzählte man sein Leben. Jeder war zum Administrator seiner Selbstdarstellung geworden und diese ein unverzichtbares Element der Selbstverwirklichung.

Es ging nicht darum zu wissen, wer Mélanie Claux war. Es ging darum zu wissen, was diese Epoche tolerierte, ermutigte und sogar glorifizierte. Und darum zuzugeben, dass Leute, die sich, wie sie selbst, in dieser Epoche nicht mehr ohne Erstaunen oder Empörung bewegen konnten, unangepasst, gestrig, ja reaktionär waren.

Endlich überwand sich Clara dazu, den Computer auszuschalten. Ihre Nackenwirbel waren wie zerrieben.

Sie griff nach ihren Sachen, schaltete das Licht im Büro aus und verließ das Gebäude. Die Luft draußen war kühl, und sie ging ihren gewohnten Weg.

Wer außer ihr würde sich bis zur Erschöpfung diese Videos und Stories anschauen? Niemand.

Und wenn genau da die Antwort lag? In diesem Aufeinanderprallen der Welten? Zwischen dieser virtuellen Welt mit ihren Regeln und Idolen und ihrer eigenen Welt, in der diese Bilder märchenhaften Überflusses und vorgetäuschter Freude nur Angst und Traurigkeit auslösten.

Sie dachte an das kleine Mädchen. Ständig.

An dieses kaum wahrnehmbare Zurückweichen ihres Körpers. An ihren Blick, wenn ihre Mutter mit dem Handy in der Hand den Raum betrat. Diesen Blick, der eine Zehntelsekunde lang nach dem Ausgang suchte.

Welches abschließende Bild Clara sich auch immer von Mélanie Claux machen würde, eins stand für sie fest: Kein Gesetz würde diese Frau aufhalten können.

Sechs Tage nach Kimmy Diores Entführung kam ein weiterer Brief in der Wohnanlage Le Poisson Bleu an. Der Hauswart alarmierte sofort die Polizei, und in weniger als einer Stunde war der Umschlag sichergestellt und ins Bastion gebracht worden.

Mélanie und ihr Mann waren gerade in Begleitung von zwei Beamten bei der Kriminalpolizei angekommen. Mélanie war bleicher denn je und schien sich nur mit Mühe aufrechtzuhalten. Bruno, mit verschlossenem Gesicht, angespannt und weniger liebenswürdig als an den vorangegangenen Tagen, stützte seine Frau. Er hatte abgenommen, seine Züge schienen in sich zusammengefallen zu sein.

Angesichts ihrer Verzweiflung vergaß Clara die Fragen, die sie sich abends zuvor gestellt hatte. Erschöpft und von Angst besessen, waren die Diores vor allem wieder die Eltern eines spurlos verschwundenen kleinen Mädchens.

Wie beim ersten Mal war der Brief mit Kugelschreiber und in einer Kinderhandschrift adressiert und im X. Arrondissement eingeworfen worden. Cédric, der fürchtete, Mélanie könne ohnmächtig werden, bat sie, sich hinzusetzen. Dann zog er Latexhandschuhe an und riss den Umschlag vorsichtig auf. Er fand eine Polaroidaufnahme von Kimmy, sie saß auf einem Küchenstuhl. Es war eine Nahaufnahme, die weißen Wände hinter ihr würden keine weiteren Informationen liefern. Sie sah ins Objektiv.

Ernst, intensiv, unergründlich.

Cédric Berger entfaltete den beiliegenden Brief und las ihn laut vor.

»ICH KAUFE DIE FREIHEIT MEINER TOCHTER.«
DAS IST DER TITEL DEINES NEUEN VIDEOS.
SPENDE DER KINDERSCHUTZ-ORGANISATION
ENFANCE EN DANGER
500 000 EURO.
TEILE DAS AUF YOUTUBE MIT
UND ZEIGE EINE BESTÄTIGUNG DER ÜBERWEISUNG.
WENN DU INNERHALB VON 72 STUNDEN TUST,
WAS ICH SAGE,
KOMMT DIE KLEINE FREI.
NICHT INSTAGRAM BESTIMMT ÜBER DEINEN TAG.
SONDERN ICH.

Es war noch etwas unten im Umschlag. Cédric Berger griff hinein und zog einen winzigen Milchzahn heraus. Mélanie fing an zu zittern. Sie griff nach dem Foto und weigerte sich, es herzugeben. Erst nach mehreren Minuten konnte sie dazu überredet werden, es der Kriminaltechnik zu überlassen, damit es überprüft und Spuren, die der Entführer möglicherweise darauf hinterlassen hatte, sichergestellt werden konnten. Auf dem Foto davor hatten sich keine Fingerabdrücke gefunden, aber man hatte die Art des verwendeten Fotoapparates, die Marke und das Herstellungsjahr bestimmen können.

Als Cédric Berger die Eltern später ins Erdgeschoss hinunterbegleitete, versuchte er sie zu beruhigen: Kimmy sei am Leben, und der Entführer habe eine Forderung gestellt. Ganz gleich, ob sie ernst gemeint sei oder nur ein Trick, um an das Geld zu kommen, es sei eine gute Nachricht. Der Krisenstab werde sofort zusammentreten und über das weitere Vorgehen entscheiden. Im Übrigen würden die Ermittler ihre Arbeit fortsetzen: Überwachung der Wohnanlage rund um die Uhr, zusätzliche Streifen im X. Arrondissement, Analyse der Filme aus Überwachungskameras, Prüfung aller auf der Sondernummer eingegangenen Zeugenanrufe.

Um elf Uhr verließen Mélanie und Bruno das Bastion. Es würde ein langer Tag werden. Sie gingen durch den Tunnel und entkamen so den Journalisten. Als sie auf dem Boulevard Berthier angekommen waren, schlug Bruno Mélanie vor, noch einen Spaziergang zu machen, bevor sie sich wieder ins Hotelzimmer einschlossen, doch dazu fühlte sie sich nicht mehr stark genug.

Eine Stunde, nachdem sie in die Suite zurückgekehrt waren, beschloss Mélanie, sich ein Bad einlaufen zu lassen. Sie war völlig durchgefroren, es gelang ihr einfach nicht, sich aufzuwärmen.

Bruno ging neben ihr auf und ab, außerstande, sich hinzusetzen.

Seit dem Vortag hatten sie nur wenige Worte gewechselt. Bruno hatte sie auf dem Weg zur Kriminalpolizei und auch in Cédric Bergers Büro gestützt. Sie hatte sich an ihn anlehnen können, wie sie es schon seit Jahren tat, aber er hatte sie nicht in die Arme genommen. Er hatte nicht ihre Hand gehalten und sie nicht an sich gedrückt.

Ihr Mann, ihr lieber Mann. Ihr so verlässlicher, so hingebungsvoller Mann. Den sie betrogen hatte.

Von ihrem Standort aus konnte sie die Anspannung seines Rückens und seiner Schenkel sehen, er ist ein Nervenbündel, dachte sie und wagte sich ihm nicht zu nähern.

Am Abend zuvor hatte sie ihm alles gesagt. Sie hatte keine andere Wahl gehabt.

Denn Grégoire Larondo hatte sie, nachdem er von den Beamten vernommen worden war, pausenlos angerufen. Wie er ihre Nummer herausbekommen hatte, konnte sie sich nicht erklären. Das erste Mal hatte Bruno glücklicherweise nichts gehört. Mélanie hatte sich zurückgezogen, um ihm zu erzählen, was sie über den Stand der Ermittlungen und die eingeleiteten Maßnahmen wusste. Und sie hatte ihn barsch aufgefordert, sie nicht wieder anzurufen. Doch drei Stunden später hatte er es wieder getan. Aus seiner Stimme konnte sie heraushören, dass er es damit nicht bewenden lassen würde. Eine Art dichte Hülle, die seine Angst bislang umschlossen hatte, bekam Risse. Er wollte Einzelheiten über die Ermittlungen erfahren, sich an der Suche beteiligen, er könne doch nicht tatenlos zusehen, wenn seine Tochter in Gefahr sei. Er verlor den Boden unter den Füßen.

Also hatte Mélanie beschlossen, Claras Rat zu folgen (denn es sei unmöglich, hatte diese immer wieder gesagt, dass Bruno nichts von Grégoire Larondos Vernehmung erfahre) und mit ihrem Mann zu sprechen. Sie ging nicht in die Details, ließ aber nichts Wesentliches aus, sie erzählte ihm von jenem Abend, der nun fast sechs Jahre zurücklag, und von der Bitte, die Grégoire Jahre danach geäußert hatte. Mit geballten Fäusten hörte ihr Bruno zu, ohne sie zu unterbrechen. Sie sah seine Kiefernmuskeln zucken, genauso wie an dem Tag, als er mitten auf der Straße einen Mann tätlich angegriffen hatte, weil der Anstalten gemacht hatte, Mélanie anzuspucken.

Dann stand er wortlos auf und schloss sich ins Schlafzimmer ein. Die ganze Zeit blieb Mélanie völlig reglos auf dem Wohnzimmersofa sitzen.

Als Bruno mit geröteten Augen wieder herauskam, sprach er mit ihr in einem Ton, den sie an ihm nicht kannte. In einem Ton, der weder Zweifel noch Widerrede zuließ. Er, der so Verträgliche und Sanfte, hatte sein Urteil gesprochen: Kimmy sei seine Tochter, das wisse er. Damit sei das Thema abgeschlossen. In dem Albtraum, den sie gerade durchlebten, müssten sie einig bleiben. Sie dürften keine Energie an Streitereien oder Fehltritte verschwenden. Sie müssten einen weit wichtigeren Kampf führen.

Jetzt sah Bruno aus dem Fenster. Sie hörte ihn atmen. Schwer. Zu schwer. Um die Zeit zu füllen, bis die Badewanne voll wäre, schaltete Mélanie den Fernseher ein und geriet an einen der Nachrichtensender. Sie tat so, als räumte sie ein paar Sachen weg, als sie die

Stimme ihrer Mutter hörte. Vorsichtig näherte sie sich dem Bildschirm.

Über dem Mikro, das man ihr unters Kinn hielt, trug ihre Mutter eine besorgte Miene zur Schau.

»Ja, meine Tochter und mein Schwiegersohn machen Schreckliches durch. Sie halten sich natürlich tapfer, aber wir haben alle Angst um die Kleine. Wenn wir wenigstens eine Vorstellung von den Bedingungen hätten, unter denen sie gefangen gehalten wird. Sie wissen ja, in welchem Zustand man die Kinder manchmal wiederfindet … Die Polizei weiß nicht weiter, das ist die Wahrheit. Es gibt doch überall Kinderschänder, Monsieur. Wie sollte man nicht daran denken?«

Die Kamera filmte sie von Nahem und leicht von unten. Ihr Gesicht wirkte sehr rot.

»Haben Sie etwas von Mélanie gehört?«

»Sie hält sich gut. Sie warten, genau wie wir. Es ist hart … Sehr hart.«

Abrupt griff Mélanie nach der Fernbedienung und schaltete aus, dann ließ sie sich aufs Sofa fallen. Bruno hatte sich nicht gerührt. Sie brach in Schluchzen aus. Seit dem Verschwinden ihrer Tochter hatte sie zwar geweint, aber sie hatte sich jedes Mal, wenn sie in Schluchzen auszubrechen drohte, beherrschen können. Mehrmals hatte sie das Gefühl gehabt, knapp vor einem kritischen Punkt zu stehen, an dem alles in einen nicht wiedergutzumachenden Zustand – einen Sturz oder einen Zusammenbruch – kippen konnte, und immer war es ihr gelungen, der Welle, der Strömung, dieser dunklen Macht zu widerstehen, die sie nach unten ziehen würde, ganz nach unten, wo es keinen Halt, keine Hilfe mehr geben würde und von wo aus sie sich nicht mehr würde erheben können. Das durfte sie sich nicht erlauben. Sie musste ihre Kräfte bewahren, um durchzuhalten. Um zu überleben.

Doch dieser Angriff jetzt war übermächtig. Krämpfe bisher unbekannter Heftigkeit schüttelten ihre Brust, als wollte sich ihr ganzer Organismus von einem Fremdkörper oder einem giftigen Molekül befreien, und ein unerträglicher Schmerz behinderte ihre Atmung.

Eine ferne, alte Klage, eine Klage aus ihrer Kindheit oder aus allen Kindheiten, drang aus ihrer Kehle. Noch nie hatte sie etwas derart Entsetzliches von sich gegeben. Noch nie hatte sie sich so einsam gefühlt. Sie ließ sich zu Boden gleiten. Ihr war, als würde sie ihren Körper verlassen und sich zusammengekrümmt in diesem Hotelzimmer liegen sehen, ein verlassenes armes kleines Mädchen, und sie empfand ungeheuren Schmerz um sich selbst. Das hatte sie nicht verdient.

Nach einigen Minuten verließ Bruno seinen Platz am Fenster. Er ging zu ihr, half ihr auf die Beine und nahm sie in die Arme.

»Wenn ich recht verstehe, entführt ein Geisteskranker am helllichten Tag eine Sechsjährige, reißt ihr Fingernägel und Zähne aus, schickt das alles der Mutter, und sechs Tage später stehen wir immer noch da wie die Idioten.«

Lionel Théry war bekannt für seine Gabe, die Dinge auf den Punkt zu bringen. Irgendwelche Einwände wären angesichts der herrschenden Stimmung gefährlich gewesen.

Cédric Berger meldete sich zu Wort.

»Mélanie Claux hat uns gesagt, dass Kimmys untere Schneidezähne schon vor ihrem Verschwinden wackelten. Dr. Martin hat bestätigt, dass der Zahn in dem Umschlag der erste Schneidezahn aus dem rechten Unterkiefer war, der Zahn 81, um genau zu sein. Aller Wahrscheinlichkeit nach ist er von allein ausgefallen, wie es bei Kindern dieses Alters allgemein üblich ist.«

»Na, das sind ja tolle Informationen.«

Clara warf sich in die Bresche.

»Vielleicht ist das durchaus wichtig. Der Entführer hat einen Zahn geschickt, er hat nicht behauptet, ihn ausgerissen zu haben. Er beweist uns, dass er die Kleine hat. Auf dem Foto trägt Kimmy Leggings und ein Sweatshirt in ihrer Größe, aber es sind nicht die Sachen, die sie am Tag ihres Verschwindens trug. Bei genauerem Hinsehen sind die Kleidungsstücke nicht neu. Der Entführer besaß also bereits getragene Sachen in der richtigen Größe, oder aber er hat sie in einem Second-Hand-Laden gekauft. Jedenfalls hat er sich die Mühe gemacht, die Kleine mit sauberer Kleidung zu versorgen, das ist doch eine interessante Tatsache.«

Lionel Théry war nicht unfair.

»Das stimmt. Und, haben wir immer noch nichts über diese verdammte Karre?«

Cédric Berger antwortete ihm.

»Ein Twingo, oder ein Clio, vielleicht auch ein Peugeot 206, wenn man den Zeugenaussagen glauben darf … Also nicht gerade ein seltenes Modell. Ich möchte daran erinnern, dass keine der Personen, die derzeit in der Tiefgarage parken dürfen, offiziell einen roten Wagen besitzt und dass niemand seine Fernbedienung an einen Dritten ausgeliehen hat. Was die ehemaligen Eigentümer und Mieter betrifft, die Zugang hatten, so kann die frühere Hausverwaltung, die abgewählt worden ist, keine Informationen finden. Sie haben einen Teil ihres Archivs weggeworfen oder verloren.«

Alle schwiegen. Clara zögerte, dann sprach sie weiter.

»Der Entführer hat genug Fernsehkrimis gesehen, um Handschuhe zu tragen, wenn er seine schriftlichen Botschaften an die Mutter (und nicht etwa an beide Elternteile) vorbereitet. Botschaften, die auf den YouTube-Kanal Bezug nehmen, den sie betreibt. Die Forderungen werden mit der Hand geschrieben und mit der Post geschickt. Zu einer Zeit, in der jeder x-beliebige Dealer ein Wegwerf-Handy und eine Prepaid-SIM-Karte kaufen kann, zeigt das eine etwas altmodische Seite, die mir irgendwie gefällt. Außerdem verlangt der Entführer kein Lösegeld für sich selbst, sondern für eine gute Sache. Wir können das natürlich in Zweifel ziehen und müssen es noch überprüfen. Er verlangt von Mélanie Claux, dass sie eine halbe Million an eine schon seit zwanzig Jahren bestehende Kinderschutzorganisation überweist, an Enfance en danger. Das könnte eine Botschaft sein. Und die erscheint mir umso deutlicher, als explizit auf Happy Récré angespielt wird. Wenn nämlich der Entführer schreibt: ›Nicht Instagram bestimmt über deinen Tag. Sondern ich.‹, dann ist ein Bezug zu den *Instagram-bestimmt-*

über-unser-Leben-Videos, die auf dem Kanal einen Riesenerfolg haben, mehr als wahrscheinlich.«

Sie schwieg kurz und überlegte, ob sie weitersprechen sollte. Lionel Théry machte eine ermunternde Handbewegung.

»Ich erkläre es genauer. Etwa einmal pro Monat veranstaltet Mélanie Claux einen ganzen Tag lang Umfragen bei ihren Followern. Die Follower entscheiden alles: welches Müsli Kimmy und Sammy zum Frühstück essen, welchen Zeichentrickfilm sie sich ansehen, welches Sweatshirt sie tragen. Sie stellt die Frage auf ihrem Instagram-Konto und hat in wenigen Minuten das Umfrageergebnis. Der Tag wird selbst zum Thema eines neuen professionell geschnittenen und mit grafischen Effekten aufgehübschten Videos, das dann auf YouTube gepostet wird. Jedes einzelne der neuesten Videos ist fünf bis sechs Millionen Mal aufgerufen worden. Mélanie Claux hat sich das ja nicht ausgedacht. Nur sind es heute nicht die Fans, die über ihren Tag bestimmen, sondern der Entführer ihrer Tochter … Und er verlangt einen dicken Scheck von ihr.«

Lionel Théry hörte ihr angespannt zu. Cédric Berger beteiligte sich wieder an dem Gespräch.

»Dieser Kinderschutzverein ist eine Institution, es ist kaum vorstellbar, dass er etwas mit dem Entführer zu tun hat. Trotzdem werden der Vorsitzende, der Schatzmeister und der Generalsekretär im Laufe des Tages hier vernommen werden. Die Eltern wollen natürlich zahlen. Ich habe sie dazu überredet, noch zu warten, ich werde gleich noch einmal mit Bruno Diore sprechen. Er scheint die Dinge in die Hand genommen zu haben und versteht unsere Argumente.«

Lionel Théry räusperte sich.

»Ich nehme an, sie haben die Kohle?«

»Ja, der Betrag kann schnell verfügbar gemacht werden.«

Lionel Théry überlegte kurz, bevor er zu einem Schluss kam.

»Mag sein, dass das Ganze eine amateurhafte Seite hat. Es könnte sogar fast nach einem gemeinen Scherz aussehen, wenn die Kleine nicht seit sechs Tagen wirklich und wahrhaftig unauffindbar wäre. Aber eins möchte ich euch sagen: Auch wer amateurhaft vorgeht, kann pervers sein. Improvisation ist mit Barbarei vereinbar. Also geben wir in nichts nach. Wir rühren uns nicht, solange wir nicht sicher sind, dass dieser Verein sauber ist und verspricht, das Geld zurückzugeben, wenn die Eltern es verlangen. Danach tun wir gegebenenfalls so, als würden wir nachgeben. Wenn die Kleine frei ist, können wir immer noch nachdenken, wie wir unsere Strategie kommunizieren. Aber vor allem müssen wir den Kerl zwingen, aus der Deckung zu kommen.«

Es war gerade dunkel geworden, und Mélanie las noch einmal die ermutigenden und liebevollen Kommentare, die sie weiterhin auf ihrem Konto bekam, seit sie das erste vom Entführer verlangte Video veröffentlicht hatte und die Medien bestätigt hatten, dass ihre Tochter verschwunden war. Ihre *Lieben* vergaßen sie nicht. Es war ein solcher Trost zu wissen, dass sie da waren, an ihrer Seite. Dutzende von Mamans hatten sich bereit erklärt, für sie zu kochen, sich um Sammy zu kümmern oder sie alle bei sich aufzunehmen. Dutzende von Kindern brachten mit Blumen und Herzen in allen Farben und mit hinreißenden Emojis ihre Sorge und Trauer zum Ausdruck.

Sie hatte eine Gemeinschaft geschaffen. Das war nicht bloß ein Wort. Es war eine Realität. Eine Gemeinschaft, deren Epizentrum sie war. Das bedeutete viel in einer so harten, gewalttätigen Welt. »*It means a lot*«, hatte Kim Kardashian einmal auf ihrem Instagram-Konto gesagt, und sie hatte recht. Vom allerersten Tag an hatte Mélanie ihre Abonnenten, wenn sie sich an sie wandte, mit *meine Lieben* angesprochen. Weil sie ihnen ihre Liebe zeigen wollte. Weil sie ihr lieb waren.

Sie hatten ihr so viel gegeben.

Alles.

Ihre *Lieben* waren so zahlreich, dass sie sich nicht einzeln vorstellen konnte. Ihre Lieben bildeten eine Art riesige, gesichtslose Familie. Eine wohlwollende, über die Generationsgrenzen hinweg einige Familie, in der Groß und Klein vertreten waren. Ihr gefiel dieser Gedanke eines Publikums, das man zufriedenstellen, das man glücklich machen und dem man Vergnügen bereiten musste. Sie liebte diese so herzliche und enthusiastische unmittelbare Belohnung, die sie ihr schenkten, sobald sie in Erscheinung trat. Sie brauchte die Aufmerksamkeit dieser Menschen. Ihre Komplimente. Sie gaben ihr das Gefühl, einzigartig zu sein. Ein Mensch, der Beachtung verdiente. Dafür musste sie sich nicht schämen.

Ihre Tochter fehlte ihr entsetzlich. Die Erinnerung an ihren kleinen Körper, wie er sich an ihre Hüfte schmiegte, wenn sie sich, die Ärmchen um Mélanies Taille gelegt, an sie drückte, war unerträglich. Ihre hübsche Kimmy. So scheu und so unabhängig. Sie hatte keine Ähnlichkeit mit dem kleinen Mädchen, das Mélanie gewesen war. Sie hatte mit keinem kleinen Mädchen Ähnlichkeit, das Mélanie kannte.

Natürlich hatte sie manchmal geschmollt. Oder geweint. Seit einiger Zeit war Kimmy übellaunig. Sie murrte, wenn sie bestimmte Videos drehen sollte, nicht, weil es ihr keinen Spaß machte, sondern weil sich manche Schüler in ihrer Klasse über sie lustig machten. Madame Chevalier hatte Mélanie zu sich bestellt, um mit ihr darüber zu sprechen. Die Grundschullehrerin hatte ihr Fragen nach den Dreharbeiten gestellt, wie es ablaufe, zu welcher Uhrzeit, wie oft, sie hatte alles wissen wollen … Wie viel Zeit Happy Récré jede Woche beanspruche und wie viel Zeit zum Spielen und für die Langeweile bleibe. »Langeweile? Aber sie langweilt sich nie!«, hatte Mélanie stolz geantwortet. Happy Récré war ihr gemeinsames Leben. Das konnte diese Frau nicht verstehen. Madame Chevalier sagte, Kimmy beginne sich einiger Dinge bewusst zu werden, insbesondere der Tatsache, dass die Videos von vielen Leuten gesehen würden, Leuten, die sie nicht kenne. Und das, hatte die Lehrerin gemeint, mache ihr Angst. Sie fand, Kimmy wirke müde und sogar ein bisschen deprimiert. Diese Frau ist ja verrückt, dachte Mélanie. Diese Frau hatte keinerlei Beweise für das, was sie vorbrachte, sie stützte sich auf Eindrücke, die jedoch außer ihren Vorurteilen nichts erkennen ließen. Doch die Lehrerin redete weiter. Sie behauptete, Kimmy halte sich die Ohren zu, sobald ein anderes Kind etwas über Happy Récré zu ihr sage. Manche der älteren Schüler nannten sie *Schmutz-Baby* oder *Schmuse-Baby*. Eines Tages habe Kimmy geweint, weil ein Junge aus einer höheren Klasse ihr gegenüber vermutlich Wort für Wort eine gehässige Äußerung seiner Eltern wiederholt hatte: »Deine Mutter kommt noch vors Kindergericht.«

Bei diesem Gespräch hatte Mélanie der Lehrerin höflich zugehört und dann die Dinge klargestellt: Es komme nicht infrage, dass ihre Kinder sich so übles Geschwätz anhören müssten. Sie habe sie an einer Privatschule angemeldet, um derartige Schwierigkeiten zu vermeiden, wenn Kimmy und Sammy also – und zwar aus purem Neid – ausgelacht oder verspottet würden, dann sei es Sache des Lehrkörpers oder der Direktion, Gegenmaßnahmen zu ergreifen.

Das hatte sie Madame Chevalier mit einem gewissen Nachdruck gesagt.

In den Wochen darauf hatte sich Kimmy immer bockiger angestellt, wenn die Videos gedreht wurden, so sehr, dass Mélanie sich schon gefragt hatte, ob die Lehrerin sie womöglich aufgehetzt habe. Kimmy musste zu allem überredet werden. Sie vergaß ihren Text, hörte nicht auf die Anweisungen und tat so, als verstünde sie nichts. Hauptstreitthema waren die Kostüme, die sie tragen sollte. Mit ihren sechs Jahren weigerte sich ihre kleine Tochter kategorisch, Röcke, Kleider, Strumpfhosen und, um ehrlich zu sein, überhaupt jedes eindeutig weibliche Kleidungsstück anzuziehen. Von der Farbe Rosa, von Spitzen und Volants wollte sie schon gar nichts wissen. Darüber geriet Mélanie außer sich, zumal sie, weil bald der Film *Eiskönigin 2* herauskommen sollte, einen umfangreichen Vertrag mit Disney geschlossen hatte. Die Firma hatte ihnen eine Reihe von Kostümen sowie reichlich Spielzeug und Merchandising-Produkte geschickt, die sie im Kanal und in den sozialen Netzen in den Vordergrund stellen sollten. Kimmy war nie bereit gewesen, das Kleid oder den Mantel der Eiskönigin anzuziehen, woraufhin Mélanie selbst die Krone, die Satinhandschuhe und die Ohrringe hatte tragen müssen.

Ganz zu schweigen von dem Tag, an dem sich Kimmy ganz allein in dieses Hotelbadezimmer eingeschlossen hatte. Ein kleines Mädchen kam doch nicht von selbst auf eine so verrückte Idee. Die musste ihr irgendwer eingegeben haben. Die Lehrerin war ihr übel gesinnt. Ihr ganz persönlich. Diese Frau war neidisch auf ihren Erfolg, ihre Kleidung, ihr Leben. Das sprang ins Auge. Und diese Art, wie sie Mélanie ansah, wenn sie ihre Tochter abholte. Dieses versteckte Lächeln. Diese Überheblichkeit. Was mischte die sich ein?

Fast hätte Mélanie sich einen Termin bei der Direktorin geben lassen, um sich über die Lehrerin zu beschweren, doch Bruno hatte sie davon abgebracht. Daraus könne eine große Geschichte werden, und Mélanie habe keinen einzigen Beweis. Sie hatte sich schließlich der Meinung ihres Mannes angeschlossen. Bruno war nicht so leicht erregbar und emotional wie sie. Er hatte sie beruhigen können.

Sie konnte nicht anders, sie dachte an die konfliktgeladenen Augenblicke zurück, und diese Erinnerungen brachen ihr schier das Herz. Aber sie durfte sich nicht von diesen negativen Gedanken überfluten lassen, auch nicht von all den Gerüchten, mit denen man ihnen zu schaden versucht hatte. Sie musste so stark bleiben, wie sie es immer gewesen war.

Bruno wartete darauf, dass ihm die Kriminalpolizei grünes Licht für die Überweisung an die Kinderschutzorganisation gab. Das Geld war nicht wichtig. Sie hätte auch das Doppelte gegeben, wenn es nötig gewesen wäre.

Als der Tag sich seinem Ende zuneigte, zog Mélanie den Vorhang auf, um auf die Straße zu blicken. Es beruhigte sie ein bisschen, das Hin und Her der Menschen und ihre Gespräche zu beobachten.

Plötzlich fiel ihr ein, dass sie sich bei ihren *Lieben* nicht für deren viele Botschaften bedankt hatte. Schon seit mehreren Tagen hatte sie nicht geantwortet. Kein einziges Mal. Sie durfte sie nicht so ganz ohne Nachrichten, ohne ein Wort von ihr lassen.

Sie griff nach ihrem Notebook und schrieb:

»Danke euch allen für eure Unterstützung und für all die Liebe, die ihr uns schenkt. Ihr seid unsere Sterne in der dunklen Nacht, unser Horizont in dieser schweren Zeit.«

Sie fügte etwa zehn Gebets-Emoticons, zwei aneinandergelegte Hände, die zum Himmel wiesen, und ein Sternchen-in-den-Augen-Emoticon hinzu.

Wenige Sekunden später erschienen die ersten Herzen und Küsschen-Emoticons auf dem Bildschirm. Innerhalb weniger Minuten hatte sie siebenhundertachtzehn Likes erhalten.

Sie lächelte.

Clara hatte sich lange gefragt, ob man als Flic ein normales Leben führen könne. Soweit sie sich überhaupt ein normales Leben vorstellen konnte, lautete die Antwort Nein. Fakt war, dass sie das Leben eines Flics führte, in einer Wohnanlage für Flics, mit Flic-Freunden, Flic-Gesprächen und Flic-Problemen. Im Übrigen heirateten die meisten Flics untereinander, außer ihr, die den Flic ihres Lebens hatte laufen lassen.

Zu diesem Schluss kam sie an den blauen Abenden, so hatte ihre Mutter sie genannt, als Clara noch ein Kind gewesen war, und sie immer gebeten, den genauen Farbton anzugeben, vom blassesten bis zum dunkelsten Blau – wie man auf einer Skala von 1 bis 10 seinen Schmerz einordnet –, an den blauen Abenden also, an denen Chloé, ihre Freundin aus Studienzeiten, keine Zeit hatte, mit ihr etwas trinken zu gehen. An anderen Tagen betrachtete Clara ihr Leben etwas weniger streng.

An diesem Abend hätte sie sich gern gesagt, dass die Dinge eine günstige Wendung nahmen. Kimmy Diore lebte und schien nicht misshandelt zu werden. Enfance en danger wurde von vielen privaten und öffentlichen Partnern anerkannt und verfügte über alle wünschenswerten Referenzen. Im Laufe des Tages hatten sie ausschließen können, dass die Organisation oder eines ihrer Mitglieder etwas mit der Entführung zu tun hatte. Der Vorsitzende hatte sich verpflichtet, den Anweisungen der Brigade zu folgen und nötigenfalls auch das Geld zurückzugeben. Die Überweisung war am Abend getätigt worden, doch Cédric Berger hatte die Diores dazu überreden können, den Beweis dafür erst am Morgen danach zu veröffentlichen.

Kein Mitglied der Brigade schien diese Geschichte wirklich zu glauben. Wem war schon zuzutrauen, ein Kind zu entführen und festzuhalten, damit das Lösegeld an eine Organisation überwiesen wird? Es war nicht auszuschließen, dass sie es mit einem psychisch gestörten Perversen zu tun hatten, der sich immer neue Forderungen ausdachte, um länger Spaß an der Sache zu haben.

Clara ihrerseits konnte den Gedanken nicht unterdrücken, dass es vor allem darum ging, dem System, das Mélanie Claux aufgebaut hatte, ein Ende zu setzen.

Fakt war, dass Kimmy und Sammy seit einigen Tagen nicht mehr beim Auspacken von Päckchen in Verzückung gerieten, nicht mehr unter Freudengeschrei Chips und Limonaden testeten und auch damit aufgehört hatten, allen möglichen Unsinn in Supermärkten zu kaufen und blind mehr Hamburger zu bestellen, als sie in einer Woche essen konnten.

Fakt war, dass ihre Mutter ihr Leben nicht mehr Stunde für Stunde vor Unbekannten ausbreitete.

Jemand hatte Stopp gesagt. Und die Maschine war stehen geblieben.

Um einundzwanzig Uhr, als sie gerade angefangen hatte, Thomas eine Mail zu schreiben, bekam Clara eine Nachricht von Cédric, sie solle den Fernseher einschalten. Auf France 2 werde eine Reportage über YouTube-Kinderstars wiederholt. Sie stellte ihr Gerät an und machte es sich auf dem Sofa bequem.

Der Größe der Kinder nach zu urteilen, war die Reportage schon einige Jahre alt. Es ging um mehrere Kanäle, aber im Wesentlichen kreiste die Sendung um Happy Récré. Kimmy war etwa vier, Sammy etwa sechs Jahre alt. Die Journalistin und der Kameramann hatten sie in ein großes Einkaufszentrum begleitet, wo sie von mehreren hundert Kindern erwartet wurden. Kimmy, ein hinreißendes Püppchen in Rosa, ging an der Seite ihres Bruders, sehr darauf bedacht, mit ihm im Gleichschritt zu bleiben. Und Sammy behielt sie wie ein kleiner Leibwächter ständig im Auge. Die Bilder zeigten ihre von lautstarkem Applaus begrüßte Ankunft und dann die Signier- und Selfie-Veranstaltung, die mehrere Stunden dauerte. Während der ganzen Zeit überwachte und dirigierte Mélanie alles, kümmerte sich um die Warteschlangen und die Priorisierten, achtete auf die Kleinsten und auch darauf, dass niemand die zugemessene Verweilzeit überschritt.

Bevor die Familie wieder nach Hause aufbrach, ließ sich Mélanie auf ein kurzes Interview ein. Ja, natürlich sei sie sehr froh über den Erfolg und voller Dankbarkeit für den Enthusiasmus und die Treue der Fans. Die Journalistin fragte Mélanie, ob sie verstehen könne, dass manche Leute, darunter auch ganz junge, es schockierend fänden, wenn Kinder derart ausgestellt würden. Mélanie brachte ihr Unverständnis mit einem traurigen Kopfschütteln zum Ausdruck und antwortete dann in sanftem, gelassenem Ton. Als Mutter wisse sie, was für ihre Kinder gut sei und was nicht. Übrigens seien es *ihre* Kinder, bemerkte sie. Und *ihre* Kinder seien sehr glücklich mit dieser Situation. Daraufhin wandte sich die Journalistin an die Kinder und fragte sie nach ihren Eindrücken. Langsam, wie eine per Fernbedienung in Gang gesetzte Puppe, deren Batterien schwach zu werden beginnen, erklärte Kimmy, sie finde es toll, den happy fans Freude zu machen und das »Glück in ihren Augen« zu sehen. Etwas überzeugender verkündete Sammy, das sei sein Traum und er wolle einen Beruf daraus machen.

Mélanie ergänzte strahlend: »Das ist ihre Version, was sollte man dem noch hinzufügen?«

Und dann versicherte sie fröhlich und beruhigend lächelnd: »Wissen Sie, die Kinder sind bei uns Könige.«

Am Morgen des achten Tages nach Kimmy Diores Verschwinden kam Clara als eine der Ersten in die Büros im Bastion. Sie war um fünf Uhr aufgewacht und hatte nicht wieder einschlafen können. Eine seltsame Unruhe hatte sie aus dem Bett getrieben.

Sie ging durch die Sicherheitstüren und dann auf die Aufzüge zu. Doch der Mann hinter der Glasscheibe am Empfang winkte sie zu sich.

»Da ist gerade eine Dame gekommen, sie will einen aus Ihrer Gruppe sprechen.«

Clara wandte sich zu den Warteräumen um, die zu dieser Zeit für gewöhnlich leer waren. Im Warteraum Nummer vier entdeckte sie eine müde wirkende Frau ihres Alters, die einen hellen Regenmantel trug. Sie ging auf sie zu.

Dann fiel ihr Blick auf das Kind, das neben der Frau saß.

Das Mädchen hob den Kopf, und ihre Blicke begegneten sich.

Claras Puls beschleunigte sich plötzlich, sie spürte, wie ihr das Herz in der Brust schlug.

In den letzten Tagen hatte sie sie so genau beobachtet, dass sie sie zu kennen glaubte.

KRIMINALPOLIZEI – 2019
ENTFÜHRUNG UND GEFANGENHALTUNG DES MÄDCHENS KIMMY DIORE

Betr.:
Protokoll der Vernehmung von Élise Favart,
durchgeführt am 18. November 2019 von Clara Roussel, Polizeioffizierin bei der Kriminalpolizei von Paris, und Cédric Berger, Polizeihauptmann bei der Kriminalpolizei von Paris

Zur Sache:
Élise Favart wird am 18.11.19 um 8:05 Uhr in den Diensträumen der Kriminalpolizei vorstellig, bei sich hat sie das am 10.11.19 verschwundene Mädchen Kimmy Diore. Noch vor der Vernehmung erklärt sie der Polizeioffizierin Clara Roussel, dass sie das Kind Kimmy Diore entführt und festgehalten hat und dass das Mädchen die vergangenen sieben Tage bei ihr verbracht hat.

Zur Person
Ich heiße Élise Irène Favart.
Ich bin am 10.09.1985 in Suresnes geboren.
Ich wohne in der Rue Lafayette 209 im X. Arrondissement von Paris.
Ich bin geschieden und habe einen sechsjährigen Sohn, der 2013 zur Welt gekommen ist.
Ich bin Arztsekretärin, aber seit einem Jahr nicht mehr berufstätig.

(Auszüge):
Kurz nach unserer Heirat bin ich mit Norbert S. in die Wohnanlage Le Poisson Bleu gezogen. Mein Mann arbeitete für eine Sicherheitsfirma, er kümmerte sich um die Einstellung und die Verwaltung des Personals. Als mein Sohn Ilian einige Monate alt war, lernte ich Mélanie Claux kennen. Wir hatten in derselben Woche entbunden, und ich begegnete ihr oft, wenn sie mit dem Kinderwagen oder der Babytrage in der Wohnanlage unterwegs war. Es war ihr zweites Kind, und Mélanie kannte sich in der Stadt aus, sie hat mir viele gute Ratschläge gegeben, was den Kinderarzt und die Anmeldung in der Krippe und so anging. Nach Ilians Geburt habe ich meine Halbtagstätigkeit als Sekretärin in einem psychologisch-psychotherapeutischen Zentrum in Antony wiederaufgenommen. Wir wurden Freundinnen. Wir gingen zusammen im Park spazieren oder trafen uns in der Stadt zum Shoppen. Mélanie war sehr nett. Manchmal schien sie mir ein bisschen traurig zu sein, und hin und wieder kam mir der Gedanke, sie würde sich langweilen, weil sie nicht berufstätig war. Kimmy hat sich von klein auf gut mit meinem Sohn verstanden. Sie war begeistert, wenn sie mit seinen Autos, der Rennbahn oder den Soldatenfiguren spielen konnte. Sie hat immer schon etwas Jungenhaftes an sich gehabt, worüber ihre Mutter nicht besonders glücklich war. Einige Monate lang haben wir uns ziemlich oft gesehen. Wenn Mélanie etwas vorhatte, passte ich auf ihre Kinder auf, und Ilian liebte es, wenn er zu ihnen gehen konnte. (…)

2015 hat mein Mann mich verlassen. Er ist nach Marseille gezogen, weil sich für ihn dort beruflich eine Gelegenheit geboten hatte. Vor allem glaube ich, hat er lange vor mir begriffen, dass Ilian ein Problem hatte. Etwa zur selben Zeit fing Mélanie mit ihren YouTube-Videos mit Kimmy an. Sie hat mir nichts davon erzählt, ich habe es über die Nachbarn erfahren, als es anfing zu funktionieren. In der Wohnanlage war das zum Thema Nummer eins geworden. Damals hatte ich keine Begabung für die Informatik; was im Internet vor sich ging, interessierte mich nicht. Mélanie war inzwischen sehr mit dem Drehen und dem Schneiden ihrer Videos beschäftigt und bat mich manchmal, auf ihre Kinder aufzupassen, wenn sie sich mit Agenturen oder Firmenvertretern in Paris treffen musste, und das machte mir auch nichts aus. Die Kleine konnte schon gut sprechen, sie war ungeheuer aufgeweckt. Kimmy und Ilian waren gleich alt, und ich konnte deutlich sehen, dass sie sich nicht gleich schnell entwickelten. Anfangs machte ich mir keine Sorgen, weil in dem Zentrum, in dem ich arbeitete, viele Kinder ein und aus gingen und ich sehen konnte, wie unterschiedlich sie waren. Ich arbeitete drei Tage in der Woche, meine Mutter passte dann immer auf Ilian auf. Schließlich fragte ich die Kinderpsychiaterin in unserem Zentrum, ob sie sich ihn mal anschauen würde. Damals war mein Sohn zweieinhalb. Sie hat sich viel Mühe gegeben, den Schlag abzumildern, als sie mir erklärte, dass er einen großen Entwicklungsrückstand hatte und weitere Untersuchungen durchgeführt werden mussten. Mein Sohn war behindert, das war das Wort, mit dem ich leben lernen musste. Als ich es Mélanie erzählte, hat sie wirklich sehr viel Mitgefühl gezeigt. Sie hat versucht, mir Mut zu machen, und gesagt, dass man nie die Hoffnung aufgeben darf. Die Medizin würde sich weiterentwickeln, und Ilian wäre ein so freundlicher und umgänglicher Junge, das wäre doch schon viel. Das stimmte. Mein Sohn ist mir eine große Freude. Aber nach und nach hörten Kimmy und Ilian auf, miteinander zu spielen. Es gab immer einen guten Grund dafür. Ihre Tochter war müde, sie musste ein neues Video drehen, sie musste zum Friseur oder neue Kostüme anprobieren … Damals erlebte Happy Récré einen regelrechten Aufschwung. Mélanie hatte viel um die Ohren. Ich glaube, da lebte sie bereits in einer anderen Welt. Hin und wieder schenkte sie mir Spielzeug, sie hatten allmählich sehr viel davon, sogar Kleidung, aber sie hatte es immer eilig … Wir liefen uns über den Weg, mehr nicht. Ja, das hat mich gekränkt, das stimmt. Ich hatte gedacht, wir wären Freundinnen. Als Ilian drei war, fand ich eine Spezialeinrichtung für ihn. Einige Monate darauf zog ich aus der Wohnanlage aus, um näher bei ihm zu wohnen. Ich habe nicht mehr viele Kontakte. Eine Behinderung macht Angst, die Leute gehen auf Abstand. Nur Madame Sabourin ist noch übrig, ein oder zwei Mal im Jahr besuche ich sie auf einen Tee. Sie ist in Rente, und sie war immer sehr nett zu uns. (...)

Für den 10. November hatte mich Madame Sabourin zum Tee eingeladen, und ich habe ihr gesagt, ich käme mit Ilian. Manchmal haben wir es auch umgekehrt gemacht, und sie ist zu uns gekommen, aber da sie kein Auto hat, ist das nicht so einfach. Ich bin immer gern für eine Weile im Poisson Bleu. Trotz allem habe ich nostalgische Gefühle bei der Erinnerung an diese Zeit, als Ilian erst wenige Monate alt war und alles so einfach zu sein schien.

Wenn ich Madame Sabourin besuche, parke ich immer in der Tiefgarage. Als ich ausgezogen bin, habe ich vergessen, die Fernbedienung zurückzugeben, und dann habe ich sie einfach behalten. In der Nähe des Eingangs zum Müllraum ist eine Nische, in die man einen Kleinwagen so einparken kann, dass er sonst niemanden beim Rein- oder Rausfahren stört. Ich bin nicht die Einzige, die sich für ein oder zwei Stunden da hinstellt, das war nie ein Problem. (...)

Ich war gerade dabei, den Wagen einzuparken, als ich Kimmy aus dem Müllraum kommen sah. Ilian war während der Fahrt eingeschlafen. Die Kleine hat mich sofort wiedererkannt. Ich habe die Seitenscheibe heruntergefahren, um sie zu fragen, was sie da trieb, und sie hat mich gefragt, ob sie sich in meinem Wagen verstecken dürfte. Ich habe Ja gesagt und bin ausgestiegen, um ihr die hintere Tür zu öffnen. Sie war ganz aufgeregt bei dem Gedanken, dass sie ein so gutes Versteck gefunden hatte. Sie hat sich ganz leise zwischen den Vordersitz und die Rückbank geschoben, weil sie gesehen hatte, dass Ilian schlief. Sie fragte mich, ob ich nicht ein Kleidungsstück hätte, das ich über sie legen könnte, um sie besser zu verstecken. Sie hatte sich nicht verändert, sie war immer noch so lebhaft. Ich gab ihr meinen Mantel, und sie hat ihn sich dann so übergelegt, dass sie vollständig bedeckt war. Es vergingen einige Sekunden, sie hatte sich ganz klein zusammengerollt, man konnte sie unmöglich von außen sehen. (…)

Nein, das habe ich Ihnen doch schon gesagt. Deshalb war ich nicht gekommen. Ich hatte Mélanies Stories, in denen gesagt wurde, dass die Kinder draußen waren, nicht gesehen. Ich wollte zu Madame Sabourin, und es hat sich alles genau so zugetragen, wie ich es Ihnen erzähle. Ich habe an nichts gedacht. (…)

Ich wüsste nicht zu sagen, wie lange das gedauert hat. Ich kann mich nicht mehr daran erinnern. Vielleicht zwei Minuten. Dann habe ich den Zündschlüssel herumgedreht. Der Wagen sprang an, und ich sagte zu Kimmy: »Jetzt verstecken wir uns noch besser, warte nur ab. Rühr dich bloß nicht.« Ich legte den Rückwärtsgang ein, parkte aus, und dann bin ich rausgefahren. Ich habe mich nicht beeilt. Mein Kopf war völlig leer. Hinter mir hörte ich sie lachen, sie freute sich so, dass sie ihrem Bruder und ihren Freunden einen Streich spielen konnte. Als ich aus der Tiefgarage kam, zögerte ich kurz. Ich wusste nicht, wohin ich fahren sollte.

Ich habe nicht gedacht: Ich bin gerade dabei, die Kleine mitzunehmen. Oder: Was machst du da eigentlich? Nein. Es war sehr seltsam. Mein Geist war leer, und zugleich hatte ich das Gefühl, einer Sache zu gehorchen. Ich nahm schließlich denselben Weg wie sonst auch und fuhr einfach los. Ich erinnere mich noch an unser Gespräch im Wagen, Kimmy fragte mich, ob Ilians Vorschullehrerin nett wäre und ob er viele Freunde hätte. Während der Fahrt wachte Ilian auf, und er war ganz glücklich darüber, dass Kimmy da war! Und ich war glücklich darüber, dass er sie wiedererkannte. Ich parkte in einer Straße in der Nähe meiner Wohnung. Ich habe nicht versucht, Kimmy zu verbergen, wir sind in aller Ruhe nach Hause gegangen. Ich bin keinem Nachbarn begegnet. Ich rief Madame Sabourin an und entschuldigte mich dafür, dass ich sie nicht besucht hatte, ich behauptete, es wäre mir in letzter Sekunde etwas dazwischengekommen.

Später am Abend sagte ich Kimmy, ich hätte ihre Mutter angerufen und die hätte mich gebeten, sie ein bisschen bei mir zu behalten, weil sie in die Vendée müsste. Ich wollte nicht, dass Kimmy sich Sorgen machte. Sie schien das alles ganz normal zu finden, sie fragte mich nur, ob Mélanie böse auf sie wäre, weil sie das Video nicht hatte drehen wollen. Ich beruhigte sie: Ihre Maman würde ihr einen dicken Kuss geben und fest an sie denken. (...)

An den ersten Tagen schlief sie sehr viel. Sie wachte morgens spät auf und schlief manchmal nachmittags ein. Ich fragte mich schon, ob sie vielleicht krank wäre, aber sie hatte keinerlei Krankheitssymptome. Die Kinder sind eine ganze Woche nicht nach draußen gegangen, sie haben alle möglichen Spiele in der Wohnung gespielt. Ilian ist wild aufs Malen, und Kimmy auch. Sie haben ein sehr schönes Fresko geschaffen, mit Fischen, Kraken und Algen in allen Farben. Zwei, drei Mal habe ich in dem Lebensmittelladen unten im Haus angerufen und etwas bestellt, dann bin ich runtergegangen und habe die Tüten abgeholt. Ich habe die Kinder immer nur wenige Minuten allein gelassen, ich habe behauptet, Ilian wäre krank. Die Leute im Viertel kennen uns ja. (...)

Vor ein paar Wochen hat sich Ilian den Finger geklemmt. Der Fingernagel ist ganz schwarz geworden und in der Zeit, als

Kimmy da war, ausgefallen. Einmal, als ich eine Krimiserie im Fernsehen sah, habe ich zufällig erfahren, dass Fingernägel keine DNA enthalten. Nur die feine Zellschicht auf ihrer Oberfläche oder Blutspuren, falls welche da sind, verraten den Eigentümer. Ich ließ Ilians Nagel eine ganze Nacht in Chlorreiniger einweichen und rieb ihn dann kräftig ab. Dann steckte ich ihn mit der Polaroidaufnahme in den Umschlag. Bis dahin hatte ich über nichts nachgedacht. Ab da, ich weiß nicht. Ich bin da so reingerutscht … Ich spürte eine große Gefahr, aber ich konnte nicht aufhören. (…)

Die Briefe, ja, die habe ich geschrieben. Ich habe nur Kimmy gebeten, die Adresse auf den Umschlag zu schreiben, und ihr vorgemacht, wir würden ihren Eltern ein Bild schicken, das sie gemalt hatte. Es ist lächerlich. Ich kann es nicht erklären. Ich weiß nicht, ob ich Mélanie etwas antun wollte. Vielleicht. Ich wollte sie vor allem zwingen, etwas zu tun, wozu sie überhaupt keine Lust hatte. Ich wollte, dass sie sich bewusst machte, was das alles bedeutete.

Ich habe beide Briefe in den Kasten an der nächsten Straßenecke geworfen. Ich habe darauf geachtet, in Gegenwart der Kinder nie den Fernseher oder das Radio einzuschalten. (…)

Ja, ich sehe die Videos auf Happy Récré und auf Mélanie Claux' Instagram-Konto. Anfangs wollte ich nur wissen, wie es den Kindern ging, etwas über sie und Mélanie erfahren. Dann ließ ich mich davon gefangen nehmen. Es saugt einen ein und zugleich erschreckt es einen. Ich hatte eigentlich keine Lust, mir das alles anzuschauen, aber ich konnte nicht anders. Es ist schwer zu erklären. In den letzten Wochen merkte ich, dass Kimmy wirklich genug davon hatte, dass sie nicht mehr konnte. Ich sah nur noch das. Sie wich der Kamera aus, und wenn sie hineinblickte, hatte ich das Gefühl, dass sie mich um Hilfe rief. Dass sie mich bat, sie holen zu kommen. Das ist mir mehrmals passiert. Ich dachte schon, ich würde ein bisschen wunderlich. Aber jedes Mal hinterließ es bei mir einen furchtbaren Eindruck, der mich den ganzen Tag verfolgte. Ich kam mir vor wie diese Leute, die den Blick abwenden und weitergehen, während vor ihren Augen ein Kind misshandelt wird. Und da ich ihre Verzweiflung erkennen konnte, machte ich mich schuldig, wenn ich nichts unternahm. (…)

Als ich den Eindruck hatte, sie hätte sich erholt, wusste ich nicht mehr weiter. Ich wollte ein Zeichen … Ein Symbol. Ich habe im Internet gesucht. Die Organisation Enfance en danger kümmert sich um alle Formen von Kindesmisshandlungen, auch die am wenigsten sichtbaren. Das steht jedenfalls auf ihrer Homepage. Das ist alles. Einen anderen Grund gibt es nicht. Ich habe die zweite Nachricht geschickt. Ich habe keine Sekunde lang geglaubt, dass es funktionieren würde. (…)

Ich denke nicht, dass sich Kimmy wie eine Gefangene gefühlt hat. Sie hat manchmal nach ihrem Bruder und ihren Eltern verlangt, aber ich hatte das Gefühl, dass ich sie jedes Mal beruhigen konnte. Nur nicht gestern Abend. Gestern Abend hat sie begriffen, dass etwas vor sich ging, das nicht normal war. Sie bekam Angst. Es war … wie ein Elektroschock. Mit einem Schlag wurde mir klar, dass Kimmy schon eine Woche bei mir war und dass … ich … dass ich es als Einzige wusste … Es war, als käme ich wieder zu Bewusstsein, als würde ich … aus einer Parallelwelt zurückkehren. Ich geriet in Panik.

Also habe ich heute Morgen Ilian und eine Tasche mit fast all seinen Sachen zu meiner Mutter gebracht. Sie hat mich gefragt, was los ist, aber ich bin wieder gegangen, ohne ihr eine Antwort zu geben. Ich hatte Angst zusammenzubrechen. Ich bin wieder in meinen Wagen gestiegen und hierhergekommen. Ich bin sehr müde. (…)

Ich wollte Kimmy helfen. Ihr einen Augenblick des Friedens

und der Freiheit bieten. Es war … Alles ist so geschehen, wie ich es Ihnen gesagt habe. Ich habe nicht überlegt. Heute Morgen habe ich begriffen, dass all das nichts nützen würde. Nichts ändern würde. Ich weiß nicht, ob Sie das verstehen können. Tatsächlich habe ich Angst um die Kinder, wenn ich diese Bilder sehe.

2031

Man ahnte, dass in der Spanne eines Lebens
unvorstellbare Dinge aufkommen würden,
an die die Leute sich ebenso schnell gewöhnen
würden, wie sie sich an das Handy, den Computer,
den iPod und das GPS gewöhnt hatten.

Annie Ernaux
Die Jahre

Santiago Valdo, der sich lange der Freud'schen Schule zugehörig fühlte, ist Psychiater und Psychoanalytiker, eine aussterbende Art, wie er gern hinzufügt, wenn er sich vorstellt. Während der Hälfte seiner Zeit arbeitet er in der Klinik, in der übrigen Zeit geht er seinem Beruf in seiner Praxis, aber auch in Forschung und Lehre nach; er schreibt wissenschaftliche Artikel sowie Essays, in denen er sich an ein breiteres Publikum wendet. Bekannt ist er wegen seiner Arbeiten über die Auswirkung der digitalen Revolution auf Angststörungen und vor allem als Verfasser zweier Referenzwerke: *Gefahren fortgesetzter Exposition* und *Die Gewalt der sozialen Netzwerke*. Seit einigen Jahren hat er sich von allen Schulen freigemacht und bezieht bei seinen Forschungen die Erkenntnisse der Neurowissenschaften ein, ohne die der Psychoanalyse zu vernachlässigen.

An diesem Tag im Mai 2031 will Santiago Aldo gerade nach Hause gehen, als seine Armbanduhr vibriert und eine unbekannte Nummer anzeigt. Er zögert kurz und nimmt den Anruf dann an. Die Stimme dringt aus dem drahtlos angeschlossenen Lautsprecher: Ein junger Mann vergewissert sich, dass er die richtige Nummer gewählt hat. Dann sagt er in einem völlig emotionslosen Ton, als beträfe ihn diese Mitteilung gar nicht: »Ich heiße Sammy Diore und brauche Hilfe.«

Sammy Diore, wiederholt Santiago Valdo innerlich, der Name weckt eine vage Erinnerung bei ihm, aber im Augenblick kann er sie nicht genauer fassen, zumal sein vermutlich nachlassendes Gedächtnis diesen Namen mit einer weiblichen Person assoziiert.

»Hat Sie jemand an mich überwiesen?«

»Eine Ärztin in der Klinik Sainte-Anne hat mir Ihre Telefonnummer gegeben.«

»Sind Sie dort stationär aufgenommen worden?«

»Nein. Aber ich bin ihr in der Notaufnahme begegnet, und sie hat mir geraten, bei Ihnen anzurufen.«

Die Stimme ist sehr jung. Die Intonation klingt immer noch seltsam falsch (der Junge scheint einen Text aufzusagen oder von einem Blatt abzulesen), sodass sich Santiago fragt, ob es sich nicht um einen Scherz handelt. Seine Anschrift und seine Telefonnummer sind im Internet leicht zu finden, und man hat ihm schon öfter dumme Streiche gespielt.

»Im Augenblick nehme ich keine neuen Patienten an«, sagt er entschuldigend, »aber ich kann Ihnen jemanden empfehlen.«

Der junge Mann scheint in Panik zu geraten, die Stimme wird schrill.

»Nein, nein, Sie müssen es sein, Sie! Ich flehe Sie an …«

Jetzt wirft Santiago Valdo doch einen Blick auf seinen elektronischen Terminkalender, der sich jedes Mal, wenn er einen Anruf auf der Praxisnummer erhält, automatisch öffnet.

»Hören Sie. Ich schlage Ihnen vor, Sie kommen morgen Abend um acht Uhr zu mir in die Sprechstunde und wir machen eine Bestandsaufnahme. Nach unserem Gespräch werde ich Sie an eine Kollegin oder einen Kollegen überweisen. Am wichtigsten ist doch, dass Ihnen geholfen wird, oder?«

»Aber ich kann nicht nach draußen gehen.«

»Sie verlassen Ihre Wohnung nicht?«

»Nein. Ich kann es nicht mehr. Gar nicht mehr.«

»Warum nicht?«

»Sie sind überall … Auf der Straße, in den Geschäften, in den Taxis. Überall.«

»Von wem sprechen Sie, Monsieur Diore?«

»Von den Kameras. Sie sind versteckt, aber ich sehe sie. Sie filmen mich die ganze Zeit, ganz gleich, was ich tue. Anfangs haben sie sich nur in alle Videoüberwachungssysteme in der Nähe meiner Wohnung eingehackt, jetzt haben sie ihre eigenen Systeme an allen Orten versteckt, die ich aufsuche. Und wenn sie mich nicht finden, schicken sie Drohnen.«

Santiago hört ihn Luft holen und errät, dass der Junge durch den Mund atmet. Vielleicht ein Zeichen dafür, dass er bereits mit Medikamenten behandelt wird.

»Und … Aus welchem Grund sollte man Sie filmen?«

»Sie verkaufen die Bilder.«

»Ich verstehe. Und wie lange, meinen Sie, geht das schon so?«

»Das weiß ich nicht. Anfangs haben sie Leute mit versteckten Kameras geschickt. Ich habe sie nicht gleich bemerkt. Es hat eine Weile gedauert. Als es mir bewusst geworden ist, mussten sie sich andere, weniger sichtbare Methoden ausdenken.«

»Und deshalb haben Sie aufgehört, die Wohnung zu verlassen?«

»Ja.«

Hin- und hergerissen zwischen dem Wunsch, dieses Gespräch zu beenden (es scheint ihm doch alles ein bisschen sehr dick aufgetragen) und der Befürchtung, einen Menschen in einer echten Notlage im Stich zu lassen, lässt Santiago Valdo noch einmal ein kurzes Schweigen eintreten.

Er hört das ängstliche Atmen des jungen Mannes und nimmt den Gesprächsfaden schließlich wieder auf.

»Wie versorgen Sie sich mit Lebensmitteln?«

»Ich bestelle sie im Internet. Ich bitte den Mann vom Lieferdienst, die Taschen vor der Tür abzustellen, und mache erst auf, wenn er wieder weg ist.«

»Wie alt sind Sie, Monsieur Diore?«

»Zwanzig.«

»Gibt es Menschen in Ihrem Umfeld? Eltern, Geschwister, Freunde?«

»Nein. Das heißt, da ist noch meine Mutter, aber … Nein.«

»Seit wann haben Sie Ihre Wohnung nicht mehr verlassen?«

»Das weiß ich nicht … Seit drei Monaten. Vielleicht vier.«

»Sie haben vier Monate lang die Nase nicht vor die Tür gesteckt?«

»Ja.«

»Und es hat Sie niemand besucht?«

Plötzlich verliert der junge Mann die Geduld.

»Sie verstehen das nicht! Ich muss allen Menschen misstrauen, den Leuten in den Geschäften, den Taxifahrern, meinen Freunden, es gibt keinen einzigen Ort, an dem ich sicher wäre. Sie haben Kameras in die Augen meiner Angehörigen implantiert, um mich zu filmen.«

»Monsieur Diore, es könnte Sie doch ein Arzt oder ein Krankenpfleger abholen und ins Krankenhaus bringen. Dort wären Sie in Sicherheit. Wir können Besuche verbieten und dafür sorgen, dass Sie geschützt sind.«

»Nein, nein, nein! Die werden da sein. Die werden jemanden schicken!«

Jetzt hört Santiago seine Angst. Es ist sogar echte Panik.

»*Die*, wer ist das?«

Sammy Diore zögert kurz, bevor er antwortet.

»Das ist es ja, was ich herausfinden muss. Ich muss wissen, wo diese Bilder verbreitet werden. An wen sie sie verkaufen, verstehen Sie? Aber eins ist sicher, sie verkaufen sie teuer. Sehr teuer …«

»Sammy. Darf ich Sie Sammy nennen?«

»Ja.«

»Sie wissen, was ich von Beruf bin?«

»Ja.«

»Wenn Sie mich anrufen, dann vielleicht, weil Sie selbst nicht ganz sicher sind, dass diese Leute wirklich da sind und Sie filmen?«

»Doch. Ich weiß, dass sie da sind. Ich rufe Sie an, weil die Ärztin in Sainte-Anne gesagt hat, dass Sie Spezialist für Digitales und die sozialen Netze sind. Da dachte ich, Sie könnten mir helfen herauszufinden, wer hinter alledem steckt.«

»Sammy, ich bin Psychiater. Ich habe mich zwar auf die Krankheitsbilder spezialisiert, die mit der Entwicklung von sozialen Netzwerken, virtueller Realität und künstlicher Intelligenz zusammenhängen. Aber ich bin Arzt. Deshalb schlage ich Ihnen Folgendes vor: Ich besuche Sie zu Hause, um mich zu vergewissern, dass Sie unter gesunden Bedingungen leben und nicht in Gefahr sind. Und dann entscheiden wir gemeinsam, wie wir Ihnen helfen können. Einverstanden?«

Die Erleichterung des Jungen geht ihm zu Herzen.

»Ja, Doktor, danke. Aber sagen Sie bloß niemandem, dass Sie kommen.«

Santiago Valdo hat nicht daran gedacht, das Gespräch aufzuzeichnen. Was er bedauert, er hätte es sich gern noch einmal angehört. Er befasst sich gern im Nachhinein mit dem, was seine Patienten gesagt haben, mit ihren Assoziationen, ihrer Intonation. Er versucht zu erraten, worauf sie sich beziehen. Heutzutage meistens auf Videospiele und Serien. Im Allgemeinen fragt er sie, ob er Elemente der Sitzung aufbewahren darf. Allerdings kommt es vor, dass er auf diese Vorsichtsmaßnahme verzichtet und sie ohne ihr Wissen aufnimmt, auch wenn das dem Berufsethos widerspricht.

Es ist spät. Er muss zu einer vernünftigen Zeit zu Hause sein, um mit seiner Lebensgefährtin zu Abend zu essen und den Entwurf der Doktorarbeit über die Plastizität des Hirns zu lesen, den ihm eine seiner Studentinnen zugeschickt hat und deren Ansatz ihn außerordentlich interessiert.

Während er sich daran macht, seinen Schreibtisch zu verlassen, ruft er seinen persönlichen Assistenten, den er zu Ehren Jacques Lacans »Jacquot le Cacou« genannt hat.

»Sag mal, Jacquot …«

Die synthetische Stimme meldet sich sofort.

»Ja, Santiago, was kann ich für dich tun?«

Wie immer ist es der liebenswürdige, eine Spur unterwürfige Ton, der ihm auf die Nerven geht. Nach all der Zeit müssten sie da doch eine Auswahl zur Verfügung stellen … Am liebsten würde er mit einem »Scher dich zum Teufel!« antworten – wenngleich er zugeben muss, dass die sprachgesteuerte Assistenz ihre Vorzüge hat, besonders, wenn seine Hände mit etwas anderem beschäftigt sind (jetzt zum Beispiel damit, die auf dem Schreibtisch liegenden Aktenstücke zusammenzuräumen) oder wenn er mehrere Dinge gleichzeitig tut (eine Schwäche, die er mit vielen teilt und die er nicht einmal mehr zu bekämpfen versucht) –, doch er hält sich zurück. Zu der Zeit, als er die Grenzen dieses Werkzeugs auszutesten versuchte, hat er genug nutzlose und absurde Gespräche mit Jacquot geführt, außerdem weiß er, dass sein Assistent auf Beleidigungen einfach nicht reagiert.

»Wer ist Sammy Diore?«

Der Prozessor setzt sich in Gang, und keine zwei Sekunden später erscheint das Suchergebnis auf dem Bildschirm. Mit einschmeichelnder Gelehrsamkeit trägt Jacquot die Antwort vor, die er als die passendste ausgewählt hat:

»Sammy Diore ist ein französischer YouTuber. Er ist 2011 zur Welt gekommen und durch den von seiner Mutter Mélanie Claux erstellten Kanal Happy Récré bekannt geworden. Von 2016 bis 2023 veröffentlicht der Kanal mehr als 1500 Videos auf YouTube. Die Einkünfte der Familie werden von mehreren Medien auf etwa zwanzig Millionen Euro geschätzt.

2019 wird Sammys Schwester Kimmy, damals sechs Jahre alt, von

Élise Favart gekidnappt. Nach sieben Tagen intensiver Ermittlungen stellt sich die Entführerin selbst der Kriminalpolizei und bringt das Kind dabei mit.

Zwischen 2019 und 2020 steigt die Zahl der Happy-Récré-Abonnenten von fünf auf sieben Millionen.

Im Hinblick auf das kommende Gesetz gegen die Ausbeutung von YouTuber-Kindern erstellt die Familie Diore unter den Namen ihrer Kinder weitere Kanäle. Der Sammy Diore gewidmete Kanal Happy Sam hat sofort großen Erfolg. Der Instagram-Account Sam officiel gewinnt in wenigen Monaten mehr als eine Million Follower.

Am 19. Oktober 2020 wird das Gesetz zur Begrenzung der Aktivitäten von Kinder-Influencern endgültig vom Parlament verabschiedet. Happy Récré und Happy Sam sind jedoch weiterhin unvermindert aktiv.

Sammy hat sich auf seinem eigenen Kanal auf das Testen von Videospielen spezialisiert.

2023 deckt eine Reportage der Zeitung *Le Monde* die Strategien und Finanzkonstrukte auf, mit denen die Eltern von Kinder-Influencern die Bestimmungen des Gesetzes umgehen.

2029 verschwindet Sammy, damals achtzehn Jahre alt, plötzlich und ohne Erklärungen. Er postet weder auf seinem YouTube-Kanal noch auf anderen Plattformen weitere Beiträge. Ab diesem Zeitpunkt tritt er auch in keinem Video seiner Mutter mehr auf. Mehrere Journalisten haben vergeblich die Gründe für dieses plötzliche Einstellen der Aktivitäten herauszufinden versucht.

Sämtliche Happy-Récré- und Happy-Sam-Videos sind jedoch noch auf YouTube verfügbar und generieren weiterhin Aufrufe und Einnahmen.«

»Danke, Jacquot«, sagt Santiago.

»Gern, Santiago. Ich freue mich sehr, dass ich dir helfen konnte.«

»So, so …«

Santiago räumt noch ein paar Akten weg und sagt den Namen leise vor sich hin: Diore … Aber ja … Natürlich … Die Sache hatte viel Aufsehen erregt. Eine seiner Kolleginnen aus dem Krankenhaus war damals für ein Gutachten über Élise Favart, die Entführerin des Mädchens, hinzugezogen worden. Soweit er sich erinnert, wies die junge Frau keine psychischen Störungen auf. Nach mehreren Begutachtungen wurde sie trotz einiger Anzeichen für eine Depersonalisation für strafrechtlich zurechnungsfähig erklärt. Sie verbrachte dann auch mindestens zwei Jahre im Gefängnis, ohne dass therapeutische Maßnahmen angeordnet worden wären.

Während er in seiner Praxis alle Lampen ausschaltet, kommen ihm nach und nach wieder die Einzelheiten ins Gedächtnis: Die Frau wollte das kleine Mädchen retten. Eine Art Don Quichotte in Röcken im Kampf gegen die Geldmühlen. Einige Wochen lang hatten die Debatten über die Kinder-Influencer und die Verantwortung der Eltern in den Medien viel Raum eingenommen. Ganz zufällig wurde das Gesetz zum Schutz dieser Kinder kurz nach der Entführung verabschiedet. Und dann erlosch die Aufmerksamkeit, wie sie es immer tut.

Santiago schlägt die Tür der Praxis hinter sich zu. Das automatische Verriegelungssystem wird ausgelöst, während sich der Aufzug mit einem Pfeifton ankündigt.

Er hebt den Kopf für die Gesichtserkennung, und die Kabinentür öffnet sich.

Clara Roussel ist fünfundvierzig Jahre alt. Sie ist immer noch kinderlos und lebt allein. In einem paradoxen Kontext knapper werdender Ressourcen und einer zunehmenden Anzahl von intelligenten vernetzten Gegenständen hat sich ihr Leben allem Anschein nach nicht sehr verändert. Sie hat dennoch das Gefühl, eine langsame und notwendige Wandlung begonnen zu haben. Der nie nachlassenden Barbarei der Verbrechen, in denen sie ermittelt, setzt sie eine emotionale Distanz entgegen, die sie sich mit äußerster Disziplin hart erkämpfen musste. Das Asketische ihrer Lebensweise tritt deutlicher hervor: Sie trinkt gern etwas, isst aber wenig und besitzt auch nur wenig, abgesehen von einigen Schmuckstücken ihrer Mutter, darunter einer Uhr von Lip, die sie ständig trägt. Sie strebt eine Art Leichtigkeit, fast Armut an und scheut auch eine gewisse Abgeschiedenheit nicht: So entzieht sie sich der Gewalt und dem Kummer. So schützt sie sich. Oder glaubt sich zu schützen.

Ihre Bezugspersonen lassen sich an den Fingern einer Hand abzählen. Chloé, ihre Freundin, die Juristin geworden ist, hat zwei kleine Jungen, um die sich Clara regelmäßig kümmert und die sie abgöttisch lieben. Ihre Nachbarn, zwei Flic-Ehepaare, die sie seit fünfzehn Jahren kennt, laden sie fast jede Woche zum Abendessen ein. Für sie ist sie die alleinstehende Freundin, die man gern mit ihren Eroberungen oder ihrem Liebesleben neckt – in einer Art ewigen Jugend erstarrt und von den Kindern als eine der Ihren betrachtet.

Mehr denn je hat sie das Gefühl, im Dienst einer Höheren Sache zu stehen, die zu benennen sie sich hütet. Weder Gott noch Meister, aber ein Weg. Und ihr Weg führt unbestreitbar durch Blut.

Auch wenn sie sich manchmal nostalgischen Träumereien hingibt, verweigert sie sich jeder Reue. Sie ist da, wo sie hin musste.

Im Bastion hat sie immer noch die Funktion der *procédurière* inne, jetzt allerdings in der Gruppe Lasserre. Die Gruppen tragen traditionell die Namen ihrer Leiter, Cédric Berger hat die Kripo vor einigen Jahren verlassen und eine Stelle als Abteilungsleiter in der Brigade zum Schutz Minderjähriger angenommen, dort hatte er seine Laufbahn auch begonnen. Seine Abschiedsfeier ist in die Annalen eingegangen, und das nicht nur wegen der Anzahl leerer Flaschen, die am Morgen darauf wegzuräumen waren: Die Worte, die er in seiner Abschiedsrede für Clara gefunden hat, gehören jetzt zum Mythos der Dienststelle. Selten hat man innerhalb der Kriminalpolizei eine schönere berufliche Liebeserklärung gehört. Nach Cédrics Weggang wurde Clara der Posten der Stellvertretenden Gruppenleiterin angeboten, doch sie lehnte ab. Es ist die *procédure*, die immer umfangreicher und komplexer wird, die sie interessiert. Sie gibt ihr Wissen gern an die Jüngeren weiter, und nicht selten suchen die *procéduriers* der anderen Gruppen ihren Rat.

Neben den Bestandsaufnahmen am Tatort und den Autopsien, bei denen sie anwesend ist, verbringt sie die meiste Zeit am Schreibtisch, verfasst Aktenstücke und Anträge, erstellt Verzeichnisse der Beweismittel und Laborergebnisse, führt Vernehmungen durch oder liest sie nach. Das Protokoll bleibt ihr Schlachtross, das Kernstück der *procédure*. Hartnäckig nach Zweideutigkeiten und Unklarheiten suchen, damit ein Bericht herauskommt, der den Fakten möglichst nah ist, darum geht es ihr an erster Stelle. Und das will sie weitergeben.

Von Zeit zu Zeit, wenn sie den Papierkrieg (der trotz umfänglicher Digitalisierung der Daten und Beweisstücke und trotz regelmäßig auftauchender neuer Software bestehen bleibt) satthat, geht sie mit den Kollegen nach draußen.

Vor einigen Jahre nahm sie dabei an einer Verhaftung teil, bei der zunächst keine Gefahr vermutet – und keine Verstärkung eingeplant – worden war, und geriet mit ihren beiden Kollegen in einen Hinterhalt. Mehrere Minuten lang wurde sie, einen fremden Arm um den Hals und die Mündung einer Waffe an der Schläfe, an jeder Bewegung gehindert. Sie weiß noch, dass sie spürte, wie sich ihr Herzschlag verlangsamte und sich ihr ganzer Körper, als wäre der Kreislauf plötzlich heruntergefahren worden, auf die Vitalfunktionen konzentrierte. Die Geräusche, Worte, Gesten, alles, was rings um sie geschah, schien aus einer fernen, wattigen Welt zu kommen, deren Geschwindigkeit sie nicht mehr erreichen konnte. Sie hatte keine Angst. Der eine ihrer Kollegen wurde am Bein verletzt, der andere an der Schulter, sie kam mit mehreren Blutergüssen am Hals und einem Halswirbelsäulentrauma davon. Die beiden Verdächtigen konnten fliehen. Zwei Tage später wurden sie auf einem Autobahnrastplatz gefasst.

Als sie von ihrem kurzen Krankenhausaufenthalt zurück war, suchte Clara in sich selbst nach der Spur dieses schwebenden, zugleich irrealen und doch in ihren Körper geprägten Moments. Bewaffnete Männer hatten vor ihren Augen das Feuer eröffnet, einer hatte auf sie angelegt, doch sie hatte keinerlei Angst gehabt. Was sie keineswegs mit Stolz erfüllte. Es war nicht normal. An jenem Abend kam ihr ein marineblauer Gedanke: Das Fehlen von Angst zeigte das Fehlen von Liebe.

Sie denkt nicht mehr so oft an ihre Eltern. Vermutlich ein Zeichen des Alters oder der vergehenden Zeit. Die Erinnerungen, die sie an sie behalten hat, scheinen von einem dünnen Film überzogen zu sein, wie die Fotos, die bei längerem Kontakt mit der Luft gelb werden. Sie gehören zu einem anderen Zeitalter, das man das vordigitale nennt und das einem manchmal so weit entfernt zu sein scheint wie die Vorgeschichte, für die sie sich in der Grundschule leidenschaftlich interessiert hat.

In dieser Welt, in der jede Bewegung, jede Ortsveränderung, jedes Gespräch eine Spur hinterlässt, würde sie am liebsten keine hinterlassen. Sie weiß durch ihre Arbeit nur zu gut, wie sehr das Smartphone, in welcher (heutzutage vielfältigen) Form auch immer, die Sprachassistenten, die Domotik und die sozialen Netze zugleich skrupellose Spitzel und unerschöpfliche Informationsquellen für Wirtschaft und Polizei sind. Inzwischen besteht bei der Kripo wie auch sonst ein Großteil der Ermittlungen aus dem *tracking*: Videoüberwachung, Gesichtserkennung, Wegeverfolgung in Echtzeit oder retrospektiv, Überprüfung von Gesprächen, Rechnungen, Speicherplatten oder Suchverläufen, Verhaltensanalysen. Nichts entgeht mehr der Kontrolle.

Im selben Maß, in dem sie diese Werkzeuge in ihrem Beruf nutzt, versucht Clara in einer umgekehrt proportionalen Bewegung selbst zu verschwinden.

Wenn die aktuelle Gesellschaft, wie es heißt, zweigeteilt ist, dann steht sie auf der Seite der Widerspenstigen. Derjenigen, die sich weigern, wie Hähnchen aus industriellen Mastbetrieben zurückverfolgt und wie Nudelpackungen benotet zu werden, die, soweit möglich, auf alles verzichten, was ihre Vorlieben, ihre Freunde, ihre Zeitpläne und ihre Aktivitäten erkennbar macht, die keinem Netz, keiner Community mehr angehören und lieber Bücher und Zeitungen öffnen als Google-Seiten. Die offline sind. Die Entscheidung einer Minderheit, die jedoch größer wird. Eine schwer durchzuhaltende Entscheidung, doch ein gemeinsames Credo: Das Bessere ist der Feind des Guten. Denn Clara ist nicht naiv: Es ist inzwischen unmöglich, völlig von den Radarschirmen zu verschwinden. Allein schon um mit ihren Kollegen zu kommunizieren, muss sie einen Instant-Messaging-Dienst nutzen, bei dem die – wie es heißt, verschlüsselten – Daten von der Betreiberfirma gespeichert werden und somit jedem halbwegs pfiffigen Hacker zur Verfügung stehen. Dennoch weigert sie sich, die Kämpfe aufzugeben, die sie führt, um ihre Spuren in Grenzen zu halten, möglichst wenig von ihrer Persönlichkeit abzustrahlen und ihre digitalen Fußspuren zu verwischen.

Auch in ihrem Alltag versucht sie möglichst wenig Spuren zu hinterlassen. Sie hat kein Auto, bewegt sich zu Fuß oder mit dem Fahrrad fort, verwendet keinerlei Plastik, nimmt nie das Flugzeug und isst nur Fleisch, wenn sie als Gast am Tisch sitzt. Sie konsumiert ganz allgemein sehr wenig, kauft ihre Kleidung in Second-Hand-Geschäften und recycelt oder verwendet alles wieder, was sich dazu eignet.

Die Welt danach, von der während der Covid-Pandemie 2020 die Rede war, hat nicht stattgefunden. Wie es damals ein berühmter Schriftsteller vorhersagte, ist die Welt dieselbe geblieben, nur schlimmer, und blinder denn je für ihre Selbstzerstörung.

In ihrer Freizeit verfolgt Clara ziemlich engagiert die Tätigkeit einer internationalen Bewegung zur Bekämpfung des Klimawandels und des ökologischen Zusammenbruchs. Sie hat an einigen Demonstrationen teilgenommen und auch an manchen Versammlungen auf lokaler Ebene, bei denen sie über die geplanten Maßnahmen mitdiskutierte. Sie befürwortet eine solidarische und zivilgesellschaftliche Bewegung, die für gewaltfreie Aktionen eintritt, und lehnt auch bestimmte Formen bürgerlichen Ungehorsams nicht völlig ab. Auf diesen Versammlungen steht sie zur Überraschung aller zu ihrem Beruf: Sie fürchtet weder Diskussionen noch Konfrontationen.

Thomas hat eine Rechtsmedizinerin geheiratet und ist Vater von zwei Kindern. Manchmal schickt er ihr mit der Hand auf Zettel geschriebene Botschaften, archaische, altmodische Zeichen, die die Mauer der Zeit und der Entfernung überwinden und immer so beginnen: »Wie geht es Dir, meine schöne Clara?«

Es geht ihr gut. Das ist es jedenfalls, was sie antwortet. Und tatsächlich gibt es bei ihr keine deutlichen Anzeichen für eine Depression oder für Melancholie, obwohl sie kürzlich entdeckt hat, dass die Tiefe eine ungute Anziehungskraft auf sie ausübt. Zwei Mal schon, das erste Mal am Rand der Steilfelsen von Étretat, das zweite Mal auf dem Balkon eines Tatopfers, dessen Wohnung im zehnten Stock lag, war ihr der Gedanke gekommen, sie könne hinunterstürzen. Ob als Möglichkeit, als ein Ruf oder als aufsteigende Kindheitserinnerung, wüsste sie nicht zu sagen.

Sie wäre gern fähig gewesen, wenigstens eine *große Liebe* zu erleben – dieser Ausdruck, so abgedroschen er auch sein mag, gefällt ihr, wenn sie ihn aus dem Mund ihrer jungen Kolleginnen hört –, doch das hätte eine Form von Hingabe verlangt, zu der sie nie imstande war. Sie hätte sich vielleicht auf eine entsprechende Couch legen sollen, um die Gründe dafür zu verstehen, doch sie blieb lieber aufrecht, was immer geschehen mochte. So weit sie sich zurückerinnern kann, war sie schon immer in diesem Zustand der Anspannung und Wachsamkeit, ja des Misstrauens, den sie inzwischen als ihre zweite Natur empfindet. Sie kann nicht anders, sie stellt sich den Schlag danach vor: den Absturz oder den Verrat.

Mehr denn je hat sie sich die Devise der Kriminalpolizei zu eigen gemacht, deren Emblem seit ihrer Gründung die Distel ist: *Qui s'y frotte s'y pique*, wer sich an ihr reibt, sticht sich.

An diesem Tag im Mai 2031 – der Sommer hat sechs Wochen zu früh begonnen, und die Hitzerekorde des Vorjahres sind wieder übertroffen worden – kommt sie gerade noch rechtzeitig zu dem Briefing, das ihr Gruppenleiter täglich zur selben Zeit abhält, und zwar bei einem Kaffee, der als der beste im ganzen Gebäude gilt und dessen Herkunft streng geheim gehalten wird. In letzter Zeit war es ruhig, doch am Abend beginnt der Bereitschaftsdienst ihrer Gruppe für eine Woche. Bis zum Montag darauf sind sie für jede *Keilerei* zuständig.

Als sie die morgendliche Besprechung gerade verlassen hat und in ihr Büro, in dem sie inzwischen allein arbeitet, zurückgekehrt ist, erhält Clara auf ihrer Uhr eine Nachricht vom Empfang: Ihr Zehn-Uhr-Termin ist angekommen. Dann wird ein Alarm ausgelöst: Der Termin ist im Kalender der Dienststelle nicht eingetragen. Sie flucht laut auf die neue Software, die unter dem Vorwand, nur identifizierte Person dürften das Gebäude betreten, bei jeder Kleinigkeit in Aufregung gerät – ihre Kollegen von der Antiterror-Abteilung haben sie deshalb schon »die Zimperliese« getauft. »Die Zimperliese« ist in der Tat nicht sehr kaltblütig und drauf und dran, die Stufe Rot im Plan *Vigipirate* auszulösen.

Clara fährt mit ein paar Worten ihren Computer hoch.

Der Termin steht nicht in ihrem Kalender. Entsprechend betrachtet die Software den Eindringling als gefährlich und böswillig, zumal das Gesichtserkennungssystem ihn nicht identifizieren konnte. Zum Glück ist er nicht polizeibekannt. Nach einigen Sekunden erscheint auf dem Bildschirm das Gesicht eines jungen Mädchens mit der Aufschrift: UNZULÄSSIG. Eine automatische Ansage fordert sie auf, das *Individuum* unverzüglich zu identifizieren oder Alarmstufe 1 auszulösen. Clara greift genervt auf eine gute alte und unbestreitbar effiziente Methode zurück, sie ruft den Mann am Empfang an: Die Hubschrauber könnten am Boden bleiben, sie komme nach unten …

Während sie auf den Aufzug wartet, betrachtet sie noch einmal das Gesicht des jungen Mädchens, das weiterhin auf ihrer Uhr aufblinkt. Ein Gesicht, das sie nicht kennt, dessen ist sie sicher, und das ihr dennoch seltsam vertraut ist.

Sie betritt den Aufzug und drückt auf den Knopf fürs Erdgeschoss.

Auf der Fahrt nach unten bringt ihr Hirn mehrere Bilder in Verbindung, und jetzt hat sie nicht den geringsten Zweifel: Unter den Augen der beiden Kameras im Warteraum Nummer vier erwartet sie auf demselben Stuhl wie vor zwölf Jahren Kimmy Diore.

Getreu ihrer Morgenroutine steht Mélanie Claux jeden Tag um 7:45 Uhr auf. Bevor sie sich einen frischen Saft zubereitet (mit ihrem Juna-Entsafter, dem leistungsfähigsten auf dem Markt – der Hersteller schickt ihr jedes Jahr als Gegengabe für eine positive Bewertung auf einem ihrer Kanäle das neueste Modell), öffnet sie die Terrassentür und blickt aufs Meer. »Wir genießen eine außergewöhnliche Aussicht«, sagt sie zufrieden, diesen Satz spricht sie gern und ebenso häufig aus wie: »Es ist ein kleines Paradies auf Erden.« Sie könnte stundenlang über ihr Haus reden, das auf den Höhen von Sanary liegt, und über den üppig blühenden Garten, dessen Pflege sie zwar ein Vermögen kostet, der jedoch zu den Lieblingsschauplätzen ihrer Fans gehört.

Vor einigen Jahren haben sie beschlossen, Châtenay-Malabry zu verlassen. Sie haben das ursprüngliche Bauernhaus – ein typisches *Mas* im reinsten provenzalischen Stil – nach Plänen von Killian Keys vergrößern lassen, einem jungen Architekten, der dank *Maisons de stars*, einer der letzten von einem Fernsehsender ausgestrahlten Reality-TV-Serien, zum Liebling der Immobilienbesitzer avanciert war.

Damals waren Mélanie und Bruno unter etwa zehn Celebrities ausgewählt worden und durften dieses wunderbare Abenteuer mit den Fernsehzuschauern teilten. Die drei Folgen, in denen es um ihr Haus ging und die sonntagsnachmittags ausgestrahlt wurden, schlugen einen historischen Zuschauerrekord. Natürlich wurde Killian Keys zu einem Freund, und das Paar verließ die Pariser

Region ohne jedes Bedauern. Der mit der Berühmtheit verbundene Druck war unerträglich geworden.

Nicht, dass sie hier im Süden weniger bekannt wären, aber sie haben die Möglichkeit, sich auf ihr Grundstück zurückzuziehen, in ihren Garten, ihr »kleines Liebesnest«, wie Mélanie es in ihren sozialen Netzwerken gern nennt, fernab von der erzwungenen räumlichen Nähe in der Wohnanlage Le Poisson Bleu, wo sich die Nachbarn anscheinend gegen sie verschworen haben, um Klatsch und üble Nachrede zu verbreiten. Damals gab es schlimme Gerüchte, und nur sehr wenige Menschen haben sich auf ihre Seite gestellt.

Kimmys Entführung bleibt ein Schatten, ein Einschnitt in dem wunderbaren Gebäude, das sie errichtet hat. Ein furchtbarer Augenblick, den sie am liebsten aus ihrem Gedächtnis, aus ihrer aller Gedächtnis löschen würde und der sich weit über Kimmys Rückkehr zur Familie hinaus auswirkte. Heute weiß sie, dass alles, was ihnen danach an Schlimmem zugestoßen ist, von daher rührt, von der Verrücktheit dieser Frau. Diese Frau hat ihr Leben beschmutzt. Diese Frau ist ein nicht zu tilgender Fleck in der musterhaften Geschichte ihrer Familie. Was sie damals und in den Jahren danach erlebt haben, die schrecklichen Folgeerscheinungen bei ihrer kleinen Tochter und schließlich bei ihnen allen, daran will sie gar nicht erst denken. Eine Zeit, die sie auszuradieren versucht und über die sie nicht zu sprechen bereit ist. Denn wenn man weitermachen will, muss man manchmal so handeln, als hätte es die Dinge nie gegeben.

Heute hat Mélanie, obwohl ihre Kinder nicht mehr bei ihr leben, mehr als drei Millionen Follower, wenn man ihre Haupt-Profile addiert: New Mélanie (obwohl Instagram deutlich an Fahrt verliert und etwas altbacken wird, hat sie ihrem Konto einen neuen Namen gegeben und dirigiert dort eine treue Fangemeinde), With

Mélanie, das sie vor zwei Jahren auf Back Home erstellt hat. Plus *cocooning*, plus *stay safe* – dieses neue und stark expandierende soziale Netzwerk bietet ihr ein noch größeres Publikum, mit dem sie ihre Rezepte, ihre Philosophie, ihre *Routinen* und natürlich ihre Gemütszustände teilt.

Sehr darauf bedacht, nicht aus der Mode zu kommen, und voller Aufmerksamkeit für alles Neue, gehörte Mélanie im Übrigen zu den Ersten, die einen eigenen Home-Reality-TV-Kanal gründeten, Mel Inside, der auf der kostenpflichtigen Plattform Share the Best besucht werden kann. Ein Konzept, bei dem die Abonnenten ganze Tage mit ihren Lieblings-Celebrities verbringen können. Auf diesem mehr als vielversprechenden Sektor hat Mélanie sehr großen Erfolg. Allerdings gibt sie sich auch rückhaltlos hin. Sie nimmt ihre Fans überallhin mit und verspricht ihnen, sie würden nichts verpassen: Termin beim Arzt oder Friseur, Mittagessen mit einer Blogger- oder Influencer-Kollegin, alles wird *geteilt*. Mehr denn je ist das *Teilen* ihr Lebensinhalt.

Mehrere Kosmetik- und Bekleidungshersteller kontaktieren sie regelmäßig, damit sie in ihren Netzwerken für die betreffenden Produkte wirbt, indem sie Gutschein-Codes an ihre *Lieben* verteilt. Die Bezahlung, die sie für diese Dienste erhält, entspricht ihrer nicht nachlassenden großen Popularität und ihrem Meinungsbildungspotenzial. Ihr Enthusiasmus, ihre Ratschläge, ihre vertraulichen Mitteilungen tragen immer Früchte. Übrigens hat eine berühmte Möbel- und Dekorationsmarke sie nach ihrem Auftreten in *Maisons de stars* als »Botschafterin« ausgewählt und verlängert Jahr für Jahr ihren Vertrag. Zwar erreichen ihre jährlichen Einkünfte nicht die Summen, die sie in den großen Zeiten von Happy Récré verdiente, aber ihre Bekanntheit sichert ihr doch recht angenehme Einnahmen. Sie weigert sich, über diesen Punkt genauer Auskunft zu geben.

Bruno ist ihr treuester Unterstützer geblieben. Er ist immer noch der verlässliche und anständige Mann, den sie 2011, vor mehr als zwanzig Jahren, geheiratet hat.

Ein einziges Mal, zur Zeit des Prozesses gegen Élise Favart, hatte sie Angst, er würde schwach werden. Angesichts dieser neuen Welle von Verleumdungen hatte ihr sonst so robuster Mann zu zweifeln begonnen. Plötzlich schien er sich in nichts mehr sicher zu sein. »Und wenn wir uns getäuscht haben?«, murmelte er eines Abends, bevor er das Licht ausmachte. Er, der sich sonst nie um Neid und hasserfüllte Kommentare gekümmert hatte, machte sich jetzt Sorgen um das, was in den sozialen Netzwerken über seine Familie gesagt wurde. Er, der immer so viel Vertrauen zu ihr und zu ihrem Urteil gehabt hatte. Er, der immer der Richtung gefolgt war, die sie vorgegeben hatte.

Er machte einen Moment der Schwäche durch. Oder der Mutlosigkeit. Er hatte Albträume.

Eines Abends, als sie von der Gerichtsverhandlung nach Hause kamen, fing Bruno an zu weinen. Immer wieder sagte er: »Wir müssen mit all dem aufhören, wir müssen mit all dem aufhören, ich flehe dich an«, und ging im Wohnzimmer auf und ab. In einem solchen Zustand hatte sie ihn noch nie erlebt. In der Nacht darauf fragte sich Mélanie, was er mit *all dem* meinte. Sprach er vom Prozess oder allgemeiner von all dem, was sie aufgebaut hatten?

Schon am nächsten Morgen hatte ihr Mann die Sache überwunden. Sie haben nie wieder darüber gesprochen, und sie hat sich gehütet, das Thema anzuschneiden. Wieder hat ihr Mann ihr den Beweis seiner Loyalität geschenkt.

Ja, denkt sie, man muss die Hindernisse überwinden und darf nicht zurücksehen. Das ist es übrigens auch, was sie ihren Fans empfiehlt, während winzige Sternchen um ihr Gesicht zucken und ein warmer Lichtschein ihren Körper umgibt. »Wir sind so auf Poesie angewiesen«, sagt sie oft vor der Kamera.

Aus Gründen, die sie nicht versteht (angeblich verursachte es bei manchen Menschen, die bis hin zur Depression nach Anerkennung und Wohlwollen zu gieren begannen, psychische Probleme), kann man auf Instagram keine Likes mehr vergeben. Doch zum Glück hat Back Home ein ebenso befriedigendes System der Zustimmung erfunden: Ihre Follower schicken ihr *»Yes, I'm in«*- oder *»Yes, me too!«*-Symbole und hinterlassen Kommentare, die fünfzig Zeichen nicht überschreiten dürfen und von der Plattform mit einem Semantikerkennungssystem gefiltert werden. Alles Negative und Abwertende wird automatisch gelöscht.

Weiterhin bekommt Mélanie jeden Tag ein Maß an Liebe, das sie entzückt und erfüllt. Wahrscheinlich ist das der Grund dafür, dass sie so glücklich ist. Denn ja, sie ist glücklich, obwohl ihre Kinder ausgezogen sind. Sie sind groß. So ist das Leben. *Alle Glucken-Mütter dieser Welt müssen sich darauf vorbereiten, ihre Kinder gehen zu lassen* war übrigens eins ihrer viralsten Videos. Mit Tränen in den Augen und leicht zitternder Stimme hatte Mélanie die Zimmer ihrer Kinder gefilmt, die leeren Schränke und die unberührten Betten. An jenem Tag war ihr Glucken-Mutter-Herz so traurig. Die Abonnenten lieben es, wenn sie sich öffnet und ihr Herz ausschüttet. Sie wollen alles wissen und geraten über alles in Verzückung.

Da, wo ihre Konkurrenten kurze, englische Titel bevorzugen, hat sich Mélanie ganz im Gegenteil für poetische französische Titel entschieden, die auch gern lang sein dürfen. Von diesem ersten Erfolg ermutigt, machte sie weiter mit *Frauen über vierzig haben gut gehütete Geheimnisse* (ein Video über innere Schönheit und

Jugend) und *Einmal Mutter, immer Mutter. Die Kinder bleiben in unseren Herzen.*

Nach diesen Videos wurde sie von Clean Up!, einer *bashing*-Site angegriffen, die sich auf die Fahnen geschrieben hat, die Widersprüche der Internetstars ins Licht zu rücken. Unter dem Vorwand, sie benutze weiterhin faltenreduzierende und aufpolsternde Filter, wenn sie sich an ihre Community wende, wirft man ihr die fehlende Kohärenz zwischen ihren Worten und Taten vor. Diese Leute verstehen nichts. Sie wissen nichts über die Magie, das Wunderbare, die Harmonie. »Die Welt braucht Zärtlichkeit, Pailletten und Pastellfarben«, antwortete sie und beschloss sofort, daraus den Titel für ihr nächstes Video zu machen. Aber mehr noch haben sie die wiederholten und unbegründeten Unterstellungen über ihre derzeitigen Beziehungen zu ihren Kindern verletzt. Die Website behauptete, Kimmy und Sammy hätten die Brücken hinter sich abgebrochen. Die Leute erzählen allen möglichen Quatsch, bloß um ein paar Klicks zu bekommen, kein neues Phänomen, aber es hat doch sehr zugenommen. Mélanie träumt von einer Welt in Rosa und Hellblau ohne Gewalt und Neid, von einer Welt, in der jeder seine Träume wahrmachen, seine Vorlieben und seinen Optimismus zum Ausdruck bringen könnte, ohne gleich das Ziel von Kritik und Spott zu werden.

Und manchmal fragt sie sich, ob es nicht an ihr sei, diese Welt zu erschaffen.

Seit einiger Zeit melden sich Kim und Sam nicht mehr oft bei ihr. Sie haben die Brücken nicht abgebrochen, das natürlich nicht, dennoch hat sie oft Mühe, die beiden zu erreichen. Das kann sie natürlich nicht mit ihren Abonnenten teilen. Erstens, weil sie sich vor Lästereien fürchtet, und dann, weil ihre Follower wahrscheinlich enttäuscht wären, wenn sie erführen, dass ihre Kinder nach allem, was Mélanie für sie getan hat, auf Distanz zu ihr gegangen sind. Sie war eine so hingebungsvolle Mutter und immer für sie da. Sie hat so viel gearbeitet, um ihnen eine gute Zukunft zu sichern. Dank Happy Récré, diesem Imperium, das bis ins letzte Detail ihr Werk ist, sind Kim und Sam nicht nur echte Stars, sie besitzen inzwischen sogar jeder eine Wohnung in Paris. Und sie leben beide von dem Geld auf dem Konto, das sie damals bei der staatlichen Caisse des dépôts et consignations für sie eröffnet hat und zu dem sie entsprechend dem Gesetz Zugang erhalten haben, sobald sie volljährig waren. Leider folgen beide nicht den Ratschlägen ihrer Mutter; es ist, als verbrenne ihnen das Geld die Hände und als hätten sie sich darauf geeinigt, es aus dem Fenster zu werfen.

Sie sind fortgegangen. Das entspricht dem Lauf der Dinge. »Alle Glucken-Mütter dieser Welt müssen sich darauf vorbereiten, ihre Kinder gehen zu lassen.« Ja, so ist das Leben.

Mindestens einmal in der Woche ruft sie bei Sammy an. Meistens nimmt ihr Sohn das Gespräch an, aber er spricht leise und legt nach wenigen Sekunden auf. Er ist seltsam. Sie hat keine Ahnung, was er tut und was er erlebt. Er scheint immer in Eile zu sein. Sagt, dass er es ihr später erklären wird. Sammy erzählt ihnen gar nichts mehr. Also macht sich Bruno Sorgen.

Im Augenblick macht sich Bruno viele Sorgen. Um die Kinder, um einen Haufen unbedeutender kleiner Dinge, die er übertrieben wichtig nimmt. Er stellt sich Fragen, grübelt über Geschichten aus der Vergangenheit nach, bestellt E-Books über Psychologie. Die Midlife-Crisis. Manchmal fragt sie sich, ob dieses eigentümliche Verhalten nicht angefangen hat, als sie aus dem Radio erfuhren, dass Grégoire Larondo gestorben war. Greg hat sich umgebracht. Das ist natürlich furchtbar traurig. Sie hatte schon seit Jahren nichts mehr von ihm gehört. Nach Kimmys Rückkehr rief er nicht mehr an. 2025 hat er in der ersten (und letzten) Staffel von *Les Vétérans de Koh-Lanta* vergeblich ein Comeback versucht. Die Sendung war ein durchschlagender Misserfolg.

An dem Abend, als sie die traurige Neuigkeit erfuhren, dachte Mélanie, ihr Mann müsse sehr erleichtert sein. Sie sahen sich schweigend an. Bruno wirkte sehr betroffen. Sie dachte, dass es böse Erinnerungen in ihm geweckt haben könnte. Aber seit diesem Tag – vielleicht war es nur Zufall – macht er sich andauernd Sorgen.

Was sie angeht, sie denkt, dass Sammy eine verspätete Pubertät durchmacht. Das kann bei sehr behüteten Kindern vorkommen. Denn im Gegensatz zu Kimmy, die ihnen wegen dieser Frau einen schrecklichen Tanz aufgeführt hat, hat Sammy sich nie aufgelehnt. Er hat in der Schule immer gut gearbeitet und ist immer gut zurechtgekommen.

Mélanie denkt so gern an den kleinen Jungen zurück, der er war, so lieb, so brav, so begeisterungsfähig und immer gut gelaunt, er brachte es fertig, ohne mit der Wimper zu zucken dieselbe Szene fünf oder sechs Mal zu wiederholen. Im Grunde war Sammy immer zu allem bereit gewesen. Zu den Challenges, den Scherzen, den Reisen. Im Gegensatz zu seiner Schwester trödelte er nicht herum und erhob nie Einwände. Sammy hatte seine eigenen Fans. Als Kind hatte er das Auspacken geliebt, aber als er größer wurde, kamen die *pranks* in Mode, und er entwickelte eine wahre Leidenschaft dafür. Er dachte sich selbst neue Szenarien aus. Als er seinen eigenen, auf Videospiele spezialisierten Kanal einrichtete, hatte er enormen Erfolg. Er konnte sich eine eigene Community schaffen. Sein Lächeln, seine grünen Augen, diese Ausstrahlung eines gutmütigen Teddybären, die er von seinem Vater geerbt hat, bescherten ihm einen Wahnsinnserfolg. Sammy war der ideale große Bruder und beste Freund. Die Mädchen träumten davon, ihn kennenzulernen, und die Jungs wollten ihm gleichen.

Was passiert ist, dass er einfach so von einem Tag auf den anderen aufgehört hat, ohne jede Erklärung, ohne jede Botschaft an seine Fans, das hat sie nie erfahren.

Unter einem Plakat, das vor dem Diebstahl der digitalen Identität warnt, sitzt Kimmy und wartet auf Clara.

Als sie Clara kommen sieht, steht sie sofort auf und geht ihr entgegen. Sie ist groß, mit stolzer Haltung und schulterlangem, lockigem Haar. Man könnte sie für eine Schwedin halten, denkt Clara, und plötzlich fällt ihr Grégoire Larondo ein, das blonde Haar dieses für immer im Schatten gebliebenen Mannes.

Kimmy Diore stellt sich vor und streckt ihr die Hand hin. Sie sieht sich unruhig im Warteraum um, und Clara kann mit Leichtigkeit die Verbindung herstellen zwischen der jungen Frau, die vor ihr steht, und dem kleinen Mädchen, das sie vor mehr als zehn Jahren stundenlang beobachtet hat.

»Ich weiß nicht, ob Sie sich noch an mich erinnern …«

»Aber natürlich, Kimmy. Was kann ich für dich tun?«

»Ich möchte Zugang zu meiner Akte haben. Zu den Gesprächsprotokollen. Ich möchte wissen, was ich gesagt habe. Alles. Was ich erzählt habe, nachdem Élise Favart mich zurückgebracht hat. Ich hatte es so verstanden, dass das Ihre Aufgabe ist, alles zu überprüfen und zu archivieren. Ich nehme an, es gibt noch Spuren.«

Clara schlägt vor, in ihr Büro hinaufzufahren, dort hätten sie mehr Ruhe. Als sie den Aufzug betreten wollen, zögert Kimmy kurz. Clara nutzt diesen Moment, um sich zu entschuldigen.

»Ich duze dich einfach, bitte entschuldige. Das kommt daher, dass ich dich als kleines Mädchen gekannt habe.«

»Sie sind nicht die Einzige. Alle Leute duzen mich.«

Im Aufzug sieht Kimmy Clara wortlos an.

Sie verlassen ihn, und das junge Mädchen folgt ihr.

Clara, die hinter sich die Dr. Martens dumpf auf den Boden aufschlagen hört, weiß eines mit Sicherheit: Kimmy Diore hat noch einige Rechnungen offen.

Im Büro angekommen, sieht sich Kimmy wieder um, anscheinend wüsste sie gern mehr über den Ort, an den sie sich begeben hat. Im Grunde gibt es nicht viel Aussagekräftiges. Weder Pflanzen noch Bilder, nur einen Haufen aktueller Dossiers, die zu einem einzigen, mehr oder minder stabilen Stapel aufgetürmt sind, und eine Reihe von blutigen Fotos, die Clara rasch wegräumt.

»Wie hast du meinen Namen erfahren?«

»Den habe ich schon vor langer Zeit in den Papieren meiner Mutter gefunden. Ihr Gesicht ist das Einzige, an das ich mich erinnere. Der ganze Rest ist verschwommen. Die Psychologen, die Ärzte, die anderen Flics, ich habe alles gelöscht … außer Ihnen. Sie sind auf mich zugegangen, und ich weiß noch, dass Sie sich hingehockt haben, um mit mir zu sprechen. Als ich den Ton Ihrer Stimme hörte, dachte ich: So schlimm ist es gar nicht. Ich hatte Angst um Élise. Obwohl sie so ruhig und lieb zu mir war, hatte ich, glaube ich, durchaus begriffen, dass sie sehr großen Ärger bekommen konnte. Ich habe sie nie wiedergesehen, müssen Sie wissen. Sie sind den ganzen Vormittag bei mir geblieben. Ich weiß, dass Auszüge von dem, was ich gesagt habe, im Prozess vorgelegt wurden, aber ich hatte nie Zugang zu diesen Dokumenten und zu allem Sonstigen in der Akte. Meine Eltern wollten mir nichts zeigen.«

»Möchtest du irgendetwas Spezielles wissen?«

»Alles.«

Bei der Erinnerung an jene Zeit gehen Claras Gedanken auf eine kurze Reise, und sie spürt wieder den bitteren Nachgeschmack, den der Fall bei ihr hinterlassen hat.

»Es gab viel in der Presse zu lesen, weißt du …«

Kimmy unterbricht sie.

»Ich kann einfach nicht mit dem Gedanken leben, dass diese Frau, die Einzige, die verstanden hatte, was wir da durchmachten, die Einzige, die dem ein Ende zu setzen versuchte, durch meine Schuld zwei Jahre im Gefängnis verbringen musste.«

»Es ist nicht deine Schuld, Kimmy. Élise Favart war zwei Jahre im Gefängnis, weil sie gegen das Gesetz verstoßen hatte. Sie hat dich gekidnappt und mehrere Tage bei sich behalten. Später wurde nachgewiesen, dass sie keinen körperlichen Zwang ausgeübt hat und keine kriminelle Absicht vorlag. Sie hat sich selbst gestellt, das haben die Richter berücksichtigt. Du hast überhaupt keinen Grund, dir etwas vorzuwerfen, das kannst du mir glauben, deine Aussage hat im Gegenteil dazu beigetragen, ihre Strafe zu verringern. Sie hätte viel mehr bekommen können.«

»Sind Sie sicher?«

»Ja. Soweit ich mich erinnere, stimmten deine und ihre Aussage völlig überein, das hat sich zu ihren Gunsten ausgewirkt.«

»Ich habe die Zeitungen gelesen. Die Beschreibung der Entführung und die meiner ›Gefangenschaft‹, wie sie es nannten … Aber mich verblüfft, dass sich niemand gefragt hat, ob ich nicht erleichtert war, ein paar Tage Ruhe zu haben. Ohne von morgens bis abends gefilmt zu werden, ohne dass jede Stunde meines Lebens meiner Klasse, meiner Schule und Hunderttausenden von Leuten, die ich nie gesehen hatte, vorgeführt wurde.«

Der Zorn entlädt sich in winzigen Zuckungen unter der glatten Oberfläche ihres Gesichts.

»Doch, Kimmy. Diese Frage wurde im Gericht angeschnitten, insbesondere, weil Élise Favart bestimmte Verhaltensweisen bei dir als Zeichen von Müdigkeit oder sogar Verzweiflung interpretiert hatte, und …«

»Aber man hat mich nach Hause zurückgebracht.«

»Das stimmt.«

»Wissen Sie, was danach geschah?«

Aus Angst, den Redefluss des jungen Mädchens zu unterbrechen, schüttelt Clara nur verneinend den Kopf.

»Meine Mutter hat abgewartet. Bis sich der Aufruhr legte. Bis sich die Medien für etwas anderes interessierten. Sie hat Weihnachten und den ganzen Winter vorbeigehen lassen. Für einige Wochen, einige Monate hatten wir eine Art Auszeit. Wissen Sie, es war seltsam, Zeit zu haben. Zeit, sich zu langweilen, Zeit, sich zu fragen, was man tun wollte, Zeit, überhaupt nichts zu tun. Für meine Mutter war es schwierig. Sie hatte panische Angst, vergessen zu werden. Unsichtbar werden hieß verschwinden. Ich glaube, es war etwa im März, als sie uns eine Yes Challenge vorschlug. Um Spaß zu haben. Nicht unter uns, ganz privat, wie in den meisten Familien, o nein. Spaß haben und filmen. Beim Spaß auch Geld machen. Vor der Entführung war unser letztes Video dieser Art zwanzig Millionen Mal aufgerufen worden. Die Kinder, die uns zusahen, liebten es. Stellen Sie sich vor, Eltern zu sehen, die einen ganzen Tag lang Ja zu allem sagen! Der Traum aller Kiddies! Ganz zu schweigen von der Rückkehr des armen kleinen entführten Mädchens. *Das* Drehbuch schlechthin, es würde für Wirbel sorgen. Übrigens hat das Video, kaum dass es gepostet war, all unsere Rekorde gebrochen.«

Sie macht eine Pause, als wollte sie, dass Clara sich diese Fakten vergegenwärtigt.

»Also haben wir wieder angefangen. Anfangs nur hin und wieder eine kleine Story. Um die Fans zu beruhigen. ›Aber ja, meine Lieben, Kimmy geht es sehr gut und sie schickt euch lauter Schmuseküsschen. Nicht wahr, mein Schätzchen, du schickst doch dicke Schmuseküsschen?‹«

Kimmy hat die Stimme ihrer Mutter perfekt imitiert, diese künstliche, näselnde Fröhlichkeit, die sie so geschickt zu modulieren weiß. Clara lächelt, doch die junge Frau will dieses Lächeln nicht.

»Dann nahm die Häufigkeit zu. Élise Favarts Prozess sollte erst nach Monaten stattfinden, die Medien hatten uns schon vergessen. Aber die Fans nicht. Die hatten Entzugserscheinungen. Glauben Sie etwa, ich konnte meiner Mutter sagen: ›Verschwinde aus meinem Schlafzimmer, du mit deinem Scheiß-Handy und deinen Scheiß-Lieben, von denen sich einige einen runterholen vor diesen schönen Bildern, die du mit der ganzen Welt teilst!‹? Nein, ist schon klar, ein Kind spricht nicht so. Denkt nicht an so was. Aber heute bin ich achtzehn, und ich spreche so. Die Hälfte der Leute, mit denen ich Kontakt habe, glauben, sie wüssten besser als ich, wer ich bin. Und sollten sie mich glücklicherweise verpasst haben, genügen vier Mausklicks, und sie sehen mich im Höschen oder im Tutu oder wie ich gerade, ohne die Hände zu benutzen, Chips von der Tischplatte fresse, als wäre ich ein Tier.«

Kimmys Gesicht ist hart geworden.

»Glauben Sie, ein Kind von zwei, vier oder zehn Jahren kann das wirklich *wollen*? Glauben Sie, ihm ist klar, was es tut?«

Clara rührt sich nicht mehr. Sie lässt die junge Frau nicht aus den Augen.

»Wer von Ihnen hat sich weiter Happy Récré angeguckt, nachdem ich wieder da war? Wer hat unsere tolle *Beißen, Lecken oder nichts*-Challenge gesehen oder unsere große *Klopapier-Schlacht* während des Lockdowns? Wer hat gesehen, wie Sammy in einer idiotischen Inszenierung, die ihm schlimmsten Spott eingetragen hat, mit Handschellen an die Gitter seines Betts gefesselt war? Wer hat es gewagt, von Erniedrigung zu sprechen?«

Kimmy Diore erwartet keine Antwort.

»Ich nehme an, Sie hatten Wichtigeres zu tun. Die Wahrheit ist, dass der Kanal eine weitere Million Abonnenten dazubekam. Also haben wir langsam wieder angefangen. Ja, nach wenigen Monaten hat das alles, das Drehen, die Vergnügungsparks, die Widmungsverstaltungen, wieder angefangen.«

Kimmy lässt sich kaum Zeit zu atmen.

»Wie soll man Freunde finden, wenn man keinerlei Anteil an ihrem Leben haben kann und sie unseres durch einen Bildschirm hindurch beobachten? Wir waren allein. Wir waren draußen. Wurden bewundert oder verabscheut, angehimmelt oder beleidigt. ›Der Preis des Ruhms‹, sagte sie … Aber das ist nicht das Schlimmste. Das Schlimmste ist, dass wir nirgends geschützt waren. Nirgends außerhalb ihrer Reichweite.«

Jetzt hört Kimmy auf zu sprechen. An ihrer Schläfe, da wo ihr Zorn kocht, pulsiert ein blaues Äderchen.

Clara bietet Kimmy ein Glas Wasser an, und verlässt, als diese annimmt, ihr Büro, froh über ein bisschen Abstand. Der Zorn der jungen Frau ruft die Ungläubigkeit wieder wach, die sie damals angesichts der Bilder von Happy Récré empfunden hat, und dieses heftige Gefühl einer Kluft, einer Unverhältnismäßigkeit, das sie damals hatte.

Dieses Gefühl, das sie, wenn sie darüber nachdenkt, nie verlassen hat.

Sie hat Kimmy Diore vergessen, das stimmt. Oder ist vielmehr zu etwas anderem übergegangen. Im Wesentlichen zu Leichen. Noch warmen oder schon völlig kalten Leichen, zu gequälten Körpern und verstreuten Knochen, die in einem Wald gefunden worden waren. Sie hat ihre Arbeit gemacht. Eine äußerst präzise Arbeit, die ihren ganzen Scharfsinn und ihre ganze Konzentration verlangt.

Aber Kimmy hat recht. Sie hat sich die Videos auf dem Happy-Récré-Kanal nicht weiter angeschaut. Als das Gesetz verabschiedet wurde, dachte sie, das Problem sei gelöst. Und wie alle anderen auch hat sie nicht mehr hingesehen.

Clara kehrt mit dem Glas Wasser in der Hand in ihr Büro zurück.

Während ihrer Abwesenheit ist Kimmy aufgestanden, um aus dem Fenster zu sehen.

Sie trinkt das Glas in einem Zug leer und setzt sich wieder. Sie ist gekommen, um etwas zu sagen, und sie ist noch nicht fertig.

»Mit acht oder neun Jahren bekam ich einen nervösen Tick. Ein unkontrollierbares Lidzucken, das man auf den Videos erkennt, wenn ich in die Kamera schaue. Nachdem sie mich zu mehreren Spezialisten gebracht hatte – die Ruhe und Geduld empfahlen, weil die meisten dieser Ticks bei Kindern von selbst wieder verschwinden –, beschloss meine Mutter, dass Sammy die *Unboxing*-Videos künftig allein machen sollte. Ich sollte bei anderen Formaten mitmachen, bei denen mein Problem weniger sichtbar war. Eine Zeit lang hat Sammy die Pakete und die Überraschungseier allein ausgepackt. In dieser Zeit haben wir fast alle 24-Stunden-Challenges gedreht, weil die auf den anderen Familienkanälen sehr großen Erfolg hatten: *24 Stunden in einem Karton, 24 Stunden in der Dusche, 24 Stunden in einer aufblasbaren Burg, 24 Stunden in der Hütte aus Stoff* … Wir hatten irren Spaß …«

Clara wagt nicht, auf die Uhr zu sehen. Sie hat einen Termin, sie ist sicher, dass sie bereits sehr spät dran ist, aber sie muss diese junge Frau ausreden lassen.

»Und dann?«

»Als der Tick verschwunden war, bekam ich Ausschlag. Das Ekzem entwickelte sich innerhalb weniger Wochen. Auf den Händen, am Hals, auf dem Bauch – eine gruselige Krokodilhaut. Meine Mutter versuchte es mit Schminke, aber jedes kosmetische Produkt machte die Sache noch schlimmer. Also wurde Sammy nach und nach zum Helden von Happy-Récré, und ich verschwand von der Bildfläche des Kanals. So mit dreizehn, vierzehn Jahren begann ich Joints zu rauchen und genehmigte mir die Hälfte der Jungs vom Lycée nebenan. Das Ekzem war wieder weg, aber ich hatte keine Ähnlichkeit mehr mit dem musterhaften kleinen Mädchen, das meine Mutter so gern vorzeigte. Das Prinzessinnenkostüm war ganz schön zerfetzt, und meine Laune passte überhaupt nicht ins Bild. Ich wurde fast eine Jugendliche wie alle anderen auch, frech und in ständiger Revolte gegen die Eltern. Nur um sie zu ärgern, sagte ich, ich wolle bei Élise leben, obwohl ich genau wusste, dass ein Kontaktverbot verhängt worden war. Nach mehreren Auseinandersetzungen war mein Vater gegen den Wunsch meiner Mutter bereit, mich auf ein Internat zu schicken. Sobald ich dort war, färbte ich mir die Haare schwarz und beschloss, mich Karine zu nennen. Ich informierte den Direktor und die Lehrer und sagte ihnen, für mich sei es eine Sache auf Leben und Tod. Wenn man mich fragte, ob ich Kimmy Diore sei, sagte ich immer, die sei meine Kusine und total doof. Die Schüler begriffen schnell, dass sie nicht auf dem Thema herumreiten durften. Manche Mädchen machten sich zwar noch über mich lustig, im Flüsterton oder in den social media, aber das war mir egal. Meine Haut war glatt, und ich konnte atmen. Mit Happy Récré war Schluss. Aber natürlich hat meine Mutter ihr Instagram-Konto für all die happy fans weiterbetrieben, die wissen wollten, wie es der Familie ging. Und sie hat von ihrem mit Filtern und Paillettenregen geschönten erträumten Leben erzählt. Und dann war da noch Sammy. Er hatte seinen eigenen Kanal, der immer besser lief. Als ich wegging, war sie bereits sein Coach, seine Stylistin, seine Finanzleiterin. Sammy hat nie irgendetwas infrage gestellt. Sie hat ihm gesagt, er würde ein fantastisches Ausnahmeleben führen, und er hat ihr geglaubt.«

Für einen Moment sieht Clara wieder den lebhaften und sorgenvollen achtjährigen Jungen vor sich, den sie in der Wohnung der Diores kennengelernt hat, und versucht sich den jungen Erwachsenen vorzustellen, der er jetzt ist.

»Geht es Sammy gut?«

Kimmy schweigt kurz, bevor sie antwortet.

»Ich weiß nicht. Ich weiß weder, wo er ist, noch, was er macht. In der Zeit, als ich auf dem Internat war, haben wir uns selten gesehen. Wenn ich übers Wochenende nach Hause kam, begegneten wir uns zwar, doch wir sprachen nicht miteinander. Es ist traurig, das zu sagen, aber wir gehörten zu verschiedenen Lagern. Ich hatte den Krieg erklärt und mir eingeredet, er paktiere mit dem Feind. Er machte all diese Videos auf seinem Kanal, immer unter Mamans Kontrolle und mit ihr als Gaststar. Für mich war er schlicht ein Kollaborateur. Wir gingen auf Distanz. Er hatte dicke Verträge mit verschiedenen Markenfirmen und einen Haufen Projekte mit anderen Influencern, es lief wirklich gut für ihn. Er ist hierher nach Paris gezogen, weil er da sein wollte, wo alles Wichtige passiert. Maman kümmerte sich intensiv um seine Aktivitäten, las seine Verträge gegen und beriet ihn. Sie blieb noch aus der Ferne präsent. Als ich in Paris ankam, rief ich Sammy an. Wir verabredeten uns in einem Café. Ich habe gleich gesehen, dass es kaputt war. Das zwischen uns. Es war so schwierig geworden, mit ihm zu reden. Ich dachte mir, dass er sauer auf mich wäre, weil ich das Schiff verlassen und die Solidarität aufgekündigt hatte. Ich hatte sogar den Eindruck, dass er mir misstraute. Dabei waren wir uns so nah gewesen. Sie können sich das nicht vorstellen. Er war mein großer Bruder. Ich betete ihn an und bewunderte ihn. Das hat mich sehr traurig gemacht. Ich dachte, so weit weg von unseren Eltern könnten wir uns wieder annähern und die alte Verschworenheit zurückgewinnen. Aber das Gegenteil war der Fall, und ich habe ihn für immer verloren.«

Sie holt tief Luft, und fährt dann leiser und ernster fort.

»Vor etwa einem Jahr hat er mit allem aufgehört. Auf dem Gipfel seiner Bekanntheit, einfach so, von einem Tag auf den anderen. Er ist in keinem sozialen Netz mehr zu finden, er hat alle Konten gelöscht. Es gibt nur noch die Videos von Happy Récré, über die hat meine Mutter die Kontrolle behalten. Sammy ist umgezogen und hat die Telefonnummer gewechselt, ich weiß nicht, wo er ist. Niemand weiß das. Meine Eltern sehe ich auch nicht mehr. Hin und wieder schreibe ich meinem Vater eine kurze Mail, um von mir hören zu lassen. Es dauert nie länger als eine halbe Stunde, bis er mir antwortet, er will unbedingt wissen, wie es mir geht, und fragt, wann ich mal vorbeikomme. Manchmal habe ich nach all diesen Jahren den Eindruck, dass meinem Vater langsam Zweifel kommen. An manchen Wörtern oder einer Erinnerung spüre ich zwischen seinen Zeilen etwas wie Reue oder Kummer. Ich bin schon lange nicht mehr zu ihnen in den Süden gefahren.«

Kimmy stockt und sieht sich um, als wäre sie erstaunt darüber, noch hier zu sein. Dann fügt sie mit plötzlich schwächerer Stimme hinzu: »Wissen Sie, im Grunde hat meine Mutter bekommen, was sie wollte. Sie ist für immer und für eine ganze Generation *Mélanie Dream*, die Mutter von Kim und Sam – und sie wird es bleiben … Aber Sammy, ich weiß nicht, ob er glücklich ist.«

Die Stille, die jetzt eintritt, ist von der gleichen Intensität wie ihr Bericht.

Trauer hat sich auf ihrem Gesicht ausgebreitet. Unter der Haut entlädt sich die Gefühlsbewegung wieder in Zuckungen der Nervenbahnen, die sie nur mit Mühe kontrollieren kann.

Clara sieht auf ihre Uhr. Sie müsste um diese Zeit schon im rechtsmedizinischen Institut bei der Autopsie eines Jungen sein, den man am Tag zuvor in einer wenig überzeugenden Selbstmordszenerie gefunden hat. Jetzt muss sie das Gespräch wirklich abbrechen.

»Es tut mir sehr leid, Kimmy, aber ich muss los … Ich werde sehen, was ich tun kann. Ich kann dir nichts versprechen, aber ich rufe dich an.«

Kimmys Miene verdüstert sich.

Sie betrachtet den Zettel und den Stift, den Clara ihr hinhält, als wären sie bei einer archäologischen Ausgrabung zutage gekommen, dann erst versteht sie, dass sie ihre Telefonnummer hinterlassen soll.

Als sich die Aufzugtüren hinter Kimmy Diores großer Gestalt schließen, sagt Clara diesen Satz, der ebenso klar und deutlich ist wie die, die sie manchmal nachts wecken:

»Es geht ihr um ihren Bruder.«

Als Kimmy das Bastion verlässt, geht sie Richtung Metrostation. Mit ein wenig Glück findet sie dort an der Ladestation ein E-Bike. Es ist ihr gelungen, mit Clara Roussel zu sprechen, aber sie ist sich nicht sicher, dass sie sie auch hat überzeugen können. Sie hatte nicht genug Zeit. Sie hätte ihr so gern alles erzählt, von dem Tag an, an dem Élise Favart sie in diesen Glaskasten mit den labyrinthischen Gängen gebracht hat, bis zu ihrem achtzehnten Geburtstag, an dem sie beschlossen hat, wieder dorthin zurückzukehren. Sie hat sich oft gefragt, warum sie sich an diese Frau erinnert, wo doch ihr Gedächtnis alle anderen Gesichter aussortiert hat, all diese Erwachsenen mit den sanften Stimmen, die damals ihren Körper untersucht und ihr Fragen gestellt haben. Als sie sie heute Morgen gesehen hat, so klein und zugleich so bezwingend, hat sie gedacht, es habe vielleicht daran gelegen, dass sie nicht größer war als ein Kind.

Am liebsten wäre sie den ganzen Tag in diesem Büro geblieben. Am liebsten hätte sie dort all ihren Zorn, ihre Schuldgefühle, ihren Kummer abgeladen. Zwischen diesen Wänden Jahre vorgetäuschter Freude und unsagbaren Leidens zurückgelassen.

Sie hat nicht die richtigen Worte gefunden.

Wenn sie nach liebevollen Momenten in ihrer Kindheit sucht, dann ist es immer Sammy, an den sie denkt. Zu ihm kehrt sie dann zurück. Ihr großer Bruder.

Der sich, wenn sie schon im Bett lagen, noch einmal in ihr Zimmer schlich, um ihr »richtig« Gute Nacht zu sagen.

Der ihr Geschichten über Scotch erzählte, den unsichtbaren kleinen Jungen, den er erfunden hatte.

Der sie verteidigte, wenn sie ihren Text vergaß oder sich weigerte, ein rosa Tutu anzuziehen. An manchen Tagen war er der Einzige, der sie dazu überreden konnte, ein Kostüm anzuziehen, das sie nicht tragen wollte.

Der ihr das größere Stück Kuchen überließ.

Und diese Spiele, die nur ihnen beiden gehörten: nicht auf die Fugen zwischen den Bürgersteigplatten treten, Elektroautos zählen, Schmuseschmutz so gut verstecken, dass es der Waschmaschine entging.

Einmal, zu der Zeit, als sie die nervösen Ticks hatte, hat sich Sammy geprügelt, weil sich ein Junge aus der Schule vor anderen Schülern über sie lustig gemacht hatte.

Lange Zeit gelang es ihnen, ihre eigene Welt und ihre eigene Sprache aus allem herauszuhalten. Diese kleine, chiffrierte Bruder-und-Schwester-Welt, von der ihre Eltern nichts wussten. Doch nach und nach nagte Happy Récré an ihren Spielen, an ihrem Lebensraum und setzte seinen Stil, seine hundertfach wiederholten Phrasen und Gags durch. Happy Récré hat gewonnen.

Sammy ist den Wünschen ihrer Mutter immer nachgekommen, hat sich nie aufgelehnt. Er war der vollkommene Sohn, der Sohn seiner Mutter. Immer einverstanden, immer dabei. Er arbeitete hart und ohne zu klagen. Je mehr sich Kimmy entzog, desto fügsamer wurde er. Je deutlicher sie revoltierte, desto mehr zeigte er seine Zustimmung. Weil sie Nein sagte, sagte er Ja. Und weil er Ja sagte, durfte sie Nein sagen.

All die Jahre hat er Beleidigungen, Hänseleien und Spitznamen über sich ergehen lassen. Wogen von Hass und Sarkasmus. Er hat sich nie gewehrt. Als könnte ihn nichts ins Wanken bringen. Er erklärte jedem, der er es hören wollte, dass er an seiner Zukunft baue. Er werde berühmt werden und viel Geld verdienen.

Sie hat es ihrem Bruder verübelt, dass er das Musterkind war. Sie hat ihn wegen seines Gehorsams gehasst. Sie hat nie ermessen können, was er auf sich nahm. Was er ausglich.

Heute begreift sie es.

Indem er ihr das Feld der Revolte überließ, ermöglichte er ihr die Flucht.

Santiago Valdo hat sich vor Kurzem eine Spracherkennungssoftware zugelegt, die, wie er zugeben muss, Erstaunliches leistet. Das Mikrofon ist so gut, dass er beim Diktieren seines Aufsatzes im Arbeitszimmer auf und ab gehen kann. Mit der einfachen Nennung eines Begriffs kann er im Verlauf des Diktierens Archive oder zusätzliche Dokumente öffnen und nach Zitaten und Abbildungen suchen. Die Software weist ihn auf Wiederholungen und etwaige Syntax- oder Kongruenzfehler hin und schlägt sogar Lösungen vor.

Seit einigen Tagen ist Santiago damit beschäftigt, einen Artikel über die Entwicklung des *homing* zu verfassen, eines Trends, den ein amerikanischer Soziologe in ein Konzept gefasst hat.

Während er seine Sätze ausspricht, sieht er sie wie durch Zauberei ohne Tipp- und Rechtschreibfehler auf der weißen Bildschirmseite erscheinen.

Wenn er korrigieren will, braucht er bloß »zurück um« zu sagen und die entsprechende Anzahl von Buchstaben oder Wörtern anzugeben.

Während er so auf und ab geht, versucht er den Schlussteil auszuarbeiten.

»Man kann inzwischen von seinem Sofa aus andere Leben als das eigene leben. Dazu genügt es, sich auf einer kostenpflichtigen Plattform anzumelden, ein je nach vorhandener Hardware mehr oder weniger immersives Paket auszuwählen und sich dann leiten zu lassen. Der Markt expandiert immer weiter. Zwar hat die virtuelle

Realität, was das Angebot von virtuellen Zusatzleben angeht, weiterhin Erfolg (man kann für wenige Euro vierundzwanzig Stunden in einem Wasserbungalow auf den Malediven verbringen, und das bei exzellenter Farbwiedergabe), doch die *real story* (oder auch das Heim-Reality-TV) gewinnt immer mehr Marktanteile.

Mehr als zweitausend echte Leben, anonyme oder auch berühmte, werden derzeit im Katalog der Plattform Share the Best angeboten: allein oder in einer Paarbeziehung lebende Frauen und Männer aller Art und jedweder sexuellen Orientierung, mehr oder weniger kinderreiche Familien, Rentner. Günstige Pauschalpreise machen es möglich, zwei oder drei Leben gleichzeitig zu führen.

Viele Menschen …«

Er unterbricht sich, um etwas zu verbessern.

»Zurück um zwei Wörter.«

Er überlegt kurz, dann diktiert er weiter.

»Immer mehr junge Erwachsene verlassen ihre Wohnung nicht mehr. Sie machen Telearbeit oder arbeiten gar nicht mehr, sie gehen nicht mehr ins Theater oder ins Kino, nicht einmal mehr in den Supermarkt. Sie konsumieren (Lebensmittel-, Kosmetik-, Elektro-, Kultur-)Produkte, die nach Hause geliefert werden, und kommunizieren über immer ausgefeiltere Schnittstellen oder Videospiele. Das ist der Preis dafür, dass sie sich sicher fühlen.«

Er hält inne. Und sagt sich, dass er es später zu Ende diktiert. Er muss eine übergeordnetere Sicht einnehmen, einen prägnanteren Schluss finden.

Die mit einer frühen Überexposition in den sozialen Netzen einhergehenden Krankheitsbilder, mit denen sich Santiago befasst, machen sich in der Jugend oder, noch häufiger, beim Eintritt ins Erwachsenenalter bemerkbar. Eins der Hauptsymptome ist Sucht. Im Wesentlichen eine Verhaltenssucht (Spiel-, Internetsucht), die sich auf psychoaktive Substanzen (Alkohol, Drogen) verlagern kann. Die Suchtstörungen können auftreten, wenn der Betreffende das Gefühl hat, dass sein Publikum oder seine Präsenz in den social media kleiner werden (dann verläuft alles so, als würde der Betreffende, der seine übliche Dosis an Befriedigungen – Aufrufe, Kommentare, verschiedene Zeichen der Zustimmung – vermisst, diesen Mangel durch eine andere, jetzt leichter zugängliche Substanz ausgleichen), doch sie treten durchaus auch auf dem Gipfel der Bekanntheit auf, um die durch diese Bekanntheit hervorgerufene Furcht und eine in manchen Fällen aus ihr resultierende Vereinsamung erträglicher zu machen.

Zudem werden andere psychische Störungen, die bisher nur auf dem amerikanischen Kontinent beobachtet wurden, inzwischen auch in Europa beschrieben und erforscht. Bei diesen neueren Forschungen nimmt Santiago gemeinsam mit einem Team von etwa zwanzig an Universitäten, in Kliniken und in Praxen arbeitenden Kollegen eine Spitzenposition ein.

Nach zwei Telefongesprächen mit Sammy Diore ist er praktisch sicher, dass dieser die charakteristischsten Anzeichen des sogenannten Truman-Syndroms aufweist, das zum ersten Mal in den 2000er Jahren in Los Angeles beobachtet wurde. Parallel wurden auch in Europa einige Fälle erwähnt, jedoch nicht als Gegenstand wissenschaftlicher Untersuchungen. Das Syndrom, das früher nur als Ausdruck einer anderen, bislang nicht diagnostizierten psychischen Störung (Paranoia, Schizophrenie, bipolare Erkrankung) galt, wird heute als ein ganz eigenes Krankheitsbild betrachtet. Es wurde nach dem im Jahr 1998 herausgekommenen Film von Peter

Weir benannt, dessen Handlung Jacquot le Cacou wie folgt zusammenfasst:

»*The Truman Show* erzählt die Geschichte eines jungen Mannes, der kurz vor seinem dreißigsten Geburtstag herausfindet, dass er seit dem Tag seiner Geburt gefilmt wird und von Schauspielern umgeben lebt. Seine Frau und sein bester Freund tragen Ohrhörer und werden dafür bezahlt, dass sie ihm die Stichwörter geben; sein ganzes Leben wird von dem verrückten Halbgott, der die Sendung leitet, dirigiert. Ohne es zu wissen, ist Truman Burbank der international bekannte und angehimmelte Star einer großen Reality-TV-Show. Er verliebt sich in eine Statistin und beschließt zu fliehen, um in die reale Welt zurückzukehren.«

Santiago befasst sich schon lange mit diesem Thema. Patienten, die am Truman-Syndrom leiden, sind davon überzeugt, dass sie ständig gefilmt werden und dass jede Minute ihres Lebens irgendwo wiedergegeben wird: in einer virtuellen Reality-TV-Sendung, auf einer social-media-Plattform oder in den Tiefen des Darknets … Alle Menschen in ihrer Umgebung werden zu Komplizen bei diesem Betrug: Freunde, Kollegen und Familienmitglieder spielen die ihnen vorher zugewiesenen Rollen, stellen sie auf die Probe oder tragen dazu bei, die Wahrheit vor ihnen zu verbergen.

Die – meistens schon vorher bestehende – extreme Angst dieser Patienten findet in der Vorstellung eines allgemeinen Komplotts eine rationale Erklärung. In der Überzeugung, dass sie Ziel der allgemeinen Aufmerksamkeit sind und von einem unsichtbaren Publikum beobachtet werden, billigen sie ihrer Angst eine Berechtigung zu.

In Sammy Diores Fall beruht die Störung nicht nur auf einer Vorstellung: Sie nährt sich aus sehr genauen und wahrscheinlich traumatischen Kindheitserinnerungen.

In den schwersten Ausprägungen dieses Krankheitsbilds denkt der Betreffende, sein Geist und sein Körper würden von Spitzentechnologien oder solchen Technologien, die sich noch in der Versuchsphase befinden, kontrolliert. Von vernetzten Objekten umgeben, sieht er sich selbst als Objekt, das von einer unsichtbaren und böswilligen Instanz ferngesteuert wird. Das kann so weit gehen, dass der Patient Stimmen hört, von denen er annimmt, dass sie durch verschiedene Übertragungssysteme direkt in seinem Hirn erzeugt werden, während ihm seine Erinnerungen vorkommen wie ohne sein Wissen implantierte Bilder. Er ist dann davon überzeugt, dass kein Organ seines Körpers diesem Zugriff entkommen kann.

Im Laufe der letzten fünf Jahre wurde das Truman-Syndrom in Frankreich etwa zwanzig Mal diagnostiziert, und zwar bei Patienten, die nach 2005 geboren wurden und schon im Kleinkindalter auf Internetplattformen und in sozialen Netzwerken exponiert waren. Bislang allerdings ist die Auswirkung dieser frühkindlichen Exposition noch eine Arbeitshypothese.

Clara geht zu Fuß nach Hause. In gleichmäßigem Tempo, das ist für sie die beste Methode, ihren Stress loszuwerden. Langsam entkrampft sich ihr Plexus, und ihre Bedrücktheit lässt nach. Sie bemerkt die Stille. Eine unglaubliche Stille, an die die Stadt nicht gewöhnt ist. Nach einer langen Schlacht im Parlament ist gerade das Gesetz über das Verbot benzinbetriebener Fahrzeuge in den zwanzig Arrondissements von Paris in Kraft getreten. Man nimmt den Raum ganz anders wahr, denkt sie, es erinnert sie an die Wintertage ihrer Kindheit, damals, als es noch Schnee gab.

Im regelmäßigen Wiegen ihres Körpers folgt ein Gedanke auf den anderen – sie fließen. Wenn sie in dieser bewegten Form sind, fällt es ihr leichter, sich ihnen zu nähern, auf sie einzuwirken oder ihnen sogar auszuweichen. Sie werden von demselben Schwung getrieben, der auch ihren Körper vorantreibt, und sie folgen diesem Rhythmus sogar, wenn sie sich auflösen oder auch klären.

Sie denkt an Kimmy Diore und ihre seltsame Bitte.

Sie denkt an die Leiche des jungen Mannes, der dem vorgetäuschten Selbstmord zum Opfer fiel.

Sie denkt an das zinnoberrote Kleid, das sie heute Abend anziehen könnte, und an den Lippenstift, der dazu passt.

Sie denkt an den Vorschlag, den Cédric ihr gemacht hat, als sie das letzte Mal zusammen in der Cafeteria zu Mittag gegessen haben. Er möchte, dass sie zu ihm in die Abteilung für den Schutz Minderjähriger kommt. Bald wird in seinem Team der Posten eines Gruppenleiters frei. Sie hat ihm eine Reihe von Argumenten entgegenzusetzen versucht (sie sei schon lange nicht mehr im Außendienst, sie habe keine Kinder), aber er hat sie bald unterbrochen: Er brauche sie.

Während Clara am Park entlanggeht, wird sie von einem Mann überholt.

Er dreht sich nach ihr um und mustert sie völlig ungeniert, dann setzt er seinen Weg sichtlich enttäuscht fort. Sie weiß, dass sie von hinten noch aussieht wie eine Jugendliche, die die Blicke auf sich zieht. Doch von vorn ist sie eine ungeschminkte Frau mit müden Zügen. Sie lächelt.

Auf dem letzten Stück, bevor sie ihr Wohnhaus erreicht, beschleunigt sie den Schritt. Sie mag diese leichte Betäubung, die sich einstellt, wenn es ihr gelingt, das erhöhte Tempo auf dem ganzen letzten Kilometer durchzuhalten.

Als sie vor dem Eingangsbereich ihres Wohnhauses ankommt, öffnet sich die Tür automatisch. Nach neunzehn Uhr ist der Nachtwächter in seiner Loge. Sie winkt ihm durch die Kamera zu und lächelt. Sie haben ein kleines Geheimnis. Eines Abends ist Clara sehr, sehr blau von einem Abendessen zurückgekommen und bei ihm stehen geblieben, um mit ihm zu plaudern. Sie hatte noch gar keine Lust schlafen zu gehen. Sie redeten über alles Mögliche, über ein Verbrechen, das einige Tage zurücklag, über den Durchhänger um vier Uhr morgens, wenn man Nachtschicht hat, über den Winter, der keiner mehr ist. Und dann fragte er sie aus irgendeiner unerklärlichen Gedankenverbindung heraus, ob sie Poker spielen könne. Sein Gesicht leuchtete plötzlich auf, und er bat sie in seine Loge, als lüde er sie in ein Schloss ein. Dann holte er ein Päckchen Karten und ein Fläschchen Whisky aus einer Schublade. Die Partie dauerte die ganze Nacht. Am frühen Morgen gewann er schließlich und begleitete sie *mit den reinsten und ehrenhaftesten Absichten* zu ihrer Wohnung hinauf.

Seit jenem Abend treffen sie sich mindestens einmal im Monat.

Er ist ein As im Bluffen, sie schlägt ihn bei der Strategie. Sie machen sich für diese Treffen schön und ziehen sich entsprechend an: Sie in Kleid und Absatzschuhen, er in hellem Hemd und schwarzen Schuhen. Sie spielen nicht nur Poker, das weiß sie. Sie spielen auch das Spiel des sich gegenseitig Gefallens. Er ist deutlich jünger als sie und sehr verführerisch. Es könnte entgleisen. Doch jedes Mal halten sie sich an die Grenzen, bleibt jeder auf seinem schmalen Grat. Sie sind trittsicher. Sie haben schon einiges erlebt. Sie wissen vielleicht, was sie zu verlieren haben. Und dass nichts kostbarer ist als dieser Moment, der sich dehnt und keinem anderen gleicht, der Moment der Verheißung und des Begehrens, und diese besondere, einzigartige Verbindung, die sich durch dieses Spiel knüpft, und die Gefahr.

Heute Abend wird sie ihr rotes Kleid anziehen und gegen Mitternacht durchs Treppenhaus nach unten gehen.

Santiago Valdo ist im Khéops-Hochhaus, an der Grenze zum chinesischen Viertel, auf der zwanzigsten Etage angekommen und klingelt an der Tür von Nummer 2022. Nachdem er noch ein letztes Mal – vergeblich – darauf gedrängt hat, dass der junge Mann in seine Praxis kommt, hat er diesen Besuch zugesagt.

Der Spion verdunkelt sich kurz, dann öffnet Sammy Diore die Tür. Einige Sekunden lang steht er dem Psychiater regungslos gegenüber, als wäre er sich nicht sicher, ob er ihn hereinlassen sollte. Er trägt eine verschlissene Trainingshose und ein weißes T-Shirt, das auch nicht mehr ganz frisch wirkt, aber seine fleckenlosen Turnschuhe scheinen die Schwelle seiner Wohnung nie überschritten zu haben. Nachdem sie sich einen Moment lang gegenseitig gemustert haben, bittet er Santiago Valdo schließlich herein. Bevor Sammy die Tür schließt, reckt er den Kopf weit in beide Richtungen des Korridors, was, wie Santiago sofort denkt, ein bisschen an parodistische Agentenfilme erinnert, doch ihm ist klar, dass hinter der übertriebenen Vorsicht des Jungen keinerlei scherzhafte Absicht steckt.

Das Mobiliar beschränkt sich auf das unbedingt Notwendige (ein Sessel, ein Tisch, zwei Stühle), die Wände sind leer. Eine kleine Gerümpelphobie, stellt Santiago stillschweigend fest. Ein Blick ins Schlafzimmer genügt, um ihn zu dem Schluss kommen zu lassen, dass dort dasselbe minimalistische Streben herrscht. Jeder würde wetten, dass diese Wohnung unbewohnt ist.

Sammy Diore bietet ihm einen Stuhl an und setzt sich selbst ihm gegenüber, mit den Ellbogen auf den Knien und gefalteten

Händen, sein Rücken beschreibt eine lange Kurve, die sich anscheinend noch tiefer beugen könnte. Er hat sich ergeben, denkt der Psychiater.

Sammy betrachtet ihn mit misstrauischer Aufmerksamkeit, und Santiago begreift: Er will sichergehen, dass er nichts dabeihat, womit er ihn filmen oder sonst wie aufnehmen könnte.

Die Züge sind müde, die Augen haben tiefe Ringe, das ganze Gesicht zeigt die starre Maske von Menschen, die um ihren Schlaf kämpfen müssen. Trotz der weiten Kleider oder vielleicht auch gerade, weil er sich so darin verliert, erahnt man seine Magerkeit.

Der Psychiater lehnt sich in einer Position des Zuhörens auf seinem Stuhl zurück und überlässt es ihm, das Wort zu ergreifen.

Das Schweigen dauert noch einige Sekunden, bis Sammy endlich spricht.

»Ich weiß nicht, wie ich dem entkommen soll, Doktor.«

Santiago nickt, er weiß, dass dieses Nicken schon ans Karikaturhafte grenzt, aber er kennt nichts Besseres, um einen Patienten zum Weitersprechen zu ermuntern, ohne seinem Denken eine Richtung vorzugeben.

»So kann ich nicht weitermachen. Unablässig verfolgt. Überall. Ich kann nicht mehr … Wissen Sie, dass ich seit meinem sechsten Lebensjahr gefilmt werde?«

Santiago vermutet, dass es sich um eine echte Frage handelt, der er nicht ausweichen kann.

»Ja, das heißt, ich weiß, dass Sie mit Ihrer Familie für verschiedene Plattformen, insbesondere YouTube und Instagram, zahlreiche Videos gedreht haben.«

Sammy wirkt erleichtert darüber, dass er die Geschichte nicht von Anfang an erzählen muss.

»Das Problem ist, dass sie die Kontrolle verloren hat.«

Er stockt. Sein Blick sucht nach einem Halt. Er hat sichtlich große

Schwierigkeiten, seine Gedanken zu ordnen, und scheint sich zu fragen, wie er fortfahren soll.

»Meine Mutter …«

Santiago bemerkt das leichte Zittern der Hände und fragt sich wieder, ob er vielleicht in Behandlung ist, dann ermuntert er ihn mit einem Lächeln zum Weitersprechen.

»Sie war es, die alles regelte. Lange Zeit. Heute hat sie nichts mehr im Griff. Heute wird mein ganzes Leben live übertragen, und ich weiß nicht, wo und von wem. Ziemlich sicher ist es eine Paid-Content-Plattform. Ich weiß nicht welche und auch nicht, wie diese Leute mit ihren Abonnenten kommunizieren. Was immer ich tue, wo immer ich hingehe, ich werde gefilmt. Ich habe mich hier in meine Wohnung geflüchtet, weil es der einzige Ort ist, an dem sie noch keine Kameras verstecken konnten. Ich habe alles überprüft: die Möbel, die Wände und die wenigen Gegenstände, die ich behalten musste. Aber ich bin mir nicht sicher, ob wir nicht in diesem Moment, in dem ich mit Ihnen spreche, gefilmt werden. Vielleicht gehören Sie zu denen … Bei allen Leuten, mit denen ich in letzter Zeit zu tun hatte, waren Kameras in die Netzhaut implantiert. Bei allen. Ich kann nicht sicher sein, dass Sie in Ordnung sind, aber jetzt bin ich an einem Punkt, an dem ich keine Wahl mehr habe.«

Santiago hält es für an der Zeit, sein Schweigen zu brechen.

»Sie können mir völlig vertrauen, Sammy. Ich gehöre keiner Organisation an, ich bin mit keinerlei Aufnahmematerial ausgestattet, und außerdem unterliege ich der ärztlichen Schweigepflicht. Ist Ihnen das klar?«

Jetzt ist Sammy derjenige, der nur nickt.

»Am Telefon haben Sie mir von einer jungen Ärztin in der Klinik Saint-Anne erzählt, mit der Sie Kontakt hatten … Hatten Sie den in der Klinik?«

»Es war wegen der Bäckerei.«

»Ja …«

»Die haben da auch Kameras. Es soll nur eine Videoüberwachung sein, aber heutzutage ist kein System mehr davor sicher, angezapft zu werden. Das gilt auch für öffentliche Verkehrsmittel und Plätze. Die Leute glauben, unsere Datenschutzbehörde könne sie schützen, aber die kann daran nichts ändern. Die ist schon längst überfordert. Alle Firmen lassen sich ihre Bilder stehlen, wenn sie sie nicht sogar verkaufen … Vor zwei Monaten bin ich runtergegangen, um mir Croissants zu kaufen. Ich hatte die Bäckerei gerade betreten, da sah ich, wie sich das Kameraauge auf mich richtete und plötzlich aufging. Bereit, mich zu verschlingen. Ich weiß nicht, was dann geschehen ist. Ich bin zusammengebrochen. Ich erinnere mich nur an die Schreie. Ich fragte mich: ›Wer schreit denn da so?‹ Es war unerträglich. Später erfuhr ich, dass ich es war. Die Rettungskräfte kamen und brachten mich in die Klinik. Ich habe der Ärztin alles erklärt. Sie sagte, ich solle ein bisschen dableiben, bis ich mich erholt hätte. Ich müsse schlafen. Sie hatte recht. Aber ich habe abgelehnt. Die wären imstande gewesen, mich unter Drogen zu setzen und die Bilder zu verkaufen.«

»Glauben Sie, sie steckte mit denen unter einer Decke?«

»Nein, sie nicht, das glaube ich nicht. Sie gehört nur zu den Leuten, die der Wahrheit nicht ins Auge sehen wollen. Die nicht wissen wollen, wozu das alles dient. Denn es hätte jeder von den Angestellten zu den Komplizen gehören können. Deshalb bin ich wieder in meine Wohnung zurückgekehrt. Und habe sie seither nicht mehr verlassen.«

»Hat sie Ihnen Medikamente verschrieben?«

»Beruhigungsmittel, aber ich habe sie nicht genommen. Ich habe Angst, dass sie meine Wachsamkeit einschläfern, verstehen Sie?«

»Wenn Sie mir nachher das Rezept gezeigt haben, sprechen wir noch einmal darüber.«

Santiago weiß, dass es jetzt an ihm ist, seine Rolle zu spielen. Zu zeigen, dass er seinem Patienten zuhören kann, ohne ihn jedoch in seinen Wahnvorstellungen zu bestätigen.

»Sammy, ich würde gern ein oder zwei Dinge noch einmal ansprechen, wenn Sie einverstanden sind, um zu verstehen, was mit Ihnen los ist. In Ihrer Kindheit sind Sie für den YouTube-Kanal gefilmt worden, den Ihre Mutter betrieb. Danach hatten Sie Ihren eigenen Kanal, der sehr gut lief. Ich glaube, Sie testeten Videospiele und gaben Ratschläge, wie man Influencer werden konnte, war das so?«

»Ja, ja. Unter anderem.«

»Und vor einigen Jahren haben Sie von einem Tag auf den anderen mit allem aufgehört.«

»Ja.«

»Wollen Sie es mir genauer erzählen?«

»In meiner Schulzeit wollten alle YouTuber werden. Die meisten Schüler träumten davon, mein Leben zu führen. Davon, ein Selfie mit mir zu machen, zu mir nach Hause eingeladen zu werden … Natürlich gab es immer auch einige, die mich verarschten. Mit so beiläufigen kleinen Gemeinheiten. ›Na, Sammy, hast du noch Klopapier?‹, ›Wer sagt dir, was du tun sollst, Sammy, Instagram oder deine Maman?‹ oder ›Sammy zahlt, der hat die Taschen voll‹. Ich habe bald verstanden, dass ich nie so sein würde wie sie. Das war der Preis, den ich zahlen musste. Aber das in den sozialen Netzwerken, das war blanker Hass. Ich habe sogar Morddrohungen bekommen. Ich habe das aushalten können, wissen Sie. Das war nicht der Grund dafür, dass ich aufgehört habe. Auch wenn die Leute das gern erzählen. Die wollen glauben, ich hätte eine Depression bekommen wegen der *haters* oder weil Michou immer mehr Follower hatte als ich. Das stimmt nicht.«

»Was ist geschehen?«

»Letztes Jahr habe ich ein Mädchen kennengelernt, sie trank ihren Kaffee morgens in derselben Bar wie ich. Sie war superhübsch, und ich merkte deutlich, dass sie mich ansah. Wir haben angefangen, miteinander zu reden, erst nur am Tresen, und dann haben wir uns verabredet. Zum ersten Mal hatte ich Vertrauen zu jemandem. Sie wusste, wer ich war, aber es schien ihr nicht besonders wichtig zu sein. Auf Instagram bekam ich viel private Fanpost: Fotos, Liebeserklärungen, erotische Angebote. Ich habe es nie ausgenutzt. Ich wollte eine echte Begegnung erleben. Eines Abends schlug sie mir nach ein paar Bier vor, mit in ihre Wohnung zu kommen.«

Seine Stimme hat sich verändert, er räuspert sich, bevor er weiterspricht.

»Sie wohnte in einem großen Apartment. Als ich eintrat, sah ich zuerst die Kaffeebecher, denn sie hatte die ganze Kollektion, sie standen in einem Regal … Die Happy-Récré-Kaffeebecher. Mit Fotos von mir und Kimmy, so ziemlich aus allen Altersstufen. Und mit den Fotos meiner Mutter. Außerdem waren da noch die Notizbücher, die Poster, die Stifte, die Mäppchen, eine ganze Kollektion von Gegenständen, ausgestellt wie in einem Museum.«

Er stockt, seine Gefühle haben ihn eingeholt. Santiago wartet kurz, bevor er ihn wieder ermuntert: »Wie haben Sie reagiert?«

»Ich habe angefangen zu weinen. Ich konnte kein Wort herausbringen. Sie hat sicher gedacht, es wäre eine schöne Überraschung für mich und ich würde mich freuen, all das bei ihr zu sehen. Es hat mich umgebracht, das kann ich Ihnen sagen. Ich habe sofort ihre Wohnung verlassen, ich bin nie wieder in dieses Café gegangen, und ich habe sie nie wiedergesehen.«

Er hat sich auf seinem Stuhl aufgerichtet.

»Ein, zwei Wochen lang war ich so fertig, dass ich einfach nur liegen geblieben bin. Kein Post auf Instagram, kein Video auf YouTube oder TikTok. Und da hat es angefangen. Ganz bestimmt. Sie glaubten, ich würde alles aufgeben. Dabei brauchte ich nur eine Pause, aber sie sind ausgeflippt. Sie haben sich an Leute gewandt, die mich dann verfolgt haben. Nach einiger Zeit wurde mir klar, dass sie meine Nachbarn, die Concierge und sogar einige meiner Freunde angeworben haben.«

Santiago beobachtet den jungen Mann, dessen Angst immer greifbarer wird.

»Und das war der Moment, in dem Sie all Ihre Konten gelöscht haben?«

»Ja. Aber so einfach geht das nicht. Wenn die Leute das Bedürfnis haben, Sie zu sehen, zu wissen, wo Sie sind, was Sie tun, wenn die Ihre Ratschläge und Witze brauchen, wenn Tausende Menschen von Ihnen abhängen, von Ihrem Leben und Ihrer Stimmung, und bereit sind, dafür zu zahlen, dann haben Sie nicht das Recht zu verschwinden.«

Sammy hält inne und versucht seine Atmung in einen bestimmten Rhythmus zu bringen, anscheinend eine Entspannungsübung. Er schließt die Augen. Mehrmals füllt er seine Lunge und leert sie dann wieder ganz langsam. Santiago schweigt. Nach vier tiefen Atemzügen spricht der Junge weiter, als wäre nichts geschehen.

»Es ist immer noch viel zu viel Geld damit zu verdienen. Und wenn ich es nicht selbst tue, tun andere es an meiner Stelle.«

»Wer?«

»Ich weiß es nicht, das habe ich Ihnen ja schon gesagt. Aber ich weiß, dass sie überall sind und sehr gut organisiert. Unmöglich, sich zu verstecken. Das ist mir neulich in der Bäckerei klar geworden. Sie haben alle ihre Netze aktiviert, optische, taktile und thermische Aufzeichnungsgeräte, Drohnen und das ganze Arsenal von Wanzen.«

»Und Ihre Schwester, wo ist sie jetzt?«

»Nach dem, was ich zuletzt gehört habe, ist sie in Paris, aber wir sehen uns nicht mehr.«

»Glauben Sie, dass sie auch zu dieser … Organisation gehört?«

»Nein, da bin ich sicher.«

»Wie erklären Sie sich diese Distanz, die sie hält?«
»Sie liebt mich nicht.«
»Und Sie, lieben Sie sie?«

Sammy ist überrumpelt. Plötzlich steigen ihm Tränen in die Augen. Und er schlägt wie ein Kind die Hände vors Gesicht.

Clara hat einen Teil ihres Arbeitstages damit verbracht, nach Informationen über den weiteren Verlauf des Falls Diore und das weitere Schicksal der Beteiligten zu suchen. Dank hilfreicher Kollegen hat sie in wenigen Stunden einiges erfahren. Sie hat telefoniert, fotokopiert und Dokumente zusammengesucht. Gutes Material für ein kleines Dossier, das Kimmy ganz sicher interessant finden wird.

Jeden Abend, wenn sie in ihre Wohnung kommt, zieht sie als Erstes ihre Kleidung aus, als wollte sie sich von einer abgestorbenen Haut befreien. Ganz gleich, ob sie den Tag im Büro oder draußen verbracht hat, sie wirft alles in den Korb mit der schmutzigen Wäsche.

Manchmal fragt sie sich, wie groß der Anteil der Menschen ist, die sich wie sie beim Nachhausekommen umziehen. Die in eine alte Jogginghose, in Leggings oder Pantoffeln schlüpfen, die sich einen dicken Pulli oder ein ausgeleiertes Sweatshirt überziehen. Und wie viele von ihnen einen Morgenmantel, ein leichtes, kurzes Spitzennachthemd oder ein Seiden-Negligé bevorzugen. Wie viele die Kontaktlinsen herausnehmen und die Brille aufsetzen. Wie viele auf diese Weise ihr Draußen-Sein von ihrem Drinnen-Sein trennen.

Ihre Kleidung zu Hause hängt von ihrer Stimmung ab. Sie mag lange Kleider und Baumwollhosen.

Cédric hat sie heute Morgen angerufen, um ihr weiter zuzureden. Er greift aus immer neuen Richtungen an. Sagt Dinge wie »Du musst einen anderen Gang einlegen«, »Ich habe hier Fälle, die dich wirklich interessieren würden« oder »Denk auch mal daran, deine Karriere weiterzuentwickeln«.

Er sagt auch: »Das ist die richtige Stelle für dich.«

Oder, direkter: »Es wird Zeit, dass du aus deinem Büro rauskommst.«

Er ist vielleicht der Einzige, der das Ausmaß ihrer Zweifel ermessen kann. Es geht bei der Entscheidung nicht nur um die Abteilung und den Posten. Sondern um etwas viel Wichtigeres.

Er ist vielleicht der Einzige, der weiß, dass sie wieder aufgehört hat zu wachsen.

Seit einiger Zeit hat sie das Gefühl, in unglaublicher Zurückgezogenheit in einem weltabgewandten Winkel zu leben, am Rande dieser mit künstlicher Liebe und echtem Hass gesättigten angeblich sozialen Netze, am Rande dieses mit Selfies und lapidaren Sätzen vollgestopften World Wide Web der Illusionen, am Rande von allem, was sich mit Schallgeschwindigkeit bewegt.

Sie ist diese Frau im Kielwasser einer Stadt, die sie nicht mehr mag, in der es jeder eilig hat, nach Hause zu kommen, um online zu bestellen und zu konsumieren oder sich von den Abläufen der allmächtigen Algorithmen lenken zu lassen. Sie ist diese nervöse Frau, deren übermäßige Wachsamkeit sie am Schlafen hindert, diese Frau, die ihre Melancholie nicht eingesteht und der allgemeinen Bewegung nicht mehr folgen kann.

Liegt es daran, dass sie ihre Eltern nicht alt werden sehen konnte, fühlt sie sich heute deshalb so fremd, so anachronistisch, obwohl sie erst fünfundvierzig Jahre alt ist?

Wenn sie darüber nachdenkt, liegt ihr nicht besonders an diesem am Display klebenden Leben, am ständigen Dialog mit der künstlichen Intelligenz, in dem es nur deshalb »Kopf hoch« heißt, weil den Anforderungen der Gesichtserkennung Genüge getan werden soll. Sie will sich nicht wie die anderen auf ihr Sofa zurückziehen, das Smartphone wie festgewachsen am Finger, am Handgelenk oder in der Handfläche, um einen Hunger nach starken Emotionen zu stillen, indem sie auf dem Display nach den Dramen, Attentaten und Helden des Tages Ausschau hält, die schon am nächsten Tag vergessen sein werden.

Die Welt ist ihr nicht mehr verständlich, sie ist ihr entglitten. Die Welt ist verrückt, aber sie kann es nicht ändern.

Vielleicht ist es das Gefühl der Ohnmacht, das unerträglich geworden ist. Das Gefühl, ihre Muskeln, ihren Mut, ihre Widerstandsfähigkeit nicht eingesetzt zu haben, nicht mehr an die Front zu gehen. Das Gefühl, dass sie sich einen Hang hat hinuntergleiten lassen und jetzt zu müde ist, um es wieder nach oben zu schaffen.

Vielleicht hat Cédric recht. Dass es an der Zeit ist, etwas zu tun. Eine andere Möglichkeit zu finden, ihren Teil beizutragen.

»Haben Sie Selbstmordgedanken?«, hat sie der Amtsarzt vor einigen Tagen bei der Jahresuntersuchung gefragt.

»Jedenfalls keine klaren«, hat sie erwidert.

»Und unklare?«

Unklare … Sie versucht, offenen Fenstern nicht zu nahe zu kommen.

Aber das hat sie nicht gesagt.

Jeden Abend, wenn sie nach Hause kommt, hat sie das Gefühl, eine Zuflucht zu finden. Sie weiß, dass das nicht gut ist.

Sie weiß, dass ihr Zuhause (das Sofa, die geschlossenen Vorhänge, die sanfte Wärme ihrer Wohnung) ein Privileg ist und eine Falle.

Heute Abend wählt sie gleich nach dem Nachhausekommen auf ihrer Uhr Kimmy Diores Nummer.

Schon beim ersten Klingeln nimmt Kimmy den Anruf an.

Als die Verbindung hergestellt ist, gibt es kein Zögern mehr.

Am nächsten Tag überquert Clara die Seine. Für einen Spätnachmittag ist das Licht seltsam stark: weiß und blendend. Als hätte man Scheinwerfer installiert, um den Fluss zu beleuchten, denkt sie und blickt aufmerksam in den Himmel.

Sie geht rasch und beschattet die Augen mit der Hand, dabei fällt ihr ihr Onkel Dédé ein. Der Familienlegende nach, die auch weiterhin nicht ohne Folklore auskommt, ist er an dem Tag gestorben, als Renaud einen Polizisten umarmte. Sie denkt an ihre Kusine Elvira, die jetzt in der Karibik lebt, und an ihren Vetter Mario, der Volkswirt geworden ist. Sie denkt an die Freunde, die sie aus den Augen verloren hat, weil sie nicht genug Zeit für sie hatte.

Sie ist mit Kimmy Diore verabredet.

In einem Café auf dem Boulevard Raspail, das Clara wegen des dunklen und meist spärlich besetzten hinteren Raums ausgesucht hat, sitzen sie sich jetzt gegenüber.

Zum zweiten Mal stimmt Clara sich auf den mürrischen Ernst, den unsteten Blick und die Reizbarkeit dieser jungen Frau ein.

Zu Beginn des Gesprächs hat sie ihr erklärt, dass sie nicht berechtigt sei, ihr diese Informationen zu geben, weil Kimmy zur Zeit des Geschehens minderjährig gewesen sei. Normalerweise hätte sich Kimmy an die staatliche Behörde für den Zugang zu Verwaltungsdokumenten wenden müssen, was etwas umständlich sei und zeitraubend sein könne. Eigentlich sei Clara auch nicht berechtigt, mit den Mitteln der Kriminalpolizei aus persönlichen Gründen nach den Kontaktdaten einer Person zu suchen.

Kimmys Blick wird augenblicklich düster, sie kneift die Lippen zusammen, atmet hastiger und kann ihre Beine unter dem Tisch nicht mehr ruhig halten.

Sie ist nicht in der Lage, ihre Gefühle zu verbergen, denkt Clara und beendet ihre Vorrede sofort.

»Aber nun ja … Manchmal kommt es vor, dass man sich darüber hinwegsetzt.«

Kimmy hängt an ihren Lippen.

»Ich habe die beiden Protokolle über deine Vernehmungen durch die Abteilung für Jugendschutz gefunden. Und auch die der Vernehmungen von Élise Favart. Da gibt es mehrere, das wirst du gleich sehen. Ich habe sie übrigens aufspüren können. Nach der Entlassung aus dem Gefängnis hat sie das Sorgerecht für ihren Sohn wiedererlangt, der während ihrer Haft bei ihrer Mutter gewesen war. Sie ist mit ihm ins Morvan gezogen, dort hat sie ihren jetzigen Mann kennengelernt, der Sonderschullehrer ist. Er arbeitete und arbeitet immer noch in der Einrichtung für behinderte Kinder, die Ilian besucht. Sie haben geheiratet, und sie hat seinen Namen angenommen. Sie haben eine kleine Tochter bekommen, sie ist jetzt fünf. Élise hat eine Teilzeitstelle in einer Arztpraxis gefunden.«

Ein Lächeln huscht über Kimmys Gesicht, sie ist anscheinend erleichtert über diese Neuigkeiten.

»Ich habe dir auch ein paar Zusammenfassungen und Überblicke dazugelegt, die ich damals verfasst habe und die die Ermittlungen in groben Linien schildern. Und dann habe ich noch etwas für dich.«

Kimmy beugt sich vor, ihre Aufmerksamkeit ist noch größer. Clara wartet einen Moment, bevor sie fortfährt.

»Ich habe Sammys Spur gefunden. Das war nicht leicht, denn er gibt sich große Mühe zu verschwinden. Er hat sich seit Monaten mit niemandem getroffen, außer mit einem Psychiater, der ihn zweimal besucht hat. Ich bin mir nicht sicher, dass es ihm besonders gut geht. Ich glaube sogar, er braucht Hilfe.«

Kimmy greift nach den Papieren und steckt sie in ihre Tasche. Einige Sekunden lang irrt ihr Blick durch den Raum, dann richtet sie ihn wieder auf Clara.

Kaum hörbar dankt sie ihr.

Dann steht sie auf und geht.

Der Zorn war nicht immer da. Er kam an dem Tag, als Kimmy es wissen wollte. Als sie nachzuforschen begann. An dem Tag, als sie die Artikel der damaligen großen Tageszeitungen über Élise Favarts Prozess fand. An dem Tag, als sie aus den Verhandlungsprotokollen einer angesehenen Gerichtsreporterin erfuhr, dass ihre Mutter Élise Favart während des ganzen Prozesses kein einziges Mal angesehen hatte. Während all dieser Tage hatte Élise, wie mehrere Zeugen berichteten, den Blick ihrer früheren Freundin gesucht, immer vergeblich. Sogar noch, als sie mit brüchiger Stimme um Verzeihung gebeten hatte.

Als sie das vor einigen Monaten las, ist der Zorn erwacht. Vorher war es ein stiller Zorn. Oder aber er hatte andere Formen gehabt, unsichtbar und unter der Oberfläche.

Heute Abend kommt Kimmy ans Ende des Dossiers, das Clara Roussel ihr gegeben hat.

Sie liest, was sie als kleines Mädchen gesagt hat. Sieht, auf welche Weise sie zweimal über die acht Tage bei Élise berichtet hat. Sie ist erleichtert. In diesen Protokollen ist alles aufgezeichnet. Ihr gelegentliches Zögern, ihr Schweigen. Ihre deutlich sichtbare Zuneigung zu dieser Frau. Sie hat eine Auszeit beschrieben, in der es keine Irritationen, keine Angst gegeben hatte. Dann hat sie von dem letzten Abend erzählt, den Élise bei der ersten Vernehmung geschildert hatte, dem Abend, als ihr klar geworden war, dass etwas nicht stimmte.

Das in einem Aktenstück liegende Foto von dem Wandbild, das

sie gemeinsam mit Ilian gemalt hat, überwältigt sie. Für einen Augenblick wallt der Zorn wieder auf.

In Claras Zusammenfassung wird erwähnt, dass Kimmys Eltern am Tag nach ihrer Rückkehr den Vorsitzenden von Enfance en danger aufgefordert haben, ihnen die fünfhunderttausend Euro, die sie auf das Konto der Kinderschutzorganisation überwiesen hatten, sofort zurückzuerstatten. Sie hatten das verlangte Video nicht gepostet, also waren sie auch in keiner Weise verpflichtet, die Spende bestehen zu lassen.

Kimmy klappt die Akte zu.

Der Zorn kommt zurück und reißt sie mit.

Jeden Morgen klingelt der Wecker, und Mélanie geht ins Bad, um sich frischzumachen. Sie tränkt ein Wattepad mit Gesichtswasser und geht damit über ihr Gesicht, kämmt sich, tupft ein wenig Concealer auf die Augenringe und ein wenig Rouge auf die Wangenknochen, dann legt sie sich wieder hin. Vom Bett aus setzt sie dann die Liveübertragung ihres täglichen Lebens in Gang.

Auf Share the Best beginnt der Tag. Wieder klingelt der Wecker, und sie streckt sich in einem Sonnenstrahl. Sie setzt sich in ihrem Bett auf und wünscht ihren Abonnenten einen guten Morgen.

Mithilfe eines einzigen kleinen Geräts, das sie in einer Hand halten kann, steuert sie die gesamte technische Ausrüstung: Sie kann per Fernbedienung Mikros ein- und ausschalten und selbst Achsenwechsel vornehmen. Im Haus- und Außenbereich sind etwa zwanzig Kameras installiert, von denen jede im Umkreis von vier bis fünf Metern Bewegungen erkennen und verfolgen kann. Einfach toll, dieser technische Fortschritt. Das Kästchen entspricht dem »Mischpult«, das früher von den Fernsehregisseuren verwendet wurde. Sie muss nicht einmal mehr ein Mikro am Körper tragen. Die überall im Haus verteilten Tonaufnahmegeräte sind so leistungsfähig, dass sie ein Flüstern aus mehreren Metern Entfernung aufnehmen und übertragen können. Und die neue *Vlog*-Funktion macht es ihr möglich, sich jederzeit an ihr Publikum zu wenden: Es genügt, wenn sie direkt in eine Kamera blickt, dann werden diese Bilder vorrangig vor allen anderen gesendet. Was sie sagt, wird von einem Diktierprogramm direkt in Text übersetzt, der dann eingeblendet wird, sodass ihre Abonnenten nichts verpassen, auch wenn sie sich an einem Ort aufhalten, an dem sie den Ton nicht einschalten können.

Sie findet das wunderbar.

Mélanie lebt inzwischen in einer Art *Loft*-Serie, die nur ihr vorbehalten ist und aus der alle Konkurrenten ausscheiden mussten. Dieser Gedanke ist ihr neulich abends, als sie ins Bett ging, gekommen. Ein *Loft*, das sie meisterhaft steuert, bei dem sie Produzentin, Regisseurin und Hauptdarstellerin ist. Ihre redaktionelle Linie ist im Wesentlichen auf das praktische und häusliche Leben ausgerichtet, aber sie bezieht auch psychologische Aspekte ein. Ihre seelischen Verfasstheiten, ihre Reflexionen und ihre philosophisch angehauchten Aphorismen werden von ihren Abonnenten sehr geschätzt, und sie liest viel, um sich mit Stoff für ihre Texte zu versorgen.

Einmal im Monat gibt es am Donnerstagabend um 20:45 Uhr den *Live Dream*. Unter Hunderten von Kandidaten wählt sie einige Abonnenten von Mel Inside aus und führt mit ihnen ein direktes Gespräch. Sie hört aufmerksam zu, antwortet einfühlsam und geizt nicht mit Ratschlägen und privaten Mitteilungen. Manchmal nimmt auch Bruno an diesen Gesprächen teil. Er äußert sich, meistens auf Bitten der Ehemänner unter den Abonnenten, zu den eher männlichen Themen (geeignete Haushaltsroboter, Sicherheit und Schutz des Hauses, Wartung des Pools …). In letzter Zeit lässt sich Bruno immer sehr bitten, bevor er teilnimmt, doch Mélanie besteht darauf, ihre Fangemeinde liebt ihn und die Zuschauerzahlen steigen, wenn er dabei ist. Die Leute haben das Bedürfnis zu träumen. Ein schönes Paar wie sie zu sehen, eine stabile, innige Beziehung, das beruhigt sie. Das tut ihnen gut. Sie tut den Leuten gut. So ist das einfach. Sie ist eine Fee geworden, eine moderne Fee, ja. Sie braucht keinen Zauberstab, nur ein paar Kameras und einen großen Vorrat Liebe, die sie schenken kann.

Seit zwei Jahren sendet Mélanie an den Feiertagen ein Best-of ihres Lebens, ein wahres Feuerwerk, das alle Zuschauerrekorde schlägt.

Nach dem Frühstück (ein von einem Hersteller zuckerarmer Konfitüren – sie muss darauf achten, die Etiketten gut zu zeigen – gesponsertes Ritual), duscht Mélanie. Während dieser Zeit wird die Liveübertragung unterbrochen und ein *Album Souvenir* gesendet. Ihr erster Regieassistent kümmert sich um diese Montagen, bei denen Videoausschnitte aus Kimmys und Sammys Kindheit verwendet werden. Unterlegt von einer lizenzfreien nostalgischen Musik stellt Wilfrid die Archivbilder auf sehr sensible Weise zusammen: Picknicks, Ausflüge in Freizeitparks, Ferien, Begegnungen mit den Fans. Die meisten Abonnenten von Mel Inside haben Happy Récré gekannt und lieben es, solche Momente noch einmal zu sehen. Es rührt sie.

Sobald sie angezogen ist, wechselt sie wieder zur Liveübertragung: In vertraulichem Ton verrät sie die Namen der Marken, die sie trägt (sie wechselt ihr Outfit täglich und zieht kein Kleidungsstück ein zweites Mal an), dann tut sie so, als würde sie sich zum ersten Mal an diesem Tag schminken, und teilt dabei die Produkte, deren Vorzüge sie enthusiastisch anpreist, mit ihrer Community. Danach muss sie einen ersten Espresso aus der Friendly-Produktpalette trinken. In ihrem Vertrag sind zwei Espressi pro Tag festgelegt; nachdem die Marke ihre Kapseln zwanzig Jahre lang im Hochpreissegment positioniert und wie Edelsteine in Vitrinen ausgestellt hat, strebt sie jetzt ein familiäreres, ökologischeres Image an und verlässt sich darauf, über Mélanie eher eine *next-door*-Zielgruppe zu erreichen. Das Problem ist nur, dass ihr der Arzt vom Kaffeegenuss abrät. Wegen ihrer Nerven. Deshalb lässt sie, wenn es irgend geht, äußerst diskret einen Rest in der Tasse oder leert sie unauffällig ins Spülbecken.

Heute Morgen hat Mélanie, als sie mit dem Anziehen fertig ist, nicht den üblichen Elan. Eine leichte Müdigkeit – oder ein Blutdruckabfall, denkt sie und zögert den Moment des Wechsels zur Liveübertragung hinaus. Seit einiger Zeit kommt sie sich vor wie auf einer Achterbahn. Mal fühlt sie sich energiegeladen und regelrecht aufgekratzt, dann wieder erschöpft und ungewöhnlich abgeschlagen. Als sie Dr. Roques das letzte Mal über Visio konsultiert hat, fand er zwar, sie sehe müde aus, doch die von ihrer Uhr registrierten Werte seien normal. Er sprach von psychischer Ermüdung.

Zum Glück plant Wilfrid bei den Archivzusammenschnitten immer eine Sicherheitsmarge ein, sie hat also noch mindestens zwanzig Minuten Zeit.

Mit etwas vagem Blick lässt sie sich treiben, dann beschließt sie, das Radio einzuschalten, um ein paar Neuigkeiten zu erfahren, die sie im Laufe des Tages kommentieren könnte. Die *happy few*, wie sie sie inzwischen nennt, hören gern, was sie zu den großen weltbewegenden Fragen zu sagen hat.

Die Neun-Uhr-Nachrichten haben gerade begonnen, sie hört die ersten Ansagen, dann versiegt ihre Konzentration und sie lässt ihre Gedanken schweifen. Sie denkt an ihr Programm an diesem Tag, an die Varianten, die sie für ihre Morgen-*Routine* finden könnte, an den Vertrag, den sie bald mit einer großen Make-up-Marke schließen wird, an den Winkel der Kamera Nummer acht, die ihr Profil viel schmeichelhafter wiedergibt als die Nummer neun … Da wird die Blase, in die sie sich geflüchtet hat, jäh von der Stimme des Journalisten zerrissen.

»Wir erfahren soeben, dass Ex-YouTube-Kinderstar Kimmy Diore ihre Eltern wegen Bruch des Rechts am eigenen Bild, Verletzung der Privatsphäre und erzieherischer Fehlentscheidungen verklagt. Kimmy Diore ist schon das fünfte Influencer-Kind, das nach Erreichen der Volljährigkeit Klage gegen seine Eltern erhebt. Wir werden in den Dreizehn-Uhr-Nachrichten näher darauf eingehen, aber wir haben bereits Maître Buisson um eine Erklärung gebeten, sie ist Mitglied der Pariser Anwaltskammer und vertritt mehrere ehemalige Influencer-Kinder, insbesondere die zweiundzwanzigjährige Little Dorothy, deren Vermögen auf vier Millionen Euro geschätzt wird und die ihren Vater des Rechtsbruchs beschuldigt.«

Ohne nachzudenken, stellt Mélanie das Radio ab.

In dieser Stille hat sie mehrere Sekunden lang Mühe, wieder zu Atem zu kommen.

Sie ist nicht sicher, dass sie richtig gehört hat. Wahrscheinlich hat sie es falsch verstanden. Sie gibt ein paar Suchwörter auf ihrem Smartphone ein und stellt entsetzt fest, dass die Pressemitteilung schon zigmal zitiert wurde.

Kimmy? Das ist doch nicht möglich.

Sie kann nicht mit der Liveübertragung weitermachen. Dazu ist sie nicht imstande.

Sie hat schon einmal einen Medienrummel erlebt. Sie weiß, was auf sie zukommt.

Wilfrids Archivbilder laufen noch. Sie muss ihm Bescheid geben, damit er die Sendung in die Hand nimmt und mit anderen Archivaufnahmen weitermacht.

Doch im Augenblick fehlt ihr die Kraft dazu.

Sie muss sich beruhigen.

Ihre Tochter … Ihre kleine Tochter … Ihre kleine Kimmy wendet sich gegen ihre Eltern …

Sie fühlt sich furchtbar allein.

Bruno ist in aller Frühe zu einem Jacuzzi-Showroom gefahren, er will eins von den Modellen aussuchen, die ihnen die Firma als Geschenk für den Garten angeboten hat. Ob er es gewusst und ihr verheimlicht hat?

Oder war es dieses Einschreiben, das sie nicht von der Post geholt hat?

Nein, das ist unmöglich. Das kann sie nicht glauben.

Ihre kleine Kimmy greift sie an …

Eine SMS von Wilfrid reißt sie aus ihrer Betäubung: Er übernimmt die Sendung.

Sie wird hier sitzen bleiben und auf ihren Mann warten. In dieser Stille.

Ihre Lieben werden sich Sorgen machen.

Sie wird haufenweise Nachrichten bekommen, weil die sich wegen jeder Kleinigkeit aufregen.

Dann haben ihre Lieben eben ausnahmsweise Pech gehabt, Scheiße, die können auch mal warten. Man kann auch alles übertreiben. Sie gibt schon so viel. Ihre Lieben sind manchmal ganz schön nervig.

Sie wird einen Kaffee trinken. Was soll's. Es ist ihr egal. Sie fühlt sich so müde.

Ja, genau, sie wird alle Kapseln testen, die gelben, die grünen, die rosa und vor allem die goldenen. Viele, viele goldene.

Schließlich ist sie eine Fee, sie hat keine Angst. Feen kann nichts passieren. Feen haben vor gar nichts Angst. Feen wissen, was gut und was schlecht ist. Feen stehen über den Unwägbarkeiten der Welt und den gemeinen Angriffen, die diese Welt hervorbringt.

Die Älteren in der Kriminalpolizei nennen sie der Tradition getreu die »Gelehrte«. Doch seit auf der Plattform Vintage mit spektakulärem und durchschlagendem Erfolg ein sprachgelehrter und -besessener Moderator aus den Siebzigern und Achtzigern wiederaufgetaucht ist, wird sie von den Jüngeren »Maître Capello« genannt, obwohl dieser schon längst nicht mehr unter den Lebenden weilt. Wie überall sonst werden auch in der Kriminalpolizei Herausforderungen gesucht und Wetten abgeschlossen … Zuallermeist geht es darum, ein unpassendes Wort oder eine, im Allgemeinen ausgeloste, ungewöhnliche Redewendung in ein Protokoll zu schmuggeln. In ihrer neuen Gruppe sind diese Spiele sehr beliebt. Schließlich braucht man ein wenig Zerstreuung. Neulich musste Clara das (relativ einfache) Wort *pulvérulent*, pulverförmig, in einer Zusammenfassung für die Staatsanwaltschaft unterbringen. Davor war sie an das (schon heiklere) *saperlipopette*, zum Donnerwetter, geraten. Diesmal hat sie das ein wenig altmodische, aber eindrucksvolle Wort *houspiller*, schelten, in einem Überblick versteckt. Sie gewinnt jedes Mal.

Den ganzen Tag über hat sie einer E-Learning-Fortbildung über nonverbales Verhalten im Vorfeld einer Aggression teilgenommen.

Wieder nach Hause gekommen, schaltet Clara das Radio ein. Sie hat sich nie für die Dauernachrichten-Kanäle erwärmen können, und außer den TV-Nachrichten und einigen täglichen Informationssendungen sind fast alle Programme der terrestrischen und digital-terrestrischen Sender verschwunden.

Als sie in ihren Kühlschrank schaut und überlegt, was sie essen könnte, weckt plötzlich Kimmy Diores Name ihre Aufmerksamkeit.

Sie geht näher an die Lautsprecher heran, um besser zu hören.

Eine selbstsichere, Kompetenz ausstrahlende Frauenstimme gibt anscheinend einige Erläuterungen.

»Bei den gegen die Eltern erhobenen Klagen geht es nicht nur um die früheren Kinderstars. Die Bewegung zur Abkoppelung von den Medien und zur Verringerung der darin hinterlassenen Spuren gewinnt immer mehr Anhänger unter den jungen Menschen. Vielen von ihnen wird beim Eintritt ins Erwachsenenalter bewusst, dass sie bereits eine große digitale Last mit sich herumtragen, die ihnen jede Hoffnung auf eine anonyme Existenz nimmt. Im Namen des Rechts am eigenen Bild und des Rechts auf Löschung digitaler Spuren gehen wir vor Gericht, damit ihre Eltern verpflichtet werden, all die Fotos und Videos aus dem Netz zu nehmen, die während ihrer gesamten Kindheit in den social media gepostet und getaggt wurden. Einige gehen sogar so weit, Schadenersatz zu verlangen.«

Die Journalistin, deren Stimme Clara vertraut ist, ergreift wieder das Wort.

»Kommen wir auf den Fall zurück, der uns heute hier zusammengeführt hat, den von Kimmy Diore. Sie wirft ihren Eltern Verletzung des Rechts am eigenen Bild und erzieherische Fehlentscheidungen vor. Maître Corinne Buisson, würden Sie uns erklären, was genau das bedeutet?«

»Rein rechtlich liegt das Recht des Kindes am eigenen Bild bis zu seinem achtzehnten Geburtstag bei den Erziehungsberechtigten. Diese haben es jedoch nicht inne, sondern sie müssen darüber wachen. Ganz allgemein muss die elterliche Sorge dem Kindeswohl dienen. Manchen Eltern ist nicht bewusst, dass ihr Kind von Geburt an sein eigenes Recht am eigenen Bild hat. Sie verhalten sich so, als wären sie die Eigentümer dieses Rechts. Die Eltern, die jetzt vor Gericht zitiert werden, haben dieses Recht nicht nur nicht geschützt, sondern, das darf man in manchen Fällen vermuten, verletzt.«

»Ich möchte daran erinnern, dass 2020 ein Gesetz zur Begrenzung der kommerziellen Nutzung der Bilder von Influencer-Kindern auf Internetplattformen verabschiedet wurde. Muss man zu dem Schluss kommen, dass dieses Gesetz nichts genützt hat?«

»Nein, das würde ich nicht sagen. Frankreich ist hier als erstes Land gesetzgeberisch tätig geworden, das hat hohen symbolischen Wert. Und dadurch ist es möglich geworden, den Eltern zu sagen: Vorsicht, Sie können nicht einfach machen, was Sie wollen. Manche haben sich ja auch aus dem Markt zurückgezogen. Aber wie so oft haben wir uns nicht die Mittel gegeben, das Gesetz auch durchzusetzen.«

»Meinen Sie damit, es gab nicht genug Kontrollen?«

Die Anwältin macht eine kurze Pause, bevor sie antwortet.

»Zunächst ist es so, dass das Gesetz die tägliche Drehzeit je nach Alter des Kindes begrenzt. Dabei stützt es sich auf die Regelung für Kinder, die als Schauspieler arbeiten. So erlaubt es zum Beispiel einem sechsjährigen Kind, drei Stunden am Tag, und einem zwölfjährigen Kind, vier Stunden am Tag zu drehen. Wenn es sich um einen Fototermin oder um Dreharbeiten für einen Kinofilm handelt, die definitionsgemäß zeitlich beschränkt sind, ist das sinnvoll. Doch wenn man das auf eine ganze Kindheit hochrechnet und die Kinder von ihren Eltern täglich gefilmt werden, ist es etwas anderes. Und dann erwähnten Sie die Kontrollen … Bei welcher Familie ist denn in den letzten Jahren jemand von der Gewerbeaufsicht aufgetaucht?«

»Und was die finanziellen Aspekte angeht, da hat es doch enorme Fortschritte gegeben?«

»Hören Sie, ich werde jetzt nicht in Ihrer Sendung detailliert beschreiben, wie man das Gesetz umgehen kann. Es gibt zahlreiche Möglichkeiten, und die meisten der betreffenden Familien haben sie schnell entdeckt. Nur ein Beispiel: Einer der führenden Kanäle der Branche hat zwei kleine Zwillingsjungen jahrelang inszeniert und Millionen Klicks und Millionen Euro gesammelt. Die Finanzkonstruktion wurde von einem Nachrichtenportal aufgedeckt: Der Erziehungsberechtigte hat eine Modelagentur zwischengeschaltet, um seine Söhne zu bezahlen, und dort jede Woche eine Anzahl von Stunden, die sich im Rahmen der Vorschriften bewegte, deklariert und bezahlt. Diese Gagen wurden, wie es das Gesetz verlangt, auf ein Konto bei der staatlichen Caisse des dépôts et consignations eingezahlt. Doch der Erziehungsberechtigte, der sich als Drehbuchautor, Regisseur und Produzent der Videos betrachtete – was er faktisch auch war – und im Übrigen in die für die Dreharbeiten nötige technische Ausrüstung investiert hatte, erhielt weiterhin den wesentlichen Teil des von den Marken bezahlten Geldes und der über YouTube erzielten Einkünfte. Wer will solche Aufteilungen kontrollieren? Das ist nur ein Beispiel … Ganz zu schweigen vom Familien-*Vlogging*, das sich immer mehr entwickelt, dabei wird die ganze Familie inszeniert und das Kind nicht einmal mehr als Schauspieler, sondern als Komparse betrachtet – damit fällt es ganz aus dem gesetzlichen Rahmen.«

»Ich möchte mich jetzt an Sie wenden, Santiago Valdo. Sie sind Psychiater und Psychoanalytiker und warnen schon lange vor den psychischen Folgen dieser frühen Exposition. Können Sie uns ein paar Worte dazu sagen?«

»Der Wunsch des Kindes wurde vom frühesten Alter an geprägt, und es hat schließlich oft selbst geglaubt, es sei sein eigener Wille. In Wirklichkeit hatte es keine Wahl. Es war gefangen in der affektiven Bindung an seine Eltern, zu denen bald die wirtschaftlichen Zwänge hinzukamen, denn die meisten dieser Familien lebten von den so generierten Einnahmen. Außerdem wurden die jungen Erwachsenen, die heute Klage erheben, sehr früh Anforderungen ausgesetzt, denen ein Kind nicht unterworfen werden sollte: verführen, Werbung machen, Fans antworten, sein Image kontrollieren usw. Viele von ihnen zahlen heute einen hohen Preis dafür.«

»Inwiefern ist das schädlich für die Kinder?«

»Es lässt sich feststellen, dass sie nur begrenztes Vertrauen zu ihren Eltern haben und dass es ihnen schwerfällt, gesunde Beziehungen zu ihren Altersgenossen aufzubauen. Zudem ist im Erwachsenenalter eine große Einsamkeit zu beobachten, eine hohe Suchtanfälligkeit, und manchmal kommt es auch zu weit schlimmeren Symptomen.«

»Ich spiele hier mal ein bisschen des Teufels Advokatin: Aber es hat schon immer Kinderstars gegeben, das ist doch nichts Neues! Jordi, Britney Spears, Macaulay Culkin, Daniel Radcliffe! Jede Generation hat ihre Ikonen.«

»Unter den von Ihnen Genannten haben einige bekanntermaßen einen psychischen Zusammenbruch erlitten. Der Unterschied – denn es gibt einen – ist, dass es für die Mädchen und Jungen, über die wir heute sprechen und die vom zartesten Alter an auf YouTube oder Instagram inszeniert wurden, nicht darum ging, einen Film oder eine Serie zu drehen, dafür Werbung zu machen und dann nach Hause zu gehen. Nein. Es ging darum, seine eigene Rolle zu spielen, und zwar jeden Tag und zu Hause. Im eigenen Schlafzimmer, im eigenen Wohnzimmer, in der eigenen Küche und mit den eigenen Eltern. Und ja, ich spreche von einer Rolle, denn in Wahrheit ist man vor der Kamera nie man selbst. Wissen Sie, es ist anstrengend, immer eine Rolle zu spielen.«

»Ich weise trotzdem darauf hin, dass einige dieser Kinder enormen Erfolg hatten. Der jüngere Sohn aus der Bande des doudous ist heute ein anerkannter Schauspieler, und die ältere Tochter aus dem Minibus Team hatte eine außergewöhnliche Karriere.«

»Ich behaupte nicht das Gegenteil. Zum Glück kommen einige Kinder, sogar unter den exponiertesten, gut zurecht.«

Das Gespräch wird von einer Musikeinspielung unterbrochen. Clara nutzt sie und setzt sich.

Am Ende des Musikstücks meldet sich wieder die Journalistin.

»Vor einigen Monaten hat Pablo the Boss gegenüber seiner Mutter hohe Schadenersatzzahlungen durchgesetzt und zudem die Zerstörung oder Beschlagnahme sämtlicher Bilder von ihm. Die Mutter hatte alle Phasen seiner Kindheit gefilmt und veröffentlicht, wobei das bekannteste Video immer noch das ist, in dem sie eine Sonderberichterstatterin vor Ort mimt und ihre Abonnenten über sein ›erstes Aa auf dem Töpfchen‹ (ich zitiere, das Video wurde mehrere Millionen Male angeklickt) informiert. Es ist daher zu erwarten, dass nicht wenige Babys, die von ihren Eltern beim berühmten Cheese Challenge gefilmt wurden, eines Tages verlangen, dass diese Videos gelöscht werden. Ich erinnere daran, dass diese international sehr erfolgreiche Challenge darin bestand, seinem Baby eine Scheibe Schmelzkäse ins Gesicht zu werfen und seine Reaktion zu filmen. Santiago Valdo, kann man sagen, dass die jüngsten Urteile zugunsten der Kinder ein gutes Zeichen sind?«

»Ja, natürlich. Aber das Recht auf Vergessenwerden war schon in dem 2020 verabschiedeten Gesetz verankert. Es ist jedoch in Wahrheit nicht umsetzbar. Die Bilder dieser Kinder sind unendlich oft vervielfältigt und kommentiert worden. Sie werden niemals verschwinden. Im Internet verschwindet gar nichts, wissen Sie. Und daran kann kein Gesetz etwas ändern.«

»Danke, Santiago Valdo, für diese erhellenden Worte, ich erinnere daran, Sie sind Psychiater und Psychoanalytiker und Autor des Buches *Gefahren fortgesetzter Exposition*, erschienen im …«

Clara schaltet das Radio aus. Sie hängt ihren Gedanken nach.

Aktiv werden, wenn sich etwas bietet. Wenn der Wind die Richtung wechselt. Wenn es der richtige Moment ist.

Sie tippt Cédric Bergers Nummer ein und sagt, ohne jede Vorrede oder Begrüßung: »Einverstanden.«

Am anderen Ende hört sie einen freudigen Aufschrei. Dann fügt er hinzu: »Ich verspreche dir, ich sage nie wieder *nach dem* statt *zum* Bastion.«

Kimmy zieht sich an, sie will zu ihrem Bruder. Wie immer ist ihre Kleidung neutral, allerweltsmäßig, eine inzwischen instinktive Tarnung mit Schnitten und Farben, die sie ausgesucht hat, um in der Masse unterzugehen. Sie wird nie frei sein, nie unsichtbar, das weiß sie. Trotz der Kapuze, der Kopfhörer, der unscheinbaren, meist grauen Farbtöne, wird es immer jemanden geben, der sie sehr aufmerksam mustert oder mitten auf der Straße losprustet. Nie werden all die Blicke abgewaschen sein, die sie durch einen Bildschirm hindurch beschmutzt, abgenutzt und beschädigt haben.

Auf der Straße senkt sie den Kopf und versucht, kleiner zu wirken, indem sie den Rücken krümmt. Ihr blondes Haar hat sie unter einer schwarzen Mütze versteckt.

Sammy wohnt in einem dieser großen Hochhäuser im XIII. Arrondissement, die man vom Boulevard périphérique aus sieht, im 20. Stock, hat er noch hinzugefügt. Er wollte sich nicht außerhalb mit ihr treffen, und sie musste ihn erst mühsam dazu überreden, sie in seiner Wohnung zu empfangen. Am Telefon hat sie seine Angst und seine Nervosität gespürt; trotz des Abstands und der langen Zeit, die vergangen ist, weiß sie immer noch die winzigsten Veränderungen in seiner Stimme zu deuten. Er misstraute ihr, das hat sie verstanden. Es ist ihr gelungen, ihm zu sagen, dass sie ihn braucht.

Sie hat ihm versprochen, ohne Tasche und mit leeren Händen zu kommen.

Bis heute schienen ihr die jüngsten Ereignisse nur eine vage, zufällige Folge von Aktionen zu sein, die ihr der Zorn diktiert hatte. Der Besuch bei Clara Roussel (sie ist morgens aufgestanden, hat einen Kaffee getrunken und ist zum Bastion gegangen, der Gedanke war ihr vorher nie gekommen), der Entschluss, ihre Eltern vor Gericht zu bringen: Immer ist sie einem Impuls gefolgt.

Das Geld ist ihr egal. Sie hat bereits ziemlich viel. Sie will, dass die ihr zugefügten Schäden anerkannt werden. Die gestohlene Kindheit.

Jetzt weiß sie, dass das alles auf ein einziges Ziel gerichtet ist. Sie will Sammy sehen, mit ihm gemeinsam kämpfen. Denn eins hat sie verstanden: Ohne ihre Eltern kann sie leben, aber der Gedanke, ihren Bruder verloren zu haben, ist ihr unerträglich.

Als sie aus der Hochbahn aussteigt, umtanzt sie ein hübscher Schmetterling. Sie hat gerade genug Zeit, seine vermischten Farben zu sehen, Ocker und Orange, und zu denken, dass Schmetterlinge so selten geworden sind, besonders zu dieser Jahreszeit. Inmitten der grauen Gebäude dieser Stadt sieht sie ihn als Zeichen der Poesie und der Schönheit.

Die Sonne hat noch nicht durch den milchigen, konturlosen Schleier brechen können, der gleich einem Deckel über den Häusern zu liegen scheint, sie verbreitet ihr Licht wie durch einen Lampenschirm. Die Rue Dunois liegt gleich neben der Metrostation, sie tippt den Code ein und betritt das Hochhaus.

Ihre Blässe im Spiegel des Aufzugs verrät ihre Nervosität.

Sofort nach ihrem Klingeln öffnet Sammy die Tür. Er sieht an ihr vorbei, als wollte er sich vergewissern, dass ihr niemand gefolgt ist, dann zieht er sie ins Wohnzimmer.

Sie setzen sich auf die Stühle an dem runden Tischchen.

Plötzlich ist sie erschüttert, wie deutlich sich ihre Verwandtschaft in ihrer Körperhaltung zeigt, die übergeschlagenen Beine, diese Art, sich vorgebeugt klein zu machen und die Hände flach auf den Tisch zu legen, um nicht zu schwanken.

Sie beginnt zu sprechen, erzählt von all den Jahren. Denen, die sie zusammen verbracht haben, und denen, die sie voneinander entfernt haben.

Eine Flut von zu lange aufgestauten Worten, schon bald geht die zeitliche Reihenfolge verloren, sie will Erinnerungen mit ihm teilen, liebevolle Momente beschwören, sie will ihm sagen, wie wichtig er ist, was sie dank ihm hat tun können, sie will ihm sagen, dass sie es jetzt verstanden hat: Auch er hat gelitten.

Sammy hört ihr schweigend zu.

Sie sehen sich an, sie sagen nichts mehr.

Und dann nimmt Sammy ihre Hände.

Durch das halb offene Fenster kommt ein Schmetterling herein, derselbe wie eben. Einen Moment lang denkt Kimmy, er sei ihr gefolgt, doch dann ruft sie sich zur Ordnung: Das ist unmöglich.

In einem Lichtstrahl tanzt er über ihren Köpfen.

Da hört sie ein leises, kaum wahrnehmbares Pfeifen. Aber ganz sicher ist sie sich nicht. Der Falter steigt zur Decke auf. Sie sieht zu ihm hoch und, seltsam, meint für einen Augenblick eine zwischen seinen Flügeln befestigte winzige Kamera zu erkennen.

Nach Einbruch der Dunkelheit betrachtet sie gern ihr Spiegelbild in den schwarzen Scheiben der Terrassentüren. Gewöhnlich setzt sie sich um diese Uhrzeit gegenüber von Kamera Nummer drei auf ihr Sofa, um ihre Stimmung, ihre Eindrücke und ihre Anmerkungen zu den aktuellen Nachrichten zu teilen. Bei dieser Gelegenheit gibt sie gleich noch Ratschläge für das praktische Leben oder auch für die Persönlichkeitsentwicklung, denn Mélanie übt sich seit einiger Zeit in den drei V, einer neuen Methode der Positiven Psychologie, die auf drei Grundprinzipien beruht: *voir, vouloir, vaincre*, sehen, wollen, siegen. Danach pflegt sie in ihre Küche zu gehen und das Abendessen vorzubereiten, um einige Produktplatzierungen zu erledigen, zu denen sie sich verpflichtet hat.

Doch heute schweigt sie.

Heute hat sie nichts getan.

Seit gestern hat sie die Liveübertragung ausgesetzt, was unter ihren Fans eine echte Panikwelle ausgelöst hat. In wenigen Stunden wurden sämtliche sozialen Netzwerke von Kommentaren, Fragen und flehentlichen Bitten überschwemmt, jeder kam mit seiner eigenen Hypothese oder Erklärung.

Sie kann nicht antworten. Das ginge über ihre Kräfte.

Sie braucht diese Stille. Woraus sie bestehen könnte, weiß sie nicht, sie lebt schon so lange in dem Lärm, den sie selbst erzeugen muss, um die, die sie lieben, zufriedenzustellen.

Was sie aber weiß, ist, dass sie die Wörter *Prozess, Gesetz, Klage erheben, Justiz* nicht mehr hören kann, ihr wird übel davon.

All das ist so ungerecht. Warum wollen die Leute nicht begreifen, dass sie immer ihr Bestes getan hat? Dass sie ihr Privatleben und ihre Jugend geopfert hat, damit ihre Kinder berühmt und glücklich werden? Sie hat doch schließlich niemanden umgebracht!

Heute Abend wird sie nur eine schriftliche Botschaft posten, um sich für die vorübergehende Unterbrechung ihrer Sendung zu entschuldigen. *Bye bye, Ihr Lieben*, könnte sie sie betiteln oder besser noch *Fuck you, Ihr Lieben*, haha, das wäre echt witzig. »Haut bloß ab«, würde sie sagen oder »Lasst mich in Frieden« oder »Kümmert euch um euern eigenen Kram«, wie ihre Mutter immer sagte, ach, ihre Mutter, was macht die denn plötzlich hier, ja, es wäre so witzig, »Fickt euch, Ihr Lieben«, oh, là, là, ja, so witzig, das heißt nein, das würden sie nicht gut aufnehmen.

Bruno ist nicht nach Hause gekommen.

Nachdem sie ihn gestern mehrmals vergeblich zu erreichen versucht hatte, rief er endlich zurück und sagte, er wolle in einem Hotel übernachten.

Erst hatte sie gedacht, er sei aufgehalten worden oder in einen Stau geraten. Doch nach einer endlosen Stille, in der sie sein lautes, stoßartiges Atmen gehört hatte, sagte er ihr, dass er nicht zurück nach Hause kommen wolle.

Er sagte: »Es ist vorbei, Mélanie, ich will so nicht mehr leben.«

Sie glaubte zuerst, sie habe sich verhört, doch dann wiederholte er den Satz, dumpf und erstickt. »Es ist vorbei.«

Bruno, ihr Halt, ihr Fels, ihr treuester Unterstützer …

Unwillkürlich denkt sie an das Video, das sie morgen vielleicht drehen wird und das gut ankommen könnte. *Frauen über vierzig sehen, wie ihre Männer das Weite suchen …* oder auch *Frauen müssen sich am Ende immer allein durchschlagen.*

Aber nein, das ist absurd, sie darf jetzt nicht in Panik geraten.

Bruno braucht nur ein wenig Abstand.

Es ist nicht endgültig. Morgen wird er heimkehren. Und dann werden sie reden.

Er will durchatmen.

Durchatmen, er hat recht, sie wird übrigens den neuen Verdampfer für ätherische Öle anschalten, den ihr die Marke Biolife geliefert hat, es ist ein Duft nach Blumen, Wald und Unterholz, ein wahrer Balsam. Herrlich.

Eigentlich fühlt sie sich nicht besonders gut. Zum ersten Mal weiß sie nicht, was sie zuerst tun soll, alles vermischt sich.

Sie hat ein bisschen Kopfweh. Ein bisschen übel ist ihr auch.

Vielleicht hat sie zu viel Kaffee getrunken.

Heute erhebt Kimmy Klage gegen sie, und das ist fast noch schlimmer als ihr Verschwinden damals.

Bruno ist verletzt, das ist alles. Tödlich verletzt. Er bricht zusammen. Und er hat allen Grund dazu. Doch er wird sich wieder fangen, das weiß sie.

Sie ist eine Fee und Bruno ein großer Teddybär. O ja, so ist es. *Die Fee und der Teddybär*, das ist so witzig. Zum Totlachen.

Sie muss standhalten. Für zwei standhalten. Im Titel ihres nächsten Videos darf nichts Kummervolles vorkommen. Im Gegenteil, er muss positiv sein. Mehr denn je.

Sich dem Sturm entgegenstemmen, wäre ein wunderbarer Titel. Oder *Ein einziger Windstoß bringt einen Baum nicht zu Fall.*

Sie wird es mit ihm besprechen.

Diesmal werden sie gemeinsam entscheiden.

Und das Leben wird weitergehen, wie vorher. Alles kommt wieder ins Gleis. Sie braucht sich keine Sorgen zu machen.

Alles gut.

Alles gut.

Alles gut.

[1] *Hexagone*, Text und Musik von Renaud Séchan, © Warner Chappell Music France – Catalogue Mino Music.
Frankreich ist ein Land der Flics, an jeder Straßenecke stehen hundert, und um die öffentliche Ordnung aufrechtzuerhalten, töten sie ungestraft.

Delphine de Vigan, Das Lächeln meiner Mutter
Roman. 400 Seiten, Taschenbuch, auch als eBook

»Eine liebenswerte und herzerwärmende Ode an die wichtigste Frau im Leben eines Menschen.«
Demian Stock, AACHENER ZEITUNG

Delphine de Vigan, Ich hatte vergessen, dass ich verwundbar bin
Roman. 256 Seiten, Taschenbuch, auch als eBook

»Delphine de Vigan schreibt mit Zärtlichkeit und Leichtigkeit über zwei Menschen in Not.«
Robert Solé, LE MONDE

Delphine de Vigan, Dankbarkeiten
Roman. 176 Seiten, gebunden, auch als eBook

»Als wär's das Buch zur Gegenwart«
Niklas Bender, FAZ

Delphine de Vigan, Loyalitäten
Roman. 176 Seiten, gebunden, auch als eBook

»Eine Seismografin gesellschaftlicher Gewalt«
Ute Cohen, DIE LITERARISCHE WELT

Delphine de Vigan, Tage ohne Hunger
Roman. 176 Seiten, gebunden, auch als eBook

»Berührend bis zur letzten Seite«
Sarah-Maria Deckert, MYSELF

Delphine de Vigan, Nach einer wahren Geschichte
Roman. 352 Seiten, gebunden, auch als eBook

»Großartiges Vexierspiel«
Anne Haeming, SPIEGEL ONLINE